Claudia Siegmann

In my dreams

Wie ich mein Herz im Schlaf verlor

CLAUDIA SIEGMANN

In my Dreams

WIE ICH MEIN HERZ IM SCHLAF VERLOR

Ravensburger Buchverlag

Bibliografische Information der Deutschen Nationalbibliothek:

Die Deutsche Nationalbibliothek verzeichnet diese Publikation in der Deutschen Nationalbibliografie. Detaillierte bibliografische Daten sind im Internet auf www.dnb.d-nb.de abrufbar.

MIX
Papier aus verantwortungsvollen Quellen
FSC® C114500
FSC
www.fsc.org

1 2 3 4 5 E D C B A

Originalausgabe

Dieses Werk wurde vermittelt durch die
Michael Meller Literary Agency GmbH, München.

Lektorat: Kathrin Becker
Umschlaggestaltung: Carolin Liepins, München
Verwendetes Bildmaterial von © Legolena/Shutterstock, © silver tiger/
Shutterstock und © soosh/Shutterstock

Printed in Germany
ISBN 978-3-473-40155-0

www.ravensburger.de

Für Tilman,
der meine Träume zum Leben erweckt hat

Der Boden unter meinen Füßen ist kalt, eiskalt. Ich will die Arme um meinen Oberkörper schlingen, doch sie fühlen sich an wie aus Gummi, schwer und widerspenstig.

Es ist dunkel, und doch weiß ich, dass ich im Runmore Manor bin und auf der breiten Treppe stehe, die von der Eingangshalle in die erste Etage führt. Mit einer Hand halte ich ein Tuch vor meiner Brust zusammen. Es liegt schwer auf meinen Schultern, fühlt sich feucht an und riecht muffig. Meine andere Hand ruht auf dem glatt polierten Treppengeländer, das zu vibrieren scheint.

Irgendetwas stimmt nicht.

Ich spüre einen Stoß an der Schulter und drehe den Kopf. Erst jetzt wird mir bewusst, dass die Dunkelheit nicht vollkommen ist, dass ein orangeroter Schein den Raum erhellt. Um mich herum sind Menschen, sie rennen an mir vorbei, stolpern die Stufen hinunter, stürmen auf den einzigen Ausgang zu. Ich sehe, wie sich ihre Münder bewegen, wie sie voller Entsetzen durcheinanderrufen, doch ich höre nichts, keinen Ton.

Die Gesichter der Menschen sind mir fremd und vertraut zugleich. Ein Mann läuft panisch an mir vorbei. Er trägt ein altmodisches Nachthemd und die Frau neben ihm hat sogar eine Schlafhaube auf dem Kopf. Die meisten haben sich Tücher um die Schultern gelegt, so wie ich.

Alles ist wie in Watte gepackt, kommt mir verzerrt und langsam vor, nur den Rauch kann ich plötzlich deutlich riechen. Rauch. Er sticht in meiner Nase und nimmt mir den Atem. Ich muss darum kämpfen, nicht das Bewusstsein zu verlieren. Es brennt, wird mir klar, mein Zuhause steht in Flammen. Und auf einmal nehmen meine Ohren ihren Dienst wieder auf. Verzweifelte Rufe und Schreie prasseln von allen Seiten auf mich ein …

1. KAPITEL

Ich saß kerzengerade im Bett und hielt mir die Ohren zu. Mein Atem ging schneller und mein Herz raste. Ich wollte aus dem Bett springen und das Fenster aufreißen, denn ich roch noch immer den Rauch. Er kratzte in meinem Hals und füllte meine Lungen.

Es dauerte einen Moment, bis mein Kopf klar und mein Herzschlag wieder ruhiger wurde, aber endlich verblasste der Traum und ließ nur noch ein beklommenes Gefühl zurück. Entschlossen knipste ich die Lampe auf meinem Nachttisch an und sah mich in meinem Zimmer um. Hier war alles in Ordnung, ich war in Sicherheit, kein Grund zur Panik.

Seit einiger Zeit träumte ich sehr intensiv. So intensiv, dass ich direkt nach dem Aufwachen immer ein paar Minuten brauchte, um in die Realität zurückzukehren. Obwohl ich mich nur vage an den Inhalt meiner Träume erinnern konnte, wurde ich jedes Mal von mehr als beunruhigenden Gefühlen heimgesucht. Letztens war ich so wütend gewesen, dass ich am liebsten etwas gepackt und gegen die Wand geschleudert hätte. Vor ein paar Tagen hatte ich sogar mein Kissen gewürgt. Ich dachte nicht gern an diesen Zwischenfall zurück.

Ich seufzte. Eventuell wollte mir mein Unterbewusstsein etwas Wichtiges mitteilen, bestimmt hing es mit dem Stress in der Schule zusammen. Ich hatte die leise Hoffnung gehabt, dass sich die Träume mit dem Beginn der Herbstferien erledigen würden – aber anscheinend hatte ich mich zu früh gefreut.

»Ist ja gut«, sagte ich zu mir selbst. »Ich werde lernen. Versprochen.«

Bevor mein Handywecker seine extra dafür ausgesuchte nervige Melodie dudeln konnte – und sich damit als Kandidat für die Wand qualifizierte –, stellte ich ihn vorsorglich aus. Es war erst Viertel vor sechs, ich hätte noch eine gute halbe Stunde schlafen können, doch ich widerstand der Verlockung, noch einmal einzudösen.

Gähnend winkelte ich das rechte Bein an und rieb meine Zehen warm. Sie fühlten sich eiskalt an. Mit dem Plan, in der nächsten Nacht ein Paar dicke Socken zu tragen, stand ich auf, ging zum Schrank und griff nach meiner Arbeitskleidung.

Ich verdiente mir etwas dazu, indem ich während der Ferien im Hotel meiner Eltern aushalf. Leider bestand Mum darauf, dass ich, wie die anderen Angestellten, Arbeitskleidung trug. Die Uniform war historischen Dienstbotenkleidern nachempfunden, denn Mum war der Meinung, das passe gut zum Stil des alten Herrenhauses. Ich hingegen fand das schwarze Kittelkleid und die mit Rüschen gesäumte weiße Schürze, die mit einer großen Schleife um die Taille gebunden wurde, reichlich albern. Irgendwie kam ich mir darin vor wie ein viktorianisches Känguru.

Mit einem erneuten herzhaften Gähnen ging ich ins Bad. Mein Zimmer befand sich im Dachgeschoss, das ich im engeren Sinne allein bewohnte, sodass ich morgens auf niemanden Rücksicht nehmen musste. Ich stellte das Wasser in der Dusche an und warf einen Blick in den Spiegel. Anscheinend war heute Nacht ein pelziges Tier auf meinem Kopf verendet, zumindest sah meine Frisur so aus. Ich griff nach einer meiner rötlich braunen Strähnen und schnupperte argwöhnisch daran. Natürlich war es vollkommen unsinnig, aber für einen Moment bildete ich mir ein, Rauch zu riechen.

Nun ja. Man konnte sich eben nicht aussuchen, welche Superkräfte man entwickelte.

Ich stieg unter die Dusche und schäumte mir den Kopf zweimal großzügig mit Limettenshampoo ein. Mit einem wohlig sauberen Gefühl zog ich anschließend mein großes Badetuch vom Haken und wickelte mich darin ein. Als ich aus der Duschkabine stieg, stand Sophie vor mir und machte einen tiefen Knicks. »Hat die junge Lady wohl geruht?«

Sophie nannte mich hartnäckig »junge Lady«. Für sie spielte es absolut keine Rolle, dass mein Vater schon vor Jahren seinen Adelstitel abgelegt und aus dem Familiensitz der Runmores ein Hotel gemacht hatte.

Sophie tauchte jeden Morgen in meinem Badezimmer auf und erkundigte sich, ob sie noch heißes Wasser aus der Küche holen oder mir ein frisches Stück Kernseife reichen solle. Da warmes Wasser bei uns wunderbarerweise aus dem Wasserhahn kam und Kernseife längst durch ein breites Sortiment an pflegenden Duschlotionen ersetzt worden war, lehnte ich immer dankend ab.

Sophie arbeitete als Kammerzofe im Runmore Manor und sah überhaupt nicht ein, damit aufzuhören, nur weil sie seit fast einhundertelf Jahren tot war.

Sie war einer von drei Geistern, die in dem alten Herrenhaus lebten. Beziehungsweise nicht mehr lebten. Ich nannte Sophie, Thomas und den griesgrämigen Lord Edward nur unsere »Stammgäste«, denn sie hielten sich, seit ich denken konnte, im Runmore Manor auf. Es hatte lange gedauert, bis ich begriffen hatte, dass andere Menschen die Geister weder sehen noch hören konnten und deshalb an ihrer Existenz zweifelten. Aber nachdem ich das geschluckt hatte, war ich ganz gut darin, mich nur dann mit den Geistern zu beschäftigen, wenn niemand in der Nähe war.

Ich knotete das Badetuch unter den Achseln zusammen und grinste Sophie an. »Vielen Dank. Ich habe recht gut geschlafen. Und du?«

»Ich habe heute Nacht kein Auge zubekommen.« Sophie unterdrückte ein Gähnen. »Mir war, als hätte ich etwas im Erdgeschoss gehört.«

Sophie war ausgesprochen hübsch und sah ein bisschen so

aus wie eine Schauspielerin aus einem alten Schwarz-Weiß-Film. Ihre dunklen Haare waren unter eine Spitzenhaube gesteckt, nur an den Seiten schauten zwei Strähnen hervor. Das Kittelkleid und die ordentlich gebundene Schürze waren gebügelt und gestärkt und fielen bis über die Knöchel. Auch wenn sie darin sehr adrett aussah, ich war froh, dass mein Zimmermädchenkleid knapp unter dem Knie endete. Ich war lieber ein Känguru als ein Seehund.

»Ah. Wieder ein Gast auf Geisterjagd?«, fragte ich neugierig. Davon gab es jeden Monat mindestens einen. Das Runmore Manor stand im Ruf, ein Geisterhotel zu sein, und das lockte eine ganz spezielle Sorte mitternachtsaktiver Gäste an. Was ausgesprochen lästig sein konnte.

»Nein, ich weiß nicht genau, ein Geräusch wie …« Sophie zögerte und runzelte die Stirn, während sie vergeblich versuchte, den Wäschehaufen vor der Dusche aufzuheben. »Ich habe das Geräusch schon einmal gehört, da bin ich mir sicher.«

»Es ist eben ein altes Haus. Da quietscht und knackt es in allen Ecken, das ist völlig normal«, sagte ich mit der Zahnbürste im Mund und schob den Haufen mit dem Fuß von ihr weg.

Sophie sah nicht überzeugt aus, doch sie schwieg und entfernte ein paar Staubkörnchen von meinem Zimmermädchenoutfit. Zumindest versuchte sie es. Nur ganz selten schafften es die Geister, tatsächlich Gegenstände zu bewegen. Ich hatte bisher noch nicht herausgefunden, womit das zusammenhing.

»Das wird eh gleich wieder dreckig, Sophie«, nuschelte ich durch die Zahnpasta. Ich putzte mir gründlich die Zähne, um den Geschmack nach Rauch loswerden, der mich beharrlich verfolgte. Mein Hals fühlte sich auch ein bisschen kratzig an. So als hätte ich die Nacht mit nackten Füßen auf einem eiskalten Boden verbracht … Schnell schob ich den Gedanken beiseite. »Das ist schließlich Arbeitskleidung.«

»Die junge Lady sollte immer so hübsch aussehen wie möglich. Man weiß nie, wem man begegnet.«

»Die junge Lady wird den ganzen Vormittag mit Zimmerputzen beschäftigt sein, da ist es egal, wie sie aussieht.«

»Man sollte sich nie zu sicher sein«, erwiderte Sophie geheimnisvoll.

Ich verdrehte die Augen. »Ich weiß genau, wer im Moment alles zu Gast im Runmore Manor ist, und glaub mir, die Chancen stehen schlecht, dass ich auf dem Flur meiner großen Liebe über den Weg laufe.« Zwar hatte Sophie etwas andere Vorstellungen vom angemessenen Altersunterschied zwischen Mann und Frau, aber momentan war der jüngste Hotelgast Anfang fünfzig.

»Nun, mir ist zu Ohren gekommen, dass heute ein neuer Gast erwartet wird. Der Lord und die Lady haben beim Frühstück darüber geredet. Sie schienen sehr aufgeregt zu sein.« Sophie sah mich mit großen Augen an. Als ich nicht entsprechend erfreut reagierte, schüttelte sie resigniert den Kopf und widmete sich wieder den Staubkörnchen auf meiner Uniform. Ich musste niesen und sofort drehte sich Sophie mit schreckgeweiteten Augen zu mir um. »Oje! Hat sich die junge Lady verkühlt?«

Ich wehrte mit der Zahnbürste ab. »Der Staub. Der hat in meiner Nase gekitzelt.« Jetzt durfte ich keinen Fehler machen. Sophie würde mir sonst den ganzen Tag durchs Hotel folgen, meine Stirn befühlen und mich bedrängen, einen Arzt zu konsultieren. Das konnte ich nun wirklich nicht gebrauchen. »Ehrlich, Sophie, mir geht's gut.«

Ich gab mir Mühe, möglichst gesund auszusehen, sodass Sophie sich schließlich damit zufriedengab und davoneilte, um ihren anderen Aufgaben nachzukommen.

Frisch geduscht und nach Limetten duftend trat ich eine Viertelstunde später in die Küche. Ein Zettel mit Mums Handschrift lag neben einem in einen Filzwärmer gepackten Frühstücksei auf der Küchenzeile. Ich brachte Wasser zum Kochen und bereitete eine Tasse mit Tee vor, während ich mit einem Auge ihre Nachricht las.

Guten Morgen, mein kleiner Schlummerkürbis.

Von wegen! Ich war alles andere als ein Schlummerkürbis, es war erst halb sieben und ich schon putzmunter.

Schon von klein auf gab Mum mir Kürbisnamen. War sie sauer auf mich, nannte sie mich Stinkkürbis, war ich sauer auf sie, war ich ein Meckerkürbis. Das kam zum Glück selten vor. Viel häufiger war ich ihr Prachtkürbis. Natürlich hatte ich mir versichern lassen, dass es nicht etwa mein Äußeres war, das sie an einen Kürbis denken ließ, sondern vielmehr die Tatsache, dass mein Geburtstag auf Halloween fiel. Und in fünf Tagen würde ich ein sechzehnjähriger Prachtkürbis sein.

Beim Gedanken an meinen Geburtstag lief es mir kalt den Rücken hinunter. Schnell goss ich den Tee auf und las weiter.

Komm kurz zu mir an die Rezeption, bevor du dich in die Arbeit stürzt.

Das hätte ich sowieso getan, ich musste noch eine neue Packung Marzipanherzen abholen. Sie waren als Willkommensleckerei auf den Kissen der neu angereisten Gäste gedacht, doch die letzte Schachtel war in meinem eigenen Zimmer gelandet und hatte es nie wieder verlassen. Tragisch.

Ich klemmte mir den Zettel zwischen die Zähne und trug meine Tasse und das Ei zum Tisch.

Probier die Kirschkonfitüre. Die ist richtig gut.

Hab dich lieb! Mum.

PS.: Dein Dad will, dass du das Ei isst.

Das konnte nur eines bedeuten. Ich zupfte den Filzwärmer vom Ei und mich starrte ein verängstigtes Gesicht an. Eindeutig Dads Werk. Grinsend griff ich nach meinem Löffel, da kam Thomas herein.

»Guten Morgen, Lu.«

»Morgen, Thomas«, erwiderte ich fröhlich. Den ehemaligen Stallburschen mochte ich mindestens genauso gern wie Sophie. Er war stets ausgezeichneter Laune und konnte beinahe so gut zuhören wie meine beste Freundin Emma. Allerdings waren seine Ratschläge nicht annähernd so hilfreich wie Emmas und Fragen in Bezug auf Jungs vermied ich lieber ganz. Thomas vertrat da sehr strenge Ansichten. Seiner Meinung nach geziemte es sich für eine junge Frau meines Standes nicht, auch nur in Erwägung zu ziehen, sich von einem Burschen ansprechen zu lassen. Nicht mal dann, wenn dieser im Begriff war zu ertrinken und um Hilfe rief.

Leider gab es derzeit ohnehin niemanden, für den ich mich auch nur halbwegs interessierte, weshalb ich nicht Gefahr lief, mir einen langen Vortrag über Sitten, Anstand und Moral einzuhandeln.

»Schon so munter?« Ich drehte das Ei, damit es mich nicht mehr ansehen konnte, und klopfte rabiat die Schale auf.

»Selbstverständlich.« Die Ärmel seines Hemdes waren hochgekrempelt, und Thomas strich die kinnlangen Haare zurück, die sich aus seinem Zopf gelöst hatten.

Ich sah zu, wie er sich über das Spülbecken beugte, die Arme tief hineintauchte und sich mit beiden Händen Wasser ins Gesicht spritzte, das sich bis eben gar nicht im Becken befunden hatte und genauso grau leuchtete wie er selbst. Als er sich wieder aufrichtete, grinste er breit. »Ich bin seit vier Uhr in der Früh auf den Beinen und habe alle Pferdeställe ausgemistet.«

»Wow. Wirklich beeindruckend.« Vor allem deshalb, weil wir weder Pferde noch Ställe besaßen, denn die ehemaligen Stallungen waren längst zur Garage umfunktioniert worden.

Ich schnappte mir eine Scheibe Toast aus dem Körbchen vor mir und wollte sie auf den Teller legen, als ich einen Wassertropfen darauf bemerkte. Etwas in meinem Hinterkopf wollte sich bemerkbar machen, aber ich bekam den Gedanken nicht zu fassen und entschied, mich ganz auf das Frühstück zu konzentrieren. »Hast du meine Eltern gesehen?«

»O ja. Die Herrschaften haben beim Frühstück über einen Gast gesprochen, der heute anreisen wird. Mir kam es vor, als freuten sie sich nicht gerade darauf.«

»Echt?« Ich verdrehte die Augen und biss von meinem Toast ab. »Hoffentlich nicht schon wieder dieser Mr McFinley.«

McFinley war ein, vorsichtig formuliert, schwieriger Gast, der sich auch dann noch über das Essen beschwerte, nachdem er es komplett verschlungen hatte. Dad nannte ihn nur den »Karierten Nörgler«, weil er stets Anzüge aus kariertem Stoff trug. Und weil er nörgelte. Mir wären noch ganz andere Namen für ihn eingefallen, aber ich hielt mich zurück. Immerhin würde ich das Runmore Manor mal übernehmen und musste mich schon jetzt darin üben, Gäste auch dann noch zuvorkommend zu behandeln, wenn sie eigentlich in Zitronensoße getaucht und auf den Mond geschossen gehörten.

Ich seufzte. »Das wäre dann schon sein siebter Aufenthalt im Runmore Manor, dem mit Abstand schlechtesten Hotel der Welt.«

»Ich mache mich besser wieder an die Arbeit.« Thomas stand auf und richtete seine Weste.

Ich hatte es nie übers Herz gebracht, ihm zu sagen, dass sie am Rücken ein großes Brandloch hatte. Auch jetzt vermied ich es, länger dorthin zu sehen.

Thomas lächelte mich warm an. »Was wirst du heute noch unternehmen, Lu?«

Mit beiden Zeigefingern deutete ich auf mein Zimmermädchenkleid und sagte gedehnt: »Na? Worauf tippst du?«

Er legte die Stirn in Falten. »Ich kann nicht gutheißen, dass eine Lady arbeiten muss.«

»Ich muss ja gar nicht. Und außerdem bekomme ich Lohn dafür.«

Thomas schüttelte den Kopf. »In was für Zeiten leben wir eigentlich, wenn die Tochter einer der ältesten und angesehensten Familien des Landes für Lohn arbeiten muss?«

Mein Blick wanderte einmal ganz an ihm hinunter. Der offene Hemdkragen betonte seine breiten Schultern. Er war einen guten Kopf größer als ich und ich schätzte ihn auf achtzehn Jahre, aber das konnte täuschen. Er hatte seit frühester Kindheit schwer gearbeitet und dadurch einen muskulösen Körper bekommen, von dem die Jungen aus meiner Klasse nur träumen konnten. Zumindest theoretisch.

Ich seufzte tief. »In unterschiedlichen. Leider.«

2. KAPITEL

Ich verließ den linken Gebäudeflügel, in dem ich mit meinen Eltern wohnte, und betrat den Bereich, in dem sich der gesamte Hotelbetrieb befand.

Ich blieb an einem der hohen Fenster stehen und sah hinaus. Das Runmore Manor bestand aus einem Haupthaus, welches später durch einen Seitenanbau, unseren heutigen Wohnflügel, ergänzt worden war. Das Hotel war besonders wegen seiner exquisiten Lage so beliebt: unweit des Ortes Iffington, ruhig und dennoch nicht abgelegen. Der See auf der Rückseite des herrschaftlichen Gebäudes und der angrenzende Wald verpassten dem Ganzen eine malerische Note. Besonders im Herbst, wenn sich über den gepflegten Rasenflächen der Nebel in der Morgensonne auflöste, wirkte das Runmore Manor wie aus der Zeit gefallen. Ich liebte es.

Mein Blick wanderte zu der breiten Treppe, die von der Mitte der Eingangshalle in die erste Etage führte, und ich zögerte. Aus irgendeinem Grund verspürte ich das Verlangen, meine Hand auf das glänzende Holzgeländer zu legen.

Ich ging langsam darauf zu, hob einen Arm und fuhr mit den Fingerkuppen über die glatte Oberfläche. Erst das Klappern eines Hotelschlüssels, mit dem eine Tür in der ersten Etage abgeschlossen wurde, riss mich aus meinen Gedanken. Ein älteres Paar kam auf dem Weg in den Speisesaal die Treppe herunter. Sie ließen sich von dem köstlichen Duft nach gebratenem Speck und Rührei locken und nahmen mich kaum zur Kenntnis, sodass ich mit einem knappen Morgengruß davonkam.

Das Runmore Manor war wie immer um diese Zeit fast komplett ausgebucht. Im Herbst war bei uns Hochsaison, was nicht zuletzt an dem Ort Iffington lag. Das ganze Dorf verwandelte sich Anfang Oktober in eine riesige Halloweenkulisse und fieberte dem Höhepunkt des Jahres entgegen. Ehrlich, man hätte klammheimlich Weihnachten und Ostern abschaffen können, das wäre den Iffingtonern gar nicht aufgefallen, solange nur Halloween stattfand.

Mum war an der Rezeption gerade mit zwei Gästen beschäftigt, deswegen trat ich kurz vor die Tür. Die Morgensonne schien auf die Blumenbeete und die kiesbedeckte Einfahrt, die Vögel sangen. Die Harmonie wurde jedoch durch meinen Vater gestört. Er hockte ein paar Meter neben dem Eingang und schimpfte wie ein Rohrspatz. Neugierig ging ich zu ihm und entdeckte rasch den Grund für seinen Unmut. Irgendjemand hatte in der Nacht die Fassade beschmiert. Dad hatte bereits den größten Teil der roten Farbe abgewaschen, aber noch immer waren drei senkrechte, etwa einen Meter lange Striche neben der massiven Holztür zu sehen. Ein großer Künstler schien der Typ zumindest nicht gewesen zu sein.

»Fantastisch«, sagte ich kopfschüttelnd. »Endlich hat Iffington seinen ersten Sprayer und dann ist es so eine Niete.«

Dad drehte sich zu mir um und der Ärger auf seinem Gesicht machte einem Lächeln Platz. »Gut geschlafen?«

Ich nickte. »Wer hat sich denn hier ausgetobt?«

Dad warf den Schwamm in den Eimer, der jetzt mit blutrotem Wasser gefüllt war, das über den Rand schwappte. »Keine Ahnung. Ich weiß nur, was ich gern mit ihm anstellen würde.«

Er richtete sich auf. Normalerweise neigte Dad nicht zu Wutausbrüchen, aber normalerweise wurde ja auch nicht sein geliebtes Herrenhaus verunziert. Man konnte dem unverschämten Schmierer nur wünschen, dass Dad ihn niemals zu fassen bekam. Mein Vater war ein großer, kräftiger Mann, der in seiner Jugend Boxer gewesen war und noch immer einen Sandsack im Arbeitszimmer hängen hatte. Zu Trainingszwecken. Dass er auffällig oft trainierte, wenn der Karierte Nörgler zu Gast war, mochte ein kurioser Zufall sein.

»Und das ausgerechnet heute. Ich habe schon zum dritten Mal frisches Wasser geholt.« Dad packte den Eimer. »Ich muss das wegwischen, bevor Sally ankommt, sonst erwürgt mich deine Mutter.«

»Sally?«

»Ach. Genau.« Dad kratzte sich am Kopf. »Du sollst zu Mum kommen.« Er trug den Eimer verdächtig schnell weg und ließ mich mit der Frage, wer um alles in der Welt Sally war, stehen.

Die Rezeption war menschenleer. Ich stützte mich mit beiden Armen auf der Theke aus dunklem Holz ab, um mit einer kleinen Verrenkung einen Blick in das dahinterliegende Büro werfen zu können. »Mum? Bist du da?«

Ich hörte, wie Mum auf ihrem Drehstuhl zurückrollte, dann kam sie eilig aus dem Büro. »Oh, kleiner Kürbis. Endlich.«

»Endlich?« Ich fingerte mein Handy aus dem Känguruschürzenbeutel und prüfte verunsichert die Uhrzeit. »Es ist noch nicht einmal sieben Uhr.«

»Ja, so meinte ich das auch nicht.« Mum schob die Schwingtür in der Rezeption mit der Hüfte auf und kam um den Tresen herum. »Ich wollte dich kurz sprechen, bevor du anfängst zu arbeiten.«

Irgendwie wirkte sie nervös.

»Solange du mich nicht feuern willst«, scherzte ich, aber Mums Gesicht blieb angespannt.

Mir fiel auf, dass Mum heute außergewöhnlich gut aussah. Ich meine, das tat sie immer, doch an diesem Morgen war sie besonders elegant gekleidet. Sie trug ein neues Kostüm, dunkelgrau, tailliert, mit weißer Bluse und hohen Schuhen. Ich kombinierte blitzschnell. »Wir erwarten wohl einen wichtigen Gast?«

Mum nickte. Hin und wieder hatten wir hochrangige Gäste wie zum Beispiel im letzten Jahr die Delegation des Vereins zur Erhaltung und Pflege der Herzogin-Quarrelfield-Rose, aber noch nie hatte Mum mich vorher gebrieft. Es musste sich also um jemand wirklich Bedeutenden handeln. Meine Gedanken rissen sich los und ich rief aufgeregt: »Die Queen!«

»Sei nicht albern, Luisa.«

»Ein Schauspieler? Eine Sängerin?«

»Du musst mir versprechen, dich normal zu verhalten.«

»Selbstverständlich«, sagte ich und richtete meine Frisur. »Wer ist es? Los, sag schon!«

»Estelle Fahey.«

»Estelle … Fah…« Ich bekam den Mund nicht mehr zu. Estelle Fahey war eine bekannte Schauspielerin, die gerade mit »Post Scriptum« in den Kinos war. Ein Agententhriller und ganz und gar nicht mein Genre. Aber darum ging es nicht. Sie war Schauspielerin, berühmt und demnächst Gast im Runmore Manor. Grund genug, hysterisch zu werden und augenblicklich Emma zu informieren, damit wir Star-Selfies machen konnten.

Mum sah mir meine Gedanken wohl an, denn sie schürzte streng die Lippen. »Lu, beruhig dich, ja? Sally will auf keinen Fall …«

»Sally?« Da war er schon wieder, dieser Name. Wer war diese Sally und was hatte sie mit meinem VIP-Gast zu tun?

»Estelle ist Sally«, erklärte Mum. »Oder Sally ist Estelle.« Sie überlegte kurz und schüttelte dann energisch den Kopf. »Sie möchte hier für ein paar Tage abschalten und den Londoner Paparazzi aus dem Weg gehen. Sie will keinen Trubel, will auf keinen Fall aufdringliche Fans, die Fotos schießen, und schon gar nicht, dass sich die Iffingtoner anders als früher verhalten. Deshalb benehmen wir uns alle ganz normal, wenn sie nachher ankommt, ja?«

Ich nickte. Schon klar. Abschalten, keine Fotos, normales Verhalten. Das würde definitiv nicht funktionieren. Ich stutzte. »Ähm … Moment. Was meinst du mit ›anders als früher‹?«

Mum atmete tief durch. »Sally kommt aus Iffington. Sie war früher gut mit deinem Dad und mir befreundet …«

»Was?« Ich schnappte empört nach Luft. Meine Eltern kannten Sally Schrägstrich Estelle Fahey und hatten das vor mir verheimlicht? »Warum habt ihr mir das nie erzählt?«

»Weil es keine Rolle spielt.« Mum wollte sich hinter der Rezeption in Sicherheit bringen und das Gespräch damit beenden, aber so leicht ließ ich mich nicht abschütteln und folgte ihr ins Büro.

»Du bist mit einer Berühmtheit befreundet und gibst nicht damit an?«

»Wir *waren* mal befreundet. Das ist ein Unterschied«, erklärte Mum in einem Ton, der fast ein wenig sentimental klang. »Und bitte behalt es vorerst für dich, ja, Kürbis? Sie kommt als Sally. Die Angestellten sollen sie wie jeden anderen Gast auch behandeln.«

»Ja, ja, ich werde schweigen wie ein Grab.«

Mum saß wieder an ihrem Schreibtisch, vergrub sich in

einen Stapel Papiere und gab schnaufend vor, irre viel zu tun zu haben.

Ich hatte nicht vor, darauf reinzufallen. »Und warum freust du dich nicht auf deine alte Freundin?«

»Wer sagt denn, dass ich das nicht tue?«

»Deine zusammengekniffenen Lippen.«

Sofort zog Mum die oberste Schublade des Schreibtisches auf und holte einen Handspiegel heraus, in dem sie sich kritisch betrachtete.

»Ach, du meine Güte«, murmelte sie und kramte aus der gleichen Schublade einen Lippenstift hervor. Sie trug die knallrote Farbe auf und übte mit vorgehaltenem Spiegel ein fröhliches Gesicht.

Hm. Irgendetwas war hier oberfaul. Warum machten meine Eltern so ein Geheimnis aus ihrer Freundschaft zu einer berühmten Schauspielerin?

Aus Mum würde ich im Moment definitiv nicht mehr herausbekommen. Bevor ich das Büro verließ, nahm ich eine Packung Marzipanherzen aus dem großen Karton in der Ecke und hörte im Davongehen, wie Mum in verschiedenen Tonlagen das Wort »Willkommen« probte. Nicht sehr überzeugend.

3. KAPITEL

Nachdem ich Emma in einer sehr langen Nachricht verkündet hatte, welch hohen Besuch wir heute im Runmore Manor erwarteten, machte ich mich an die Arbeit. Mrs Henderson, unsere resolute Hausdame, hatte die Zimmermädchen so eingeteilt, dass wir immer zu zweit in einer der drei Etagen arbeiteten. Ich wurde mit Dory in die zweite Etage geschickt, in der sich drei Einzelzimmer und die beiden Suiten befanden.

Die Bewohner von Elf reisten heute ab, die in der Zwölf blieben noch und befanden sich gerade beim Frühstück, weshalb wir mit dieser Suite begannen. Während Dory sich das Badezimmer vornahm, schüttelte ich die Betten auf und legte sie akkurat zurecht, wie ich es von Mrs Henderson gelernt hatte. Danach saugte ich den Fußboden gründlich ab, auch unter dem Bett, ging mit einem Tuch über das Sofa aus grünem Leder und wischte sorgfältig Staub.

Ich arbeitete gern mit Dory zusammen, auch wenn sie eindeutig zu viel redete. Sie schnatterte ununterbrochen, selbst wenn der Staubsauger lief, und so kam ich gar nicht erst in Versuchung, ihr von unserem VIP-Gast zu berichten.

Wir waren schnell fertig und schafften noch die Einzelzimmer, bevor wir in die Elf konnten. Das war das mit Abstand größte Zimmer im Runmore Manor, mit eigenem Balkon und Blick auf den See. Einfach traumhaft.

Bestimmt würde Estelle später diese Suite beziehen. Ich malte mir aus, wie sie inkognito mit Sonnenbrille und Hut auf dem Balkon stand, das Manuskript für ihre nächste Rolle in der Hand, ihren Agenten am Telefon. Ob sie eine Diva war, anstrengend und kompliziert? Oder kam sie tatsächlich als Sally, das Mädchen aus Iffington?

Ich trat kurz auf den Balkon, um die frische Luft zu genießen. Es war ein angenehm milder Oktobertag und die Sonne blitzte zwischen den Wolken hervor.

Gedankenverloren griff ich nach meinem Medaillon, das ich wie immer an einer Kette um den Hals trug. In Momenten wie diesen wusste ich, dass ich niemals woanders leben wollte. Meine Familie residierte schon seit unzähligen Generationen im Runmore Manor, alle meine Vorfahren väterlicherseits waren in diesem Haus zur Welt gekommen. Und auch wenn mir die adelige Familiengeschichte manchmal auf die Nerven ging, so erfüllte mich in diesen Mauern ein Gefühl von Geborgenheit. Ich konnte mir nicht vorstellen, jemals aus Iffington wegzuziehen.

Ich beobachtete, wie Nebelschleier über den See und die

Pferdekoppel zogen und in den angrenzenden Wald krochen, als wollten sie sich zwischen den alten knorrigen Bäumen verstecken. Drei Krähen stiegen aus dem dichten Blätterdach in den Himmel auf. Eine Bewegung im Schatten der Bäume zog meine Aufmerksamkeit auf sich. Dort, wo der Weg in den Wald hineinführte, wallte der Nebel auf, so als wäre er auf ein Hindernis gestoßen. Ich kniff die Augen zusammen. Stand dort etwa jemand? Doch nachdem ein heftiger Windstoß den Nebel fortgewirbelt hatte, lag der Weg einsam und verlassen da.

»Lu, wo steckst du denn?« Dorys Stimme riss mich aus meinem Tagtraum und ich machte mich schnell daran, die Betten neu zu beziehen. Dory kümmerte sich um das Badezimmer, von wo aus sie munter weiterplapperte. Es ging um einen gewissen Dan oder Stan, das wusste ich nicht mehr genau und ich traute mich auch nicht nachzufragen. Sie erzählte mir schon die ganze Woche von ihm und ich wollte ungern zugeben, dass ich nur mit halbem Ohr zugehört hatte. Sie war ziemlich verliebt und bereit, ihn zu heiraten. Wenn er sie nur endlich fragen würde. Warum ließ sich der Kerl auch so viel Zeit? Immerhin kannten sie sich schon beinahe zehn Tage.

Ich grinste vor mich hin, da schrie Dory auf. Sie kam rückwärts aus dem Badezimmer gestolpert, kreidebleich im Gesicht, die Flasche mit dem Desinfektionsmittel wie eine Pistole von sich gestreckt.

»Dory, was ist denn?« Ich ließ das halbbezogene Kissen aufs Bett fallen und lief zu ihr. »Ist was nicht in Ordnung?«

»Der … der Spiegel …«

»Der Spiegel?« Ich legte meine Hände auf ihre Schultern und sah sie besorgt an. »Was ist mit dem Spiegel?«

»Es … es war …«

»Ja?« Meine Güte. Sonst musste man ihr doch auch nicht jedes Wort aus der Nase ziehen.

Ich nickte ihr aufmunternd zu, bis sie endlich sagte: »Es war etwas darin zu sehen. Bitte lach mich nicht aus, ja? Aber ich schwöre, ich habe jemanden im Spiegel gesehen. Jemand stand hinter mir, als ich das Waschbecken geputzt habe.«

»Was?« Ich ging ins Badezimmer und sah mich um. Es wäre sehr untypisch für die Stammgäste, die Zimmermädchen zu erschrecken, also wunderte es mich auch nicht, keinen von ihnen zu entdecken. Abgesehen davon, dass andere Menschen sie nicht sehen konnten, auch nicht durch einen Spiegel.

»Hier ist niemand, Dory«, sagte ich möglichst beruhigend.

»Aber …«

»Vielleicht ist ein Vogel am Fenster vorbeigeflogen und du hast die Bewegung im Spiegel gesehen?« Da sie mir einen skeptischen Blick zuwarf, setzte ich erklärend hinzu: »Die Krähen sind in diesem Jahr ziemlich fett.«

»Ich hätte schwören können …« Dory blieb im Türrahmen stehen und verstummte. Dann begann sie aufgekratzt zu lachen. »Jetzt habe ich mir wirklich eingebildet, hier spukt es. Mitten am Tag. Lächerlich.«

»Ja, lächerlich.« Ich lachte mit. Aber nur, weil Dory glaubte, Geister würden bloß nachts spuken.

»Das kommt davon, dass so viele Gäste behaupten, das Runmore Manor sei ein Geisterhaus.« Dory fing sich wieder, und ich musste ihr versprechen, Dan oder Stan nichts von ihrem eingebildeten Geist zu erzählen. Das konnte ich ruhigen Gewissens tun, schon allein deshalb, weil ich ehrlich gesagt keine Ahnung hatte, wer er überhaupt war.

Wir waren mit der Elf trotz des Zwischenfalls rasch fertig und Dory schob den Wagen mit den Putzutensilien davon. Ich legte je ein Tütchen mit einem Marzipanherzen auf die Kopfkissen und steckte mir selbst auch eins in den Mund.

Bevor ich die Suite verließ, ging ich noch einmal ins Badezimmer und sah prüfend in den Spiegel. Er war blitzblank und streifenfrei. Dennoch sagte ich mit Marzipan auf der Zunge: »Lieber Lord, solltest du dich hier herumtreiben, verzieh dich, ja?«

Mrs Henderson trug Dory und mir auf, den anderen Zimmermädchen noch unter die Arme zu greifen, damit bis zehn Uhr alle Zimmer geputzt und überall frische Handtücher verteilt waren. Danach entließ sie mich und ich lief die geschwungene Treppe ins Erdgeschoss hinunter. Es gab zwar einen kleinen Fahrstuhl, damit das Gepäck bequem transportiert werden konnte, aber den benutzte ich nur, wenn ich viel Zeit hatte. Bis er oben angekommen war, war ich schon lange unten.

Ich durchquerte den Eingangsbereich und ging auf die bei gutem Wetter stets offen stehende Haustür zu. Als gutes Wetter zählte übrigens auch Regen bei Temperaturen über fünfzehn

Grad, und an diesem Maßstab gemessen hatten wir hervorragendes Wetter. Sonnenschein ließ das Wasser im runden Brunnen in der Hotelauffahrt glitzern und alles sah dank Greg, unserem Hausmeister und Gärtner, sauber und gepflegt aus. Trotzdem lief Mum aufgeregt über den Weg aus weißem Kies und war im Begriff, ihre hohen Schuhe zu ruinieren, indem sie einzelne, über den Rand gerollte Steinchen mit der Spitze zurückschob. Dad hingegen stand mit verschränkten Armen und finsterer Miene da und betrachtete die Fassade neben der Tür.

Ich stellte mich zu ihm. Von den seltsamen Strichen war nur noch ein Hauch zu sehen, aber das Wasser, mit dem er sie abgewaschen hatte, hatte einen dunklen Fleck hinterlassen, der ihn garantiert gerade an seinen Sandsack denken ließ.

»Wir sollten *doch* Kameras aufstellen«, murmelte er mehr zu sich selbst.

Mein Vater war eigentlich kein großer Technikfreund und wollte das alte Herrenhaus möglichst ursprünglich erhalten. Mum hatte zum Beispiel im letzten Jahr die Idee gehabt, den Eingang umzubauen und die Holztür durch eine moderne Schiebetür aus Glas zu ersetzen, doch Dad hatte das entschieden abgelehnt.

Stirnrunzelnd sah ich zu, wie Mum versuchte, ihre Schuhe an Gregs frisch gemähtem Rasen zu säubern. »Dad, warum habt ihr mir nie von eurer Freundschaft mit Estelle …?«

Weiter kam ich nicht. Mum sprang über den Kiesweg auf uns zu und bekam so etwas wie einen kleinen Nervenzusammenbruch, als sie Dad und mich genauer betrachtete.

»William!« Sie zupfte am Hemd meines Vaters herum. »Wie siehst du denn aus?«

Mein Vater deutete auf den Wasserfleck. »Ich habe bis eben daran herumgeputzt. Hätte ich das im Anzug machen sollen?«

Mum schnaufte und knöpfte sein Hemd bis zum Hals zu, was ihn leise meckern ließ. Ihr nächster Vorwurf galt mir. »Und du? Warum bist du noch nicht umgezogen?«

»He!« Das war ungerecht, ich war nur zufällig vorbeigekommen und hatte gar nicht vorgehabt, eine berühmte Schauspielerin in Empfang zu nehmen. Denn dass Mum nur deswegen so am Rad drehte, war offensichtlich. »Ich musste bis gerade eben arbeiten.« Ich verkniff mir die Frage, ob ich das im Anzug hätte machen sollen, weil Mum gerade augenscheinlich nicht zu Scherzen aufgelegt war.

Da näherte sich der Grund für Mums Aufregung. Ein silberfarbener Wagen war in die Einfahrt eingebogen und rollte knirschend über den Kiesweg heran.

»Sehr unauffällig, der Bentley«, sagte mein Vater und sprach damit meine Gedanken aus. Wenn Estelle ernsthaft als Sally hätte anreisen wollen, dann wäre eine Nummer kleiner angesagt gewesen.

»Wenigstens ist es kein Rolls-Royce«, stimmte ich zu, was uns beiden einen kleinen Knuff von Mum bescherte.

»Benehmt euch!«, zischte sie und ging auf den Wagen zu, der in einigem Abstand zum Halten gekommen war.

Die Beifahrertür öffnete sich und eine schlanke Frau mit wasserstoffblonden Haaren stieg aus. Wir beobachteten, wie

Mum zwischen einem professionell höflichen Handschlag und einer Umarmung hin- und hergerissen war, sich schließlich zu der Umarmung durchrang und Sally Schrägstrich Estelle um den Hals fiel. Diese erwiderte die herzliche Begrüßung lachend.

»Weißt du, was ich mich frage?«, wollte Dad wissen. Er machte keinerlei Anstalten, Sally ebenfalls willkommen zu heißen.

»Hm?«

»Wer fährt diesen Schlitten?«

»Äh, ein Fahrer?«, mutmaßte ich.

»Ein Fahrer.« Dad ließ das Auto nicht aus den Augen. »Ein Fahrer, der hoffentlich gleich wieder abfährt. Sally hat nur ein Zimmer gebucht. Von einem ihrer Liebhaber war nie die Rede.«

Ich zuckte mit den Schultern. Wenn es einer ihrer Liebhaber war, dann würde der doch sowieso mit ihr in der Suite schlafen. Kein Grund zur Aufregung.

Mum und Sally kamen nun Arm in Arm auf uns zu. Sie redeten beide gleichzeitig, lachten und wirkten wie zwei Freundinnen, die sich eine Menge zu erzählen hatten.

Dad sagte noch immer nichts und ich nahm Estelle wie gebannt in Augenschein. Sie sah schlicht phänomenal aus, hatte die aufgehellten Haare zu einem hohen Pferdeschwanz gebunden und trug ein enges schwarzes Kleid. Unter dem Arm klemmte eine rote, farblich auf die unfassbar schicken Schuhe abgestimmte Clutch. Wahnsinn.

»Will!« Estelle legte eine Hand über ihren Mund, als hätte sie gar nicht damit gerechnet, meinen Vater im Runmore Manor anzutreffen.

Ich kannte Dad gut genug, um zu wissen, dass er sich am liebsten aus dem Staub gemacht hätte. Er blieb jedoch stehen, selbst als Estelle ihm einen Kuss auf die Wange hauchte.

Ich war sicher, ihn mit den Zähnen knirschen zu hören. Ich überlegte noch, wie ich Estelle am besten ansprechen sollte, da schob Mum sie schon die Stufen zum Eingang hinauf und verschwand mit ihr im Hotel. Dad warf noch einen grimmigen Blick zum Auto, bevor er tief durchatmete und ebenfalls hineinging.

Das durfte doch wohl nicht wahr sein! Als die Delegation des Vereins zur Erhaltung und Pflege der Herzogin-Quarrelfield-Rose eintraf, musste ich jedem einzelnen Mitglied die Hand schütteln und mich artig als Luisa Runmore, die sich sehr, sehr freute, präsentieren. Aber wenn ein wirklich wichtiger Gast anreiste, war ich Luft?

»Na toll!«, maulte ich vor mich hin und wollte ihnen folgen, damit Mum Gelegenheit hatte, ihren Fehler auszubügeln. Das Schlagen einer Autotür ließ mich innehalten. Ich drehte mich um und mir entfuhr ein überraschtes: »Oh!«

Das hatte zwei Gründe. Erstens war der Fahrer, der dem Bentley entstiegen war, ausgesprochen gut aussehend. Und zweitens war er ausgesprochen jung. Ich schätzte ihn auf höchstens zwanzig. Wenn das Estelles Liebhaber war, war mir klar, warum sie keine Fotos wollte.

Romeo betrachtete gedankenversunken das Herrenhaus und auf seinem Gesicht zeigte sich etwas, das ich nicht deuten konnte. War er enttäuscht, weil das Runmore Manor kein supermoderner Fünfsterneschuppen inmitten einer pulsierenden Großstadt war? Hatte er sich von seinem Ausflug mit dem Star Estelle Fahey etwas anderes erhofft?

Aus irgendeinem Grund wollte ich ihn nicht einfach stehen lassen und ging entschlossen auf ihn zu, Mums entwaffnendes Begrüßungslächeln imitierend. »Willkommen im Runmore Manor. Hatten Sie eine angenehme Anreise?«

Seine Augen lösten sich nur widerwillig vom Gebäude und er richtete sie auf mich. Sie waren grau und von langen, gebogenen Wimpern umgeben. Der Blick aus ihnen traf mich wie ein kühler Windstoß und ich hätte mich gern weggedreht, hielt ihm aber, tapfer weiterlächelnd, stand.

»Falls Sie Fragen zum Herrenhaus und seiner Geschichte haben«, bot ich freundlich an, »kann ich Ihnen gerne einiges darüber erzählen.«

Er war ungefähr so groß wie Thomas, vielleicht ein, zwei Zentimeter kleiner. Seine Schultern waren auch nicht so breit wie die des Stallburschen, aber unter dem eng anliegenden, langärmligen Shirt zeigte sich ein athletischer Körperbau. Er hatte eine schöne und bemerkenswert gerade Nase, wundervolle Wangenknochen und dichtes dunkles Haar, das ihm locker in die Stirn fiel. Er sah gnadenlos gut aus und ich war gerade drauf und dran, mich in sein Äußeres zu verlieben, als er sagte: »Das Gepäck ist im Kofferraum.«

»Äh …« Okay. Wahrscheinlich war er durch mein Zimmermädchenkleid in die Irre geführt worden. »Oh, tut mir leid, aber ich bin nicht für Ihr Gepä…«

»Passen Sie auf den Lack auf.«

Seine eigentlich warme Stimme hatte nun den gleichen Effekt wie ein Eimer Wasser, den man mir ohne Vorwarnung über den Kopf gekippt hatte, und ich stand da wie ein begossenes viktorianisches Känguru.

»Entschuldigung, aber ich wollte nur …« Meine Worte waren immer leiser geworden, bis ich ganz aufhörte zu sprechen.

Er musterte mich noch einmal von oben bis unten, ließ mit einem Knopfdruck auf den Schlüssel den Kofferraum aufspringen und sagte kühl: »Und nichts fallen lassen. Sie könnten sich nicht mal von Ihrem Jahresgehalt einen solchen Koffer leisten. Vom Inhalt ganz zu schweigen.«

Mein Mund stand wie der Kofferraum des Bentleys weit offen, als ich ihm hinterhersah.

Noch nie war ich so behandelt worden, selbst der blasierte Vorsitzende des Herzogin-Quarrelfield-Rosendingens war weniger überheblich gewesen.

Einen klitzekleinen Moment lang zog ich ernsthaft in Erwägung, das Gepäck ins Hotel zu schleppen. Mit einem Blick auf den Angeber, der mit den Händen in den Hosentaschen über den Kiesweg schlenderte, verwarf ich den Plan allerdings wieder. Wenn er so besorgt um seine wertvollen Sachen war, warum trug er sie dann nicht selbst?

»Das Gepäck ist im Kofferraum?«, zischte ich sauer. »Na, da wird es dann wohl auch bleiben.«

Wütend überholte ich ihn auf dem Weg ins Hotel. Beim Anblick meiner kofferlosen Hände blieb er stehen und drehte sich zum Auto um. »He, was ist mit dem Gepäck?«

»Keine Ahnung.« Ich zuckte mit den Schultern. »Wenn es gut erzogen ist, kommt es möglicherweise nach.«

Er starrte mich an. »Soll das ein Scherz sein?«

»Oh, Verzeihung.« Ich machte einen Knicks, den ich mir von Sophie abgeguckt hatte. »Aber ich ungeschickte Dienstmagd mache womöglich noch einen Kratzer in den Lack. Und ich könnte die Reparatur in hundert Jahren nicht abbezahlen.«

»Arbeiten Sie hier oder nicht?«

Ich warf ihm einen, wie ich stark hoffte, herablassenden Blick zu. »Ich *wohne* hier.«

Seine grauen Augen musterten mich wieder. Ich wandte mich ab und stampfte ohne ein weiteres Wort die Stufen zum Eingang hinauf. Ich wollte nur noch in mein Zimmer, das blöde Zimmermädchenkleid in die Ecke pfeffern und mich mit Emma in Iffington treffen. Erst der ätzende Albtraum, dann dieser Schnösel – der Tag ging mir jetzt schon gehörig auf die Nerven. Ich brauchte dringend eine große Menge Zucker, am liebsten in Form eines Stück Kuchens im Iff Only.

Ich schickte Emma diesbezüglich eine Nachricht und betrat den Eingangsbereich.

»Ah, da ist sie ja.« Bedauerlicherweise war Mum ausgerechnet jetzt wieder eingefallen, dass sie eine Tochter hatte. Sie kam freudestrahlend auf mich zu, packte mich an den Schultern und bugsierte mich geradewegs auf Estelle zu.

Mein Bedarf an Starallüren war für diesen Vormittag bereits gedeckt und ich machte mich auf das Schlimmste gefasst, doch Estelles Strahlen wirkte aufrichtig nett und ließ meinen gröbsten Ärger verpuffen.

»Hallo, Lu. Darf ich dich so nennen, ja? Ich bin Estelle. Hoffentlich haben wir beide Gelegenheit, uns ein bisschen kennenzulernen.« Sie umarmte mich und ich roch ihr Parfum, einen warmen, holzigen Duft mit frischer Zitrusnote. »Deine Mutter und ich waren früher unzertrennlich, weißt du? Und du hast viel von ihr.« Sie legte ihren hübschen Kopf schief und betrachtete mich eingehend. »Aber noch mehr kommst du nach der Familie deines Vaters. Du siehst aus wie …«

Ich konnte ihren Worten nicht mehr folgen, denn plötzlich überkam mich Übelkeit. Meine Knie wurden weich, mein Magen zog sich zusammen und ich spürte ein heftiges Brennen in der Brust. Ich sah Estelles Gesicht vor mir, ihr Mund bewegte sich, doch ich konnte nichts hören. Ich schwankte leicht und ihr Lächeln verwandelte sich in eine besorgte Miene.

»Geht es dir gut, Lu?«

Der Ton war wieder da. Das Unwohlsein war verschwunden, meine Knie fühlten sich wieder ganz normal an und mein Atem beruhigte sich. Ich holte einmal tief Luft und nickte. »Ja, alles in Ordnung, danke.«

Mum strich mir fürsorglich über den Kopf. »Sie ist nur ein bisschen aufgeregt, nicht wahr, kleiner Fankürbis?« Ich warf ihr einen bösen Blick zu, den sie jedoch ignorierte. »Lu ist unser ganzer Stolz. Sie wird an Halloween schon sechzehn. Ist das zu glauben?«

»Meine Güte! Sechzehn? Es ist alles schon so lange her, was?« Estelle seufzte wehmütig und ging mit ausgebreiteten Armen durch die Eingangshalle. »Und trotzdem kommt es mir wie eine Zeitreise vor, Hellen. Der Kamin, das Sofa.« Estelle ließ sich auf das alte Ledermonstrum fallen und richtete den Blick auf die Treppe. »Fast könnte man meinen, gleich kommt ...«

Dad fiel ihr ins Wort. »Willst du uns deine Begleitung nicht vorstellen, Sally?«

Wir alle sahen nun den jungen Mann an, der an den Türrahmen gelehnt dastand, als warte er darauf, hereingebeten zu werden. Ich schnaubte leise. Was wollte eine so nette Frau wie Estelle mit so einem abgehobenen Blödmann?

Estelle erhob sich vom Sofa und winkte ihn zu sich heran. »Das ist Ben.« Mum machte ein paar Schritte auf Ben zu und streckte bereits die Hand aus, doch sie erstarrte in der Bewegung, als Estelle fortfuhr: »Mein Sohn. Er ist etwas älter als eure Lu, falls ihr euch fragt.«

Für einen Moment schien die Zeit stillzustehen. Ich hätte zu gern gewusst, warum meine Eltern sich das fragen sollten, aber weder Mum noch Dad machten den Eindruck, das in diesem Moment genauer erläutern zu wollen. Oder auch nur zu können. Sie standen so stocksteif da wie zwei Salzsäulen und starrten Ben merkwürdig an.

Nach einigen Augenblicken, die wir in äußerst unangenehmem Schweigen verbrachten, machte mein Vater auf dem Absatz kehrt und stieg ohne ein weiteres Wort die Treppe hinauf. Mum bekam sich wieder in den Griff und nahm einen zweiten Anlauf, Ben die Hand zu schütteln.

»Herzlich willkommen im Runmore Manor«, sagte sie, doch ihre Fröhlichkeit wirkte plötzlich aufgesetzt.

»Danke.« Ben erwiderte ihren Händedruck. »Meine Mutter hat mir viel von ihrer Jugend in Iffington erzählt, und besonders über das Runmore Manor. Es freut mich, endlich alles mit eigenen Augen sehen zu können.« Er warf mir einen spöttischen Blick zu. »Auch wenn der Service bisher etwas zu wünschen übrig lässt.«

4. KAPITEL

In meinem Ärger hatte ich nicht alle Knöpfe geöffnet und so stand ich in meinem Zimmer, das Kittelkleid halb über den Kopf gezogen, und hätte vor Wut schreien können.

Was bildete sich dieser Lackaffe eigentlich ein? Nur weil er der Sohn von Estelle Fahey war, machte ihn das noch lange nicht zu einem besseren Menschen. Ganz offensichtlich war sogar das Gegenteil der Fall. Was glaubte er eigentlich, wer er war? Hätte mein Vater seinen Titel nicht abgelegt, wäre ich die Tochter von Lord William Runmore, dem Dritten.

»Dem Dritten!«, fauchte ich wütend in den Stoff hinein und zerrte das Kleid von mir. »Mache ich deshalb so ein Fass auf?«

»Was für ein Fass denn?« Sophie schwebte durch die geschlossene Tür in mein Zimmer. Ihre gräulich schimmernde Form wurde ein wenig verwirbelt, wie immer, wenn sie durch einen Gegenstand hindurchging. Sie streckte die Arme aus, um mir das zusammengeknüllte Bündel abzunehmen.

»Ach. Nichts. Schon gut.« Ich übergab ihr das Kleid, das sofort auf den Boden plumpste. Wir starrten einen Augenblick betroffen darauf, bis wir beide kichern mussten.

»Hat es mit dem schönen jungen Mann zu tun?« Sophie schlug die Augen nieder und verriet somit, dass sie am Fenster gestanden und uns beobachtet hatte.

»Ja. Schön ist er. Schön aufgeblasen.« Ich dachte daran, wie er mich die ganze Zeit über angesehen hatte, während sich unsere Mütter unterhalten hatten. »Mum will, dass ich Ben mit nach Iffington nehme.«

»Das klingt doch wundervoll. Ein gemeinsamer Ausflug ins Dorf.«

Genervt winkte ich ab. »Es wäre wundervoll gewesen, wenn er abgelehnt hätte.«

»Aha«, machte Sophie.

»Nein, ehrlich! Ich versteh gar nicht, warum er mitkommen will.«

»Aha.«

»Ich meine, er wird doch nicht erwarten, dass ich ihn freudestrahlend in Iffington herumführe, nachdem er sich so bescheuert benommen hat«, erklärte ich leicht irritiert. »*Der Service lässt zu wünschen übrig.* Also wirklich!«

»Aha.«

»Ich weiß gar nicht, was du mit diesen Ahas bezweckst.«

Mittlerweile stand ich vor meinem Kleiderschrank und Sophie stellte sich neben mich. Sie strich mit ihren blassgrauen Fingern an den Kleiderbügeln entlang. »Diese Bluse scheint für den Anlass sehr passend. Dezent und elegant, wie dafür geschneidert.«

»Findest du?« Ich zog die Augenbrauen zusammen. »Was wäre denn deiner Meinung nach nicht so passend?«

Entsetzt wollte Sophie mich daran hindern, meinen dunkelroten Strickpulli mit dem weiten Rollkragen aus dem Schrank zu holen. Doch ich trat mit der Nummer eins in Sachen Bequemlichkeit einfach durch sie hindurch und verwirbelte damit ihre Gestalt zu einem grauen Nebelschleier. Nachdem sie wieder in ihre Form zurückgefunden hatte, seufzte sie tief.

»Dieser Pullover betont nur die blasse Haut der Lady und passt gar nicht zu ihrer Haarfarbe.«

»Gut.« Diesen Strickpulli trug ich eigentlich nur abends über dem Schlafanzug, wenn ich es mir in meinem Zimmer gemütlich machte.

»Kann es sein«, setzte Sophie vorsichtig an, »dass die junge Lady so aufgewühlt ist, weil ihr dieser Ben gefällt?«

»Quatsch!« Ben sah ganz okay aus, zugegeben, aber das war es auch schon auf der Positivseite. Auf der Negativseite stand sein überhebliches Auftreten, und das zog die Waagschale mächtig in die Tiefe. »Du hättest hören sollen, wie er mit mir geredet hat.« Ich tippte mir gegen die Stirn, als ich daran dachte, wie er sich um den Lack und die unbezahlbaren Koffer gesorgt hatte. »Selbst die übelsten Snobs an meiner Schule sind gegen den die reinsten Waisenknaben.«

Das musste man erst mal hinbekommen. Wenn es so etwas wie ein Epizentrum an Hochnäsigkeit gab, dann befand es sich ohne Zweifel an meiner Schule, der Berkshire Academy im benachbarten Newbury. Adelssprösslinge, Neureiche, Erben von Industriemagnaten, das volle Programm.

»Wenn die junge Lady das sagt, muss es wohl stimmen.« Sophie machte einen Knicks und verließ mein Zimmer durch die Wand.

Ich schnaufte und schickte Emma eine Nachricht, in der ich sie über meine ungebetene Begleitung informierte. Na wunderbar, ich hätte einen Nachmittag mit meiner besten Freundin wirklich gut gebrauchen können. Und zwar allein. Schließlich konnte man sich schlecht über jemanden aufregen, wenn er direkt neben einem saß.

Ich zog den Pullover an und steckte mein Medaillon in den Kragen, als Emmas Antwort auf meinem Handy eintraf. Sie wartete bereits im Iff Only auf mich. Jetzt musste ich nur noch Ben abhängen, dann wäre der Tag gerettet.

Ich warf einen Blick in den Spiegel und löste den Knoten, bis mein Haar in weichen Wellen über meine Schultern fiel. Sophie hatte sich geirrt. Ich war alles andere als blass, meine Wangen leuchteten rot. Wie immer, wenn ich mich ärgerte.

Als ich in den Eingangsbereich kam, saß Ben relaxt auf dem Ledersofa und blätterte in einer Zeitschrift. Ich bemühte mich, ihm keine Beachtung zu schenken, und lief an ihm vorbei auf den Ausgang zu. Zu meiner Enttäuschung hörte ich, wie er die Zeitschrift auf den Tisch warf und sich aufmachte, mir zu folgen.

Er holte mich auf den Stufen ein und schritt wortlos neben mir her. Wir gingen beide sehr schnell über den Kiesweg, bis sich unsere Wege trennten. Ich steuerte auf das Tor und die dahinterliegende Straße zu, Ben auf den vor dem Brunnen geparkten Bentley.

»Warte!«, rief er. »Wir können den Wagen nehmen.«

»Nein, danke.« Ich wollte nicht meine gesamten Ersparnisse in das Ausbessern eines Kratzers stecken müssen.

Ben vergrub seine Hände in den Hosentaschen und atmete tief durch. »Wollen wir jetzt die ganze Zeit so weitermachen?«

Pfff! Wer hatte denn angefangen? Ich sah Ben an, der ein paar Schritte auf mich zuging und wieder den Schlüssel aus der Tasche zog. »Es tut mir leid, was ich vorhin zu dir gesagt habe. War nicht so gemeint.«

»Schon okay«, erwiderte ich nach kurzem Zögern.

Er lächelte mich an. »Also, fahren wir?«

»Ins Dorf sind es zehn Minuten zu Fuß. Wirst du das schaffen?« Falls nicht, konnte Mum mir später wenigstens keinen Vorwurf machen, ich hatte mein Bestes versucht. Doch Ben zuckte schicksalsergeben mit den Schultern und folgte mir.

Der direkte Weg vom Herrenhaus nach Iffington führte an der Straße entlang. Für Fußgänger war es natürlich schöner, erst ein kleines Stück durch den Wald zu gehen, dort einen kristallklaren Bach zu überqueren und anschließend über eine von friedlichen, touristengewöhnten Milchkühen bewohnte Weide zu laufen, bis man die ersten schmalen Gassen von Iffington erreichte. Zuerst spielte ich tatsächlich mit dem Gedanken, Ben mit der knallharten Realität der Iffingtoner Natur zu konfrontieren, entschied mich dann aber dagegen. Deshalb folgte ich nun dem Trampelpfad neben der Straße. Er war so schmal, dass wir nicht nebeneinandergehen konnten und uns im schweigenden Gänsemarsch Iffington näherten.

Gleich neben dem Ortsschild befand sich eines der Iffingtoner Wahrzeichen. Ben blieb stehen und betrachtete es mit hochgezogenen Brauen.

»Was soll das denn sein?«

»Das ist die Iffingtoner Grusel-Eiche«, erwiderte ich.

»Grusel-Eiche?«, wiederholte er spöttisch.

Ich fand, dass sie ihren Namen verdient hatte. Vor einigen Jahren war sie vom Blitz getroffen worden und etwa drei Meter über dem Boden abgebrochen. Schon bei Tageslicht bot sie einen schauerlichen Anblick, weil der Iffingtoner Schreiner ein großes Gesicht in den Stamm geschnitzt hatte, das jeden Neuankömmling mit aufgerissenem Maul und langen Zähnen boshaft anstarrte. Doch besonders in der Dämmerung wirkte sie wie eine riesige, bucklige Hexe.

Ich zuckte mit den Schultern und setzte meinen Weg fort.

Ben folgte mir. »Dieses Iffington scheint sehr seltsam zu sein.«

Seit wir das Hotelgelände verlassen hatten, gingen wir zum ersten Mal nebeneinanderher.

»Ist es«, gab ich zu und unterdrückte ein Lächeln. »In Iffington dreht sich zu dieser Jahreszeit alles um Halloween. Die Queen persönlich könnte ihren Besuch ankündigen, selbst das würde die Bewohner nicht davon abhalten, ab Anfang Oktober verkleidet herumzulaufen.«

»Ist das dein Ernst?«

»Es ist wegen der Touristen«, erklärte ich ihm, während wir die ersten Häuser des kleinen Ortes passierten. »Das behaupten die Iffingtoner zumindest.«

Im Vorbeigehen grüßte ich eine kleine pummelige Todesfee, die man auch ohne das weiße Make-up und die schwarz umrandeten Augen als solche erkannt hätte. Sie war Lehrerin an der Iffingtoner Grundschule; ich wusste, wovon ich sprach.

Ben sah der Todesfee kopfschüttelnd hinterher. »Es gibt Touristen, die auf so etwas stehen?«

»Iffington wird in manchen Reiseführern sogar als Halloweenhochburg angepriesen«, erwiderte ich nicht ohne Stolz. »Der Höhepunkt in jedem Jahr ist das sogenannte Runmore-Feuer, ein Theaterstück. Man kann es sogar vom Balkon der Suite aus verfolgen, aber so lange bleibt ihr ja nicht. Das wäre dann ein Logenplatz, sozusagen. Es wird auf der Wiese direkt hinter dem Haus aufgeführt.«

Ben zog eine Augenbraue hoch. »Runmore-Feuer? So wie Lu Runmore?«

»So wie Edward Runmore«, betonte ich. »Edward war zum Zeitpunkt des Feuers der Besitzer des Herrenhauses.«

»Worum geht es in dem Stück?« Bens Neugier schien geweckt und wir schlenderten ohne Eile über den Iffingtoner Marktplatz. Ich nickte der alten Elsa zu, die auf der Bank vor dem Brunnen saß und einen Hexenhut auf dem Kopf trug.

Leider achtete ich deshalb nicht auf meine Füße und stolperte. Ben hielt mich gerade noch an der Jacke fest, bevor ich mich hinlegen konnte.

Ich wurde knallrot und richtete mich bemüht würdevoll auf. »Danke.«

»Kein Problem.« Er steckte gelangweilt die Hände in seine Jackentaschen. »Also, das Stück?«

»Richtig.« Ich räusperte mich und erzählte möglichst ungerührt weiter. »Am 31. Oktober 1906 gab es einen Brand im Herrenhaus. Ein schreckliches Feuer.« Ich hatte unzählige Male zugehört, wie Dad Gästen davon erzählte. Er machte das stets mit großem Engagement und wusste, an welchen Stellen er die gebannten Zuhörer packen konnte. So ähnlich versuchte ich das jetzt auch. »Das Herrenhaus selbst blieb nahezu unbeschädigt, auch wenn alle Fensterscheiben durch die Hitze barsten und die Möbel der obersten Etage des linken Flügels von den Flammen verschlungen wurden.« Künstlerische Pause. »Doch der Brand wurde zur Katastrophe, weil er auch Menschenleben forderte.«

Wir waren stehen geblieben und Ben fragte: »Wie viele Menschen sind gestorben?«

»Drei. Sophie, die Zofe, Thomas, der Stallbursche, und Lord Edward Runmore.«

»Ein direkter Vorfahr von dir?«

»Nein.« Zum Glück! »Er war der Bruder meines Ururgroßvaters Frederick. Edward hat das Feuer selbst gelegt.«

»Warum?«

»Glaub mir«, sagte ich ernst, »das versuche ich seit Jahren aus ihm herauszubekommen.«

Ben grinste. »Nein, ehrlich. Warum hat er das getan?«

»Man sagt, er hätte den Verstand verloren.« Und so, wie der Lord sich oft aufführte, schien das mehr als nur ein Gerücht zu sein. »Eifersucht und ein reizbares Gemüt können eine explosive Mischung sein.«

»Eifersucht?«

»Edward vermutete wohl, dass seine Verlobte Mary ein Verhältnis mit seinem Bruder hatte.« Besonders pikant an der Sache war natürlich, dass Frederick und Mary nach Edwards Tod tatsächlich geheiratet hatten. »Edward war so wild vor Eifersucht, dass er sie im Wahn in ein Zimmer sperrte und das Gebäude anzündete. Die beiden Dienstboten konnten Mary in letzter Sekunde retten. Doch dabei verloren sie ihr eigenes Leben.«

Ich konnte mir sehr gut vorstellen, wie Thomas sich dem rasenden Lord in den Weg geworfen hatte, während Sophie der ohnmächtigen Mary Luft zufächelte. Wie genau es abgelaufen war, wusste ich jedoch genauso wenig wie alle anderen. Thomas und Sophie behaupteten steif und fest, sich nicht an jene Nacht erinnern zu können.

Ich bemerkte, dass Ben mich beobachtete, und wandte mich ab. Aus irgendeinem Grund glühten meine Wangen.

Er setzte sich wieder in Bewegung und nahm seine Umgebung interessiert in Augenschein. »Warum wird das Stück auf eurem Anwesen aufgeführt?«

»Warum nicht?« Mein Urgroßvater hatte die Idee gehabt, die Bühne hinter dem Herrenhaus aufzubauen. Auf diese Weise hatte er Einfluss auf die doch recht reißerische Darstellung eines blutrünstigen Edward Runmore nehmen können.

»Wenn dein Ururgroßonkel der Brandstifter war und er andere Menschen getötet hat, warum haltet ihr mit dem Stück die Erinnerung daran lebendig? Warum lasst ihr nicht einfach Gras über die Sache wachsen?«

»Weil es zur Geschichte von Iffington gehört«, erwiderte ich.

»Ein wahnsinniger Gutsherr?«

»Der Tod zweier guter Menschen. Sie sollen nicht vergessen werden.« Das war es, was ich in dem Runmore-Feuer sah.

»Hm.« Ben nickte. »Und du? Magst du dieses Fest?«

»Nein.«

»Und Halloween?«

»Schon, aber ich bin nicht so verrückt danach wie die meisten Iffingtoner.«

»Also bist du halbwegs normal«, schloss Ben daraus.

»Wie bitte?«

»Na ja, es ist doch total albern. Schau dich mal um. Erwachsene Menschen, die als Hexen und Geister durch die Straßen laufen. Und dann diese Deko.« Er zeigte auf eine Straßenlaterne, auf der eine überlebensgroße Rabenpuppe hockte. Sie trug einen blauen Schal. »Ziemlich lächerlich.«

Manche Einwohner übertrieben es natürlich. Im letzten Herbst zum Beispiel hatte ich mich mit einem Schnupfen herumgeplagt und der Apotheker war als Skelett verkleidet gewesen, was ihn meiner Meinung nach in medizinischen Belangen nicht gerade vertrauenswürdig machte. Aber das war noch lange kein Grund, über Iffington herzuziehen.

Ich wurde wieder schneller und bog in die Straße ab, in der das Café Iff Only lag. »Wieso ist das lächerlich? Die Leute hier lieben ihre Stadt und pflegen die Traditionen, das ist alles.«

»Traditionen, na ja.« Ben hielt mit mir Schritt. »Halloween ist doch eine amerikanische Erfindung, um den Leuten das Geld aus der Tasche zu ziehen. Was hat das mit englischen Traditionen zu tun?«

»Das stimmt überhaupt nicht!«, erwiderte ich heftig. Wie oft hatte ich mir dieses blödsinnige Argument schon anhören müssen? »Das Fest kann man bis in die Zeit der Kelten zurückverfolgen. Nur, dass es bei denen nicht Halloween, sondern Samhain hieß.« Ich merkte, dass ich mich in Rage redete. Ben hatte irgendetwas an sich, das mich total auf die Palme brachte. »Schon seit Urzeiten haben Menschen den Tag gefeiert, an dem die Grenze zwischen den Lebenden und den Toten besonders dünn ist.«

»Die Grenze zwischen den Lebenden und den Toten?« Ben fuhr sich durch die Haare. »Sag mal, glaubst du den Mist etwa?«

Ich wurde schon wieder rot, verflucht! Natürlich glaubte ich daran, schließlich lebte ich mit drei Geistern zusammen.

Da wir beim Iff Only angekommen waren, blieb ich stehen und baute mich wütend vor Ben auf. »Schön. Deiner Meinung nach ist Iffington also total rückständig und wir alle sind völlig bescheuert, weil wir gern Halloween feiern. Was willst du dann eigentlich hier? Warum bist du nicht in London geblieben?«

Er schwieg und lehnte sich gegen eine Straßenlaterne, die vor dem Café stand. Er schien nicht bemerkt zu haben, dass sie mit einer aus Pappmaschee gefertigten schwarzen Katze verziert war, die auf halber Höhe katzbuckelte.

Durch die Fenster des Iff Only konnte ich Emma sehen, die auf einem Sessel saß und in einem Buch las. Ich musste daran denken, wie sie in der Grundschule einmal ihren Haustürschlüssel verloren hatte. Weil sie so geweint hatte, waren mehrere Iffingtoner aus ihren Häusern gekommen und schließlich hatte die halbe Stadt nach Emmas Schlüssel gesucht. Der Apotheker hatte ihn schließlich unter einem geparkten Auto gefunden und Emma obendrein noch eine Tüte Halsbonbons zum Trost geschenkt.

»Weißt du, Ben«, sagte ich, »Iffington ist nicht London. Wir lieben unsere kleine Stadt so, wie sie ist. Wenn es dir nicht passt, solltest du deine teuren Koffer packen und einfach wieder abhauen.«

Bevor er etwas erwidern konnte, umrundete ich ihn und betrat das Café. Sollte er doch zusehen, wie er nach Hause kam, ich brauchte jetzt definitiv ein Riesenstück Kuchen.

5. KAPITEL

Emma sah erst auf, als ich vor ihr stand, und sie erkannte sofort den Ernst der Lage. »Was ist dir denn über die Leber gelaufen?«

Ich ließ mich auf den Sessel ihr gegenüber fallen und deutete nach draußen, wo Ben noch immer an der Katzenlaterne lehnte und auf sein Handy starrte. Wahrscheinlich versuchte er, den Weg zurück zu googeln. »Ben ich-bin-zu-gut-für-die-Provinz Fahey.«

»Das ist Estelles Sohn?« Neugierig starrte Emma ihn durch die Fensterscheibe an. »Er ist doch ziemlich süß.«

»Hmpf.« Ich klaute mir ein Stück von Emmas Apfelkuchen und betrachtete sie kauend. Meine beste Freundin sah mal wieder ausgesprochen hübsch aus. Sie hatte ihr krauses schwarzes Haar mit einem Seidentuch aus der Stirn geschoben und an ihrem rechten Arm klapperten bei jeder Bewegung Plastikreifen, verschieden breit und alle in einer anderen Farbe. Für sie waren die Reifen ungefähr so wertvoll wie für mich mein Medaillon, das ich zur Geburt geschenkt bekommen hatte. Emmas Vater war Geschäftsmann und reiste viel. Er schickte ihr von überall in der Welt einen Armreif zum Geburtstag und zu Weihnachten, weil er selbst nicht kommen konnte. Wir wussten beide, dass ihre Eltern sich getrennt hatten, sprachen aber nicht darüber.

Emma riss sich endlich von Bens Anblick los. »Raus mit der Sprache, was hat er dir angetan?«, fragte sie grinsend und steckte ein Lesezeichen in ihr Buch.

Ich bestellte einen Milchshake und ein eigenes Stück Apfelkuchen mit Sahne und legte los. Ich berichtete von der Sache mit seinem wertvollen Gepäck, erzählte von den herablassenden Kommentaren über Iffington und ließ auch den komischen Moment vorhin in der Hotellobby nicht aus, als es meinen Eltern plötzlich die Sprache verschlagen hatte.

»Irgendwas stimmt hier nicht.« Ich senkte meine Stimme. »Meine Eltern waren total perplex, als Estelle erzählt hat, dass er ihr Sohn und etwas älter ist als ich. Es war richtig merkwürdig.«

Ich holte tief Luft und merkte, dass Emma an mir vorbeisah. Genau genommen starrte sie auf etwas, das sich hinter mir befand. Ich wollte mich gerade umdrehen, da hörte ich auch schon Bens Stimme direkt neben meinem Ohr. »*Du* findest *mich* also merkwürdig, ja?«

Mist.

Ben richtete sich auf, schob sich an meinem Sessel vorbei

und warf Emma ein umwerfend charmantes Lächeln zu. »Darf ich mich setzen?«

Mein Blick sagte überdeutlich: Natürlich nicht! Aber Ben ignorierte mich und schenkte Emma die Art von Aufmerksamkeit, die sie von Jungs gewöhnlich bekam.

»Ich bin Ben«, sagte er und schüttelte Emmas Hand, was ihre Armreifen zum Klimpern brachte.

»Hallo, Ben.« Emma warf mir einen Blick zu. »Ich bin Lus Freundin Emma.«

»Freut mich, Emma«, sagte Ben und setzte sich zu uns, während ich die Augen verdrehte.

Es war nichts Neues, dass Emma selbst den arrogantesten Idioten um den Finger wickeln konnte. Sie hatte etwas an sich, eine besondere Ausstrahlung, die jeden dazu brachte, sich nach ihr umzudrehen. Das wurde mir stets bewusst, wenn wir unsere Schuluniform trugen. An mir sah sie aus, wie Schuluniformen eben aussehen, plump und kantig, an Emma wirkte sie wie das Gewand einer Königin.

»Was führt dich nach Iffington?«, fragte Emma an Ben gewandt.

»Meine Mutter und ich müssen hier nur eine Kleinigkeit klären. Nichts Aufregendes.«

»Und dafür bringst du so wertvolle Koffer mit?«, fragte ich und steckte mir ein viel zu großes Stück Kuchen in den Mund.

»Manche Leute haben eben Stil«, erwiderte Ben mit einer Arroganz, die mich zum Würgen brachte. Oder es war das viel zu große Stück Kuchen, zumindest konnte ich mich nicht einmischen, als er Emma, mit vielen, vielen Seitenblicken zu mir, von seinem letzten Aufenthalt in einem Nobelschuppen in Bristol berichtete. Toll muss es gewesen sein. Ich verstand gar nicht, warum er wieder abgereist war.

Ben winkte die Bedienung heran und zeigte auf mich. »Das Gleiche.«

»Wie ist Estelle so? Als Mutter, meine ich?«, fragte Emma. Sie schwärmte für Stars und Berühmtheiten und las regelmäßig alle Klatschzeitschriften. Etwas aus erster Hand zu erfahren, war da selbstverständlich ein gefundenes Fressen für sie.

»Ich kenne es ja nicht anders«, antwortete Ben. »Aber als ich klein war, fand ich es spannend, wenn sie mich mit ans Set genommen hat. Ich habe da viele Stars kennengelernt.«

Emma hörte aufmerksam zu, nickte interessiert und lächelte ganz entzückend. Genau die Reaktionen, die Ben anspornten, angeberisch alle möglichen Filmgrößen zu nennen. Er war noch mit der Aufzählung beschäftigt, als Kuchen und Shake vor ihm abgestellt wurden.

»Und was hat dein Vater dazu gesagt?«, wollte Emma wissen und auch ich blickte interessiert auf.

Ben ließ die Gabel liegen und biss herzhaft vom Kuchen ab. »Mhm. Backen können die hier in Iffington. Das muss man ihnen lassen.«

»Ja, oder?« Emma lachte. »Estelle Fahey stellt sich bestimmt nicht hin und backt Kuchen.«

»Oh doch, das tut sie«, erwiderte Ben mit vollem Mund. »Er schmeckt nur nicht so gut.«

Ich konnte es nicht verhindern, ich musste grinsen. Ich dachte an die wunderschöne Estelle, die wie eine ganz normale Frau in der Küche stand und Teig zusammenrührte. Benutzte sie ein Rezept- oder ein Drehbuch?

Emma griff über den Tisch nach meiner Hand und drückte sie. Sie freute sich offenbar, dass ich doch noch an dieser Unterhaltung teilnahm. Dann wandte sie sich wieder an Ben. »Und du? Willst du auch Schauspieler werden?«

»Nein«, sagte Ben bestimmt. »Mich zieht es in eine ganz andere Richtung.«

»Erzähl.«

»Ich könnte mir vorstellen, mein eigenes Hotel zu eröffnen.«

»Was?« Damit hätte ich nicht gerechnet. Ich schaute Ben überrascht an.

»Oh, da bist du ja bei Lu genau richtig.« Emma lächelte. »Sie ist quasi in einem Hotel aufgewachsen.«

Ben warf mir einen abschätzigen Blick zu. »Nein, ich meine die richtige Hotellerie. Mit erstklassig ausgebildetem Personal und hervorragendem Service.«

»Ich muss dann mal los.« Mit einer für mich selbst überraschenden Geschwindigkeit sprang ich vom Sessel auf. Ich wollte plötzlich nur noch weg, raus aus diesem Café, raus aus Iffington und rein in mein Zimmer, wo mich niemand störte. Abgesehen von den Stammgästen natürlich.

»Oh. Okay?« Emma sah unsicher von mir zu Ben, der keine Anstalten machte, ebenfalls aufzustehen. »Ähm, und was ist mit dir?«

»Ich bleib noch ein bisschen«, erwiderte Ben und sah mich dabei herausfordernd an. »Ich finde den Weg zurück auch allein.«

»Alles klar, dann habt noch einen schönen Nachmittag.« Ich drehte mich um und verließ das Café. Die Tür schlug hinter mir zu und ich ging rasch die Straße hinunter. Der Himmel war mit Wolken bedeckt und ein kühler Wind blies durch die Straßen. Das trübe Wetter passte zu meiner Stimmung.

»Lu!« Emma kam hinter mir hergelaufen. Sie trug keine Jacke und rieb sich die Arme. »Lu! Was ist denn los?«

»Ach, nichts«, behauptete ich, obwohl eine Menge los war. Objektiv betrachtet konnte Emma allerdings nichts dafür, dass Ben mich zu Tode nervte. Unter großer Anstrengung brachte ich meine Mundwinkel dazu, ein winziges Stück nach oben zu wandern. »Ich weiß auch nicht. Irgendwie bin ich heute schlecht drauf. Hab komisch geträumt.«

»Okay.« Emma griff nach meinen Händen und ihre Armreifen klapperten leise. »Sag mal, macht es dir was aus, wenn Ben und ich noch ein bisschen bleiben?«

Meine Mundwinkel schmerzten und mir wurde klar, dass es sehr gekünstelt aussehen musste.

Emma schien das nicht zu bemerken. »Ich find ihn nämlich eigentlich ganz nett. Aber wenn es dich stört …«

Ich betrachtete meine Freundin, schluckte den Kloß im Hals hinunter und lächelte. Diesmal echt. »Keine Sorge, ich wünsch euch viel Spaß.«

»Danke.« Emma erwiderte mein Lächeln. »Okay, ich geh

dann jetzt mal wieder rein. Wir sehen uns ja morgen, richtig?«

Emma und ich hatten schon vor Monaten zugesagt, das Halloween-Komitee bei der Deko für das Runmore-Feuer zu unterstützen. Das große Basteln fand immer im Iff Only statt, das an diesem Tag extra geschlossen blieb, und machte eigentlich großen Spaß. Die Komiteedamen brachten superleckeren Kuchen und selbst gekelterte Obstsäfte mit und es wurden wunderbar schaurige Geschichten zum Besten gegeben.

Ich gab mir einen Ruck und grinste. »Ich werde pünktlich sein.«

»Super. Bis dann!« Emma winkte mir zu und lief ins Café, zurück zu Ben.

»Bis dann«, murmelte ich leise, dann drehte ich mich um und sah zu, dass ich nach Hause kam, bevor sich die immer dunkler werdenden Wolken zu einem Gewitter auswachsen konnten.

6. KAPITEL

Trockenen Fußes stahl ich mich ins Hotel und schlich so unauffällig wie möglich durch die Eingangshalle. Ich wühlte in meinen Taschen, fand dort aber nur Bonbonpapier und ein Haarband, nichts, womit ich die Tür zum Wohnflügel hätte aufschließen können.

Auf Zehenspitzen näherte ich mich der Rezeption, öffnete das Geheimfach unter dem Holztresen und mopste den Notfall-Generalschlüssel vom Haken. Unbemerkt wie einer der Stammgäste verschwand ich durch die Tür zum Wohnflügel. Eigentlich hatte ich dort erleichtert durchatmen wollen, doch nicht mal das war mir vergönnt. Die lieblichen Klänge der Zweiten Sinfonie von Rachmaninow begrüßten mich. Na wunderbar, ich konnte mir schon denken, wer dafür verantwortlich war.

Ich stieg die Treppe in den ersten Stock hinauf und mit jeder Stufe schwollen die Musik und mein Ärger an. Ich stampfte über den Flur zu Dads Arbeitszimmer, riss ohne anzuklopfen die Tür auf und rief wütend: »Spinnst du, Lord?«

Zwei Lords wandten sich zu mir um. Obwohl die Bezeichnung zu beiden nicht so richtig passte: Der eine war tot, der andere hatte seinen Titel abgelegt.

»Unverschämtheit, du vorlautes Gör! Zu meiner Zeit hättest du dafür was hinter die Löffel bekommen«, polterte der eine.

Der andere grinste. »Vielen Dank, mir geht es so weit ganz gut.«

Der erste Lord befand sich in der Mitte des Raumes und dirigierte mit offenem Hemd und wilder Frisur das Orchester, dessen Aufnahme überlaut aus den Lautsprechern quoll. Der zweite Lord hatte davon natürlich keine Ahnung. Er stand mit hochgekrempelten Ärmeln vor seinem Sandsack und presste ihn wie in einer liebevollen Umarmung an sich, damit er ihn nicht im vollen Schwung abbekam.

Unter anderen Umständen hätte ich mich wahrscheinlich gefreut, Edward und Dad so friedlich vereint anzutreffen, denn der Lord hielt Dad für einen Nestbeschmutzer und spie in seiner Anwesenheit für gewöhnlich Gift und Galle. Doch mir war gerade nicht nach Familientreffen, ich hatte ganz andere Sorgen. Was war eigentlich mit mir los? Warum war ich so aufgebracht, nur weil Ben und Emma sich gut verstanden? Warum hatte ich das Bedürfnis, etwas in tausend Stücke zu zerschlagen?

Ich ballte die Hände zu Fäusten, ging zur Anlage und drehte

die Lautstärke herunter, womit ich mir weitere Beschimpfungen vom ersten Lord einhandelte. Ich beachtete ihn nicht.

»Entschuldige, Dad. Ich wusste nicht …«, stammelte ich verlegen. »Ich meinte nicht dich.«

»Wen hast du hier denn sonst erwartet?«, fragte Dad und tätschelte den Sandsack wie einen guten Freund, bevor er sich streckte und mich zur Begrüßung in die Arme nahm.

Er sah entspannt und zufrieden aus, er musste also schon einige Zeit in seinem Arbeitszimmer verbracht haben.

»Rachmaninow?«, erkundigte ich mich, um abzulenken.

»Ja, wieso?« Dad schob die Ärmel seines Hemdes nach unten und lockerte seine Schultern. »Du hast es doch angelassen, als du vorhin gegangen bist.«

Ah, genau. Vor einer Woche hatte ich diese CD auf Drängen des Lords eingelegt, allerdings hatte ich nicht damit gerechnet, dass sie in Dauerschleife laufen würde.

Meine Augen sprangen zum Lord, der nun in Hausherrenpose am Fenster stand und sich nicht darum scherte, dass ich zu Unrecht beschuldigt wurde.

Der Lord hatte zu meinem großen Bedauern gelernt, Dads Musikanlage zu bedienen. Wieso ausgerechnet er es von den drei Geistern am besten hinbekam, Gegenstände zu bewegen, war mir schleierhaft. Es hatte jedenfalls zur Folge, dass ich mich mindestens einmal im Monat für Lärmbelästigung nach Mitternacht entschuldigen musste.

Ich hatte das rücksichtslose Verhalten des Lords schon lange satt. Zuletzt hatte ich es einigermaßen mit der Drohung in den

Griff bekommen, den Stecker zu ziehen oder die CD aus der Anlage zu nehmen, wenn er nicht leiser wäre. Der Lord konnte zwar die Lautstärkeregler bewegen, er hatte es jedoch noch nicht gemeistert, ein Kabel aufzuheben. Zum Glück.

»Ich hab es mir dann ein bisschen lauter gemacht«, fuhr Dad fort, »weil es so gut zum Training passte.«

Ich nickte und versuchte, den Lord zu ignorieren, der nun hinter meinem Dad auf und ab ging und vor sich hin schimpfte.

»Dad, kann ich dir eine Frage stellen?« Die Gelegenheit war günstig, ich hatte Dad für mich allein. Im Großen und Ganzen. »Was hat es mit eurer Freundschaft mit Estelle auf sich?«

Dads Blick heftete sich wieder an den Sandsack. »Das ist eine lange Geschichte, Lu.«

»Dann erzähl sie mir.«

»Es gibt Dinge, über die will man lieber nicht sprechen. Nicht mal nachdenken.« Dads Arme hingen schlaff hinunter. Auf seinem Gesicht zeigten sich Schmerz und Trauer. »Lu, bitte. Frag deine Mum. Wenn sie es dir erzählen will, habe ich nichts dagegen. Aber ich möchte einfach nicht darüber reden.«

Ich nickte. Was auch immer zwischen meinen Eltern und Estelle passiert war, es war auf jeden Fall eine nicht verheilte Wunde. Ich wollte gerade das Arbeitszimmer verlassen, da fragte Dad: »Wie war es in Iffington? Hast du dich gut mit Ben verstanden?«

»Mit diesem Schnöselfrüchtchen?« Mann! Warum reagierte ich nur so überzogen? Ich atmete tief ein und aus. »Ben kann mit Iffington nicht sonderlich viel anfangen.«

»Er ist eben aus der Stadt.« Dad sah mir forschend in die Augen. »Und?«

»Was, und?«

»Gefällt er dir?«

»Ben? Mir?« Sicher. Ich verspürte ja nur das Bedürfnis, die Wände hochzugehen, sobald er den Mund aufmachte. »Nein. Echt nicht. Ganz im Gegensatz zu Emma, die kommt prima mit ihm klar.«

»Aha.« Dad musterte mich. »Und das stört dich?«

»Nein, überhaupt nicht, aber … Emma ist immer so … Sie hat … Sie ist so *schön.*« In meinem Kopf spannten sich Gedanken wie Fallstricke. Manche kannte ich schon, andere waren neu und brachten mein Herz wild zum Schlagen. Warum hatte ich das gesagt?

Dad zog mich fest in seine Arme. »Lu, weißt du eigentlich, dass du aussiehst wie deine Ururgroßmutter, Lady Mary? Sie war so schön, dass sich die Männer darum rissen, nur einmal mit ihr tanzen zu dürfen.«

»Ja«, hörte ich mich sagen, ohne so recht zu wissen, woher die Worte kamen. »Mary ist schön. *So zart und rein wie eine unberührte Schneeflocke.*«

Der Lord erstarrte in seiner Bewegung.

Auch Dad stutzte und lachte dann. »Du meinst das Gemälde?«

Ich befreite mich aus seiner Umarmung und schüttelte mich. Mir lief eine Gänsehaut den Rücken hinunter und ich fühlte mich merkwürdig, so als wäre ich in Watte gepackt worden. Um mich zu beruhigen, umklammerte ich mein Medaillon.

Das Gemälde, von dem Dad sprach, zeigte eine junge, strahlende Mary mit rötlich braunem Haar und blasser Haut, großen rehbraunen Augen und feinen Zügen. Schon oft war mir eine große Ähnlichkeit mit ihr nachgesagt worden und eigentlich war das sehr schmeichelhaft. Trotzdem hatte mir dieser Vergleich aus unerfindlichen Gründen schon immer Unbehagen bereitet. Seit meiner frühesten Kindheit vermied ich es, das Gemälde länger anzuschauen. »Äh, genau, das Gemälde. Natürlich meinte ich das.«

»Du bist mindestens genauso hübsch wie Emma. Glaub mir.« Dad gab mir einen Kuss auf die Stirn und drehte die Musik wieder auf.

Verwirrt sah ich zu, wie Dad dem Sandsack eine Salve von Fausthieben verpasste, und ließ ihn dann mit dem wieder glückselig vor sich hin dirigierenden Lord allein.

Eine unberührte Schneeflocke? Wie kam ich denn bitte darauf?

Wenn man sich nachmittags für etwa zehn Minuten hinlegt, ist man danach wunderbar erholt und erfrischt. Verpasst man diesen Zeitpunkt aber und schläft, sagen wir für eine Stunde, ist es quasi unvermeidlich, sich anschließend wie ein aufgeweichter Butterkeks zu fühlen.

Mum hatte keinerlei Rücksicht darauf genommen, dass ich mich im akuten Butterkeksstadium befand, als sie mir die

Decke weggezogen und mich gebeten hatte, eine halbe Stunde später zum gemeinsamen Essen zu erscheinen. In meiner Butterkeksigkeit hatte ich es versprochen und versäumt, mich danach zu erkundigen, was gemeinsam bedeutete.

Nun, es wurde mir schnell klar. Mum hatte im kleinen Salon eindecken lassen und so saß ich mit meinen Eltern, Estelle und Ben um einen viel zu langen Tisch. Trotz der Kerzen und der leise im Hintergrund laufenden Musik war die Atmosphäre alles andere als gemütlich.

Mein Blick schweifte immer wieder zu der großen Standuhr in der Ecke und ich konzentrierte mich darauf, die Zeiger durch reine Willenskraft vorzudrehen. Ich fühlte mich unwohl, schon allein, weil Ben mich die ganze Zeit über ansah. Unruhig rutschte ich auf meinem Stuhl hin und her und versuchte, ihn so gut wie möglich zu ignorieren.

Mum verließ den Raum, um nach dem Essen zu sehen. Estelle strahlte so gekünstelt, als wären Kameras in der Nähe. Dad und ich bewiesen, dass wir eng miteinander verwandt waren, und zogen beide das gleiche lange Gesicht. Ben spielte mit der Serviette auf seinem Teller, als sei er nur zufällig in diese lahme Abendgesellschaft geraten.

Das Essen versprach unbeschreiblich zäh zu werden.

Schließlich hob Estelle ihr Glas und nippte daran. »Wie war es in der Stadt, Ben? Was hältst du von Iffington?«

Meine Augen wurden zu Schlitzen, als ich auf seine Antwort lauerte. Ich hatte genau gesehen, wie sich sein Mund bei dem Wort »Stadt« spöttisch verzogen hatte.

Er winkte mit der Serviette ab. »Ich habe nicht wirklich viel gesehen.«

»Wir haben ja morgen einen Termin mit dem Anwalt in Iffington«, sagte Estelle und stellte ihr Glas wieder ab. »Wenn wir danach noch ein wenig Zeit haben, zeige ich dir, wo Hellen und ich uns damals so rumgetrieben haben.«

»Super«, erwiderte Ben in einem Ton, der das Gegenteil meinte.

»Anwalt?«, wollte Dad wissen und richtete sein Besteck, das auch vorher schon perfekt ausgerichtet gewesen war.

Estelle nickte. »Bens Großmutter ist gestorben.«

»Wirklich?« Dads Gabel legte sich quer. »Wann?«

»Irgendwann im Frühjahr.« Estelle verband diese Aussage mit einem Schulterzucken.

»Irgendwann?« Dad schob die Gabel zurück.

Ich nahm nicht an, dass Estelle so gelassen über den Tod ihrer eigenen Mutter sprach, es ging also um die Mutter von Bens Vater. Dad musste sie gekannt haben, sonst hätte er nicht so betroffen reagiert.

Mein Blick ging zu Ben. Er hatte sich gegen die Rückenlehne seines Stuhls sinken lassen und verfolgte das Gespräch mit wenig Interesse. Zumindest wollte er den Anschein erwecken, dass es ihn nicht interessierte. Er saß vollkommen still und hatte die Hände flach neben den Teller gelegt. Nur der Ringfinger seiner rechten Hand klopfte leicht auf die Tischplatte.

Dad trank einen Schluck Wasser. »Woran ist sie gestorben?«

»An einem kalten Herzen vielleicht?« Estelles Stimme klang

bitter. »Ich weiß es nicht, Will. Frag nicht weiter, ja? Sie hat Ben ihr Haus vermacht. Von mir aus hätte sie es auch abreißen lassen können. Da es aber Bens Erbe ist …«

»Sie hat Iffington ein halbes Jahr nach dir verlassen, Sally«, sagte Dad. »Für sie war es genauso schlimm wie für dich.«

Neugierig löste ich meinen Blick von Bens Händen und sah zu Estelle. Ich hätte zu gern gewusst, worum es hier gerade ging. Estelle tastete nervös nach der goldenen Uhr an ihrem Handgelenk. Es war ein edles Stück und so winzig, dass man zum Ablesen der Zeit sicher eine Lupe brauchte.

»Wir hätten uns damals gegenseitig helfen können. Stattdessen hat sie mir Vorwürfe gemacht. Wenn du wüsstest, was sie mir an den Kopf geworfen hat …«

Dad schnaufte. »Das kommt mir bekannt vor.«

Bens Stuhl knackte, als er sich vorbeugte. Er sah meinen Vater mit zusammengekniffenen Lippen an. Estelle öffnete den Mund, doch Mum beendete mit ihrer Rückkehr diese Unterhaltung, bevor ich mir einen Reim darauf machen konnte.

Sie setzte sich auf ihren Platz neben Estelle und lächelte ahnungslos. »Das Essen wird sofort serviert.«

»Großartig.« Estelle ließ von ihrer Uhr ab. »Ich weiß nicht, wie es euch geht, aber ich habe einen Riesenhunger.«

Ian, einer der Kellner, schob prompt den Servierwagen herein. Mum sprang wieder auf, bedankte sich bei ihm und übernahm den Wagen. »Ich habe etwas Besonderes vorbereiten lassen, Sally. Unser Lieblingsessen. Weißt du noch? Ragout vom Wildkaninchen mit grünen Bohnen an Sherrysoße.«

Ben grinste. »Das war mal dein Lieblingsessen? Wann soll das denn gewesen sein?«

Estelles Lächeln verlor an Strahlkraft. »Habe ich vergessen zu erwähnen, dass ich mich inzwischen rein vegetarisch ernähre, Hellen?«

Mum war gerade dabei gewesen, den Deckel vom Speisenwärmer zu heben, doch nun schien ihr die Kraft dafür zu fehlen. Es gab ein schepperndes Geräusch, als der Deckel zurückfiel. »Ja, das hast du wohl vergessen, Sally.«

Ich musste Dad nicht anschauen, um zu wissen, dass er vor Ärger rot angelaufen war. Er hielt Mum seinen Teller hin. »Ich nehme von dem Ragout.«

»Kommt nicht infrage.« Mum schob den Servierwagen zur Tür. »Ich hole Salat für uns alle.«

»Ich will keinen Salat, ich will Ragout«, sagte Dad und stellte den Teller laut vor sich ab.

»Sei nicht albern, Will«, antwortete Mum. »Wir können doch vor Sally kein Fleisch essen.«

»Doch, doch«, beschwichtigte Estelle in Richtung meines Vaters. »Das macht mir nichts aus. Wirklich.«

Wieder nahm Dad seinen Teller und hielt ihn Mum erwartungsvoll entgegen, die beachtete ihn aber nicht, sondern wandte sich aufgebracht an Estelle. »Wieso hast du mir nichts davon gesagt?«

»Ich habe es vergessen. Normalerweise kümmert sich mein Agent um die Hotelbuchungen und ich …«

»Ach, das meine ich nicht, Sally«, unterbrach Mum sie.

Hätte man mir dreißig Sekunden vorher gesagt, dass die Stimmung in diesem Raum noch schlechter werden könnte, ich hätte jede Wette dagegengehalten. So konnte man sich täuschen.

Mums Stimme zitterte. »Warum hast du mir nichts von deiner Schwangerschaft erzählt?«

Estelle stützte sich mit verschränkten Armen auf dem Tisch ab und fragte kühl: »Was hätte das geändert?«

»Sally, wir waren Freundinnen.«

Estelle nahm noch einen Schluck aus ihrem Glas. »Bitte, hör endlich auf, mich Sally zu nennen. Kein Mensch nennt mich mehr so. Ich bin Estelle, Sally gibt es nicht mehr. Genauso wenig wie Michael.«

Dad stand auf. »Ich esse in der Küche.«

Wir alle sahen ihm nach. Estelle trank ihr Glas aus und erhob sich ebenfalls. »Ich denke, es ist besser, ich gehe jetzt auch. Ben?« Sie sah ihren Sohn auffordernd an.

Ben stand langsam auf, sein Blick war noch immer auf die Tür gerichtet, durch die Dad verschwunden war. Ohne ein Wort folgte er seiner Mutter nach draußen.

7. KAPITEL

Das gemeinsame Essen war ja mal voll in die Hose gegangen. Und ich hatte keine Ahnung, woran genau das lag. Was lief da zwischen meinen Eltern und Estelle?

Gedankenversunken machte ich mich auf den Weg in den linken Flügel. Ich wollte einfach nur in mein Bett. Es war noch nicht sehr spät, aber ich war früh aufgestanden, und Mrs Henderson erwartete mich auch am nächsten Morgen wieder pünktlich zur Arbeit. Außerdem konnte ich es kaum erwarten, dass dieser ätzende Tag vorbei war.

Ich schloss die schwere Holztür zu unserem Wohnbereich auf und wollte sie gerade öffnen, da hörte ich hinter mir Schritte, die sich schnell näherten. Wahrscheinlich ein Gast, der sich auf der Suche nach seinem Zimmer verirrt hatte. Mit einem hilfsbereiten Lächeln drehte ich mich um, doch es war niemand zu sehen. Verdutzt schüttelte ich den Kopf, ließ die Tür hinter mir zufallen und lief den Flur entlang.

Ich mochte den Hotelbetrieb, aber ich war froh, dass es einen Bereich gab, der nur für unsere Familie bestimmt war. Dad legte großen Wert darauf, keine Gäste in den linken Flügel zu lassen. Ganz selten und höchst widerwillig erlaubte er Führungen durch diesen Teil des Gebäudes, und das auch nur, weil Mum ihn an die historische Bedeutung des alten Adelsgeschlechts Runmore erinnerte. Außerdem hatte sie ihn egoistisch genannt, was Dad nicht auf sich hatte sitzen lassen wollen.

Jetzt, so kurz vor Halloween, waren wieder viele Gäste extra wegen des Runmore-Feuers angereist und die waren immer besonders scharf darauf, diesen Teil des Gebäudes zu besichtigen. Hier war unsere Ahnengalerie untergebracht und hier befand sich auch die vom Brand zerstörte Gesindetreppe. Die größte Neugier richtete sich jedoch auf das überlebensgroße Ölgemälde von Edward Runmore, dem Brandstifter, das er kurz vor seinem Ableben hatte anfertigen lassen. Tragischerweise zeigte es ihn, wie er an einem Kamin lehnte.

Es war erstaunlich, was die Leute in seinem Gesicht alles zu erkennen glaubten. Man hatte bereits Größenwahn, paranoide Persönlichkeitsstörungen und Depressionen in sein Antlitz hineininterpretiert. Lord Edward Runmore konnte von Glück reden, dass außer den Stammgästen und mir niemand sehen konnte, wie er sich heutzutage aufführte, sonst wäre noch Tollwut hinzugekommen.

»Tja, Lord«, murmelte ich vor mich hin, während ich die Treppe hinaufstieg, »du bist unbestritten das Glanzstück im Runmore'schen Gruselkabinett.«

Die Lampen waren bereits auf Nachtbetrieb geschaltet und so waren das Treppenhaus und die Gänge nur schwach erleuchtet. Ich mochte dieses schummrige Licht eigentlich sehr gern, denn es vermittelte mir ein Gefühl von Geborgenheit. Außerdem hätte ich mich mit verbundenen Augen im Herrenhaus zurechtgefunden, ich kannte jede Ecke und jeden Winkel des alten Gebäudes. Dennoch kam mir das Treppenhaus mit einem Mal kalt und unheimlich vor.

Ich wurde langsamer, bis ich in der Mitte der Treppe ganz stehen blieb und mich unwillkürlich am Handlauf festhielt. Ein kühler Lufthauch strich an mir vorbei, die Haare auf meinen Armen stellten sich auf und ich zog den Fuß, den ich bereits auf die nächste Stufe gesetzt hatte, zurück.

Mein Blick ging hinauf zum Treppenabsatz. War das etwa Nebel, der dort über den Teppich kroch?

Ich kniff die Augen zusammen und beugte mich vor. Ein schwaches silbernes Leuchten hatte sich über den Boden ausgebreitet und kam nun Stufe um Stufe auf mich zu.

»Lord?«, fragte ich mit gedämpfter Stimme. »Bist du das?«

Keine Antwort. Ein Knarren ließ meinen Kopf herumfahren und ich blickte nach unten. Für einen Moment hätte ich schwören können, jemand sei auf die Treppe getreten.

Was sollte der Quatsch? Hatte der Lord meine kleine Spitze mit dem Gruselkabinett gehört und wollte sich nun revanchieren?

Ich straffte verärgert die Schultern. Von klein auf hatte ich Geister um mich gehabt und nun ließ ich mich von einem kalten Hauch einschüchtern? Dieser Nebel war bestimmt ein neuer Trick vom Lord. Sehr effektiv, das musste ich zugeben, mir würde er damit jedoch keinen Schreck einjagen.

»Du kannst jetzt aufhören!«, zischte ich entschlossen und stieg weiter die Treppe hinauf. Oben angekommen, schlug ich mit der flachen Hand auf den Lichtschalter. »Und falls deine blöde Nebelsuppe den Teppich ruiniert hat, werde ich das bestimmt nicht auf meine Kappe nehmen. Dann kannst du sehen, wie du das wieder in Ordnung bringst.«

Das war natürlich eine leere Drohung. Was sollte ich schon machen? Dem Geist die Kosten für die Reinigung vom Taschengeld abziehen? Trotzdem half mir mein Geschimpfe, das sonderbar beklommene Gefühl loszuwerden.

Das Licht hatte das silberne Leuchten verschwinden lassen. Vorsichtshalber überprüfte ich dennoch die Unversehrtheit des Bodenbelags. Ich ging in die Knie und betastete den Teppich. Er fühlte sich ungewohnt kalt an, war aber trocken.

»Hast du etwas verloren?«

Vor Schreck sprang ich auf und stieß mir dabei den Kopf am Treppengeländer. Thomas war hinter mir aufgetaucht und sah mich grinsend an.

»Nein«, erwiderte ich ertappt, richtete mich auf und rieb mir den Kopf. »Ich will nur sichergehen, dass der Lord mit seiner kleinen Darbietung keinen Schaden angerichtet hat.«

»Welche Darbietung?«, fragte Thomas. »Seine Lordschaft befindet sich im Kaminzimmer. Ich selbst habe gerade eben Feuerholz nachgelegt, damit er es schön warm …«

»Moment«, unterbrach ich. »Das heißt, der Lord war das gar nicht?«

»War *was* nicht?« Thomas legte den Kopf schief und sah mich besorgt an. »Lu, geht es dir nicht gut?« Er machte einen Schritt auf mich zu, hob eine Hand zu meiner Wange, zog sie aber rasch wieder zurück. Er senkte den Blick und sagte leise: »Verzeihung, es steht mir nicht zu, ihre Ladyschaft …«

»Nein, schon gut«, sagte ich schnell, in der Hoffnung, eine peinliche Situation gar nicht erst entstehen zu lassen.

Ein paar der grau leuchtenden Strähnen hatten sich aus Thomas' Zopf gelöst. Ich betrachtete sie fasziniert und fragte mich, welche Haarfarbe er früher wohl gehabt hatte. Hellbraun? Dunkelblond?

Bis zu meinem zwölften Geburtstag hatte ich in Thomas immer so etwas wie einen großen Bruder gesehen. Er hatte mir Geschichten aus seiner Kindheit erzählt und mich zum Spaß mit der Heugabel durch die Garage gejagt. Doch als ich älter wurde, bekam ich manchmal richtig Herzklopfen, wenn er mir grinsend zuzwinkerte. Inzwischen hatte sich das zum Glück wieder gegeben. Es gab ja wohl kaum etwas Tragischeres als in jemanden verknallt zu sein, der seit fast einhundertelf Jahren tot war.

»Entschuldigung«, murmelte ich vor mich hin, tastete mich an der Wand entlang und schob mich an Thomas vorbei, der mein Manöver aus den Augenwinkeln beobachtete.

»Du weißt, dass du nur durch mich hindurchzutreten brauchst?«

»Jep.«

»Warum tust du es dann nicht?«

»Weil ich es gerade nicht will.«

»Du weichst mir aus, Lu.«

»Stimmt doch gar nicht«, behauptete ich, noch immer mit dem Rücken zur Wand. »Also … du weißt, was ich meine … nur im wörtlichen Sinn.«

Thomas schnaufte. »Du benimmst dich in letzter Zeit eigenartig.«

»Wieso das denn?«, fragte ich gereizt und marschierte los. Thomas ging neben mir her.

»Vielleicht«, meinte er leise, »weil du kein Kind mehr bist?«

Ich blieb stehen und starrte ihn an. Früher hatte es mir Spaß gemacht, mit Thomas und Sophie stundenlang Fangen zu spielen, und mein größtes Vergnügen war es gewesen, die Geister dabei zu verwirbeln. Ich hatte mich jedes Mal kaputtgelacht, weil es sich herrlich kühl und frisch wie tausend Pfefferminzbonbons auf der Haut anfühlte, mitten durch die Geisterkörper zu springen. Es war schon lange her, dass wir das zuletzt gespielt hatten.

Langsam ging ich weiter. Ich wollte gern etwas dazu sagen, doch ich wusste nicht, was. Natürlich wurde ich älter. Aber wie sollte das jemand verstehen, der als Geist in dem Zeitpunkt seines Todes gefangen war? Thomas würde sich nie verändern können, würde niemals alt werden dürfen. Er hatte sein Leben nicht leben können und durfte im Tod nicht ruhen.

Mein Hals zog sich zusammen und ich zwang mich, dem

Geist des Stallburschen ein Lächeln zu schenken. »Ganz gleich, wie alt ich werde, eines wird sich nie ändern: Ihr seid meine Freunde und Teil meiner Familie. Ihr seid mir wichtiger, als du es dir vielleicht vorstellen kannst.«

Thomas griff nach meiner Hand, seine grau leuchtenden Finger schlossen sich um meine. Beinahe konnte ich spüren, wie er sie drückte. »Ich werde immer auf dich aufpassen.«

Wir waren vor meiner Tür angekommen und ich murmelte: »Gute Nacht.«

Schon halb in meinem Zimmer drehte ich mich noch einmal zu ihm um. Er stand aufrecht im Flur, die Beine leicht gespreizt, die Arme verschränkt, mit dem Rücken zu meinem Zimmer. Er hielt Wache, begriff ich gerührt. Zu Thomas' Lebzeiten hätte wohl niemand versucht, an ihm vorbeizukommen. Er war der Inbegriff von Mut und Loyalität und hatte nicht gezögert, sein Leben für das seiner Herrschaften zu geben.

Ich musste schlucken und sagte leise: »Danke, Thomas.«

Er sah mich über die Schulter an und zwinkerte mir zu. »Für dich tue ich doch alles, Lu. Immer.«

Ich kam aus dem Bad, löschte das Deckenlicht und knipste die kleine Lampe mit dem türkisfarbenen Schirm auf meinem Nachttisch an. Sofort herrschte eine kuschelige Atmosphäre in meinem Zimmer, unterstrichen von der Geisterversion einer Tasse heißer Milch, die Sophie wie jeden Abend für mich neben dem Bett bereitgestellt hatte.

Als Kind hatte ich oft versucht, davon zu trinken, doch der zarte Abdruck einer längst vergangenen Wirklichkeit hielt keiner Berührung stand und löste sich auf, sobald ich meine Hand danach ausstreckte. Deshalb ließ ich die Tasse Abend für Abend stehen und freute mich über den Dampf, der behaglich daraus emporstieg.

Zufrieden kroch ich in mein Bett. Ich schnappte mir mein Handy und überflog die Nachrichten, die in den letzten Stunden eingetrudelt waren. Die meisten stammten von Emma. Sie bestanden größtenteils aus »Ben ist echt nett!«, »Weißt du, wie lange er bleibt?« und so weiter. Sie wollte noch wissen, ob ich ihn nicht zum Basteln ins Iff Only mitbringen wollte.

»Auf keinen Fall!« Ich knallte das Handy auf den Nachttisch, klopfte meine flauschige Decke glatt und schlug das Buch auf, das ich mir für die Ferien ausgeliehen hatte.

Meine Augen wanderten brav Zeile um Zeile abwärts und ich blätterte sogar ein paarmal um, hatte aber nicht die geringste Ahnung, was ich da eigentlich gelesen hatte. Meine Gedanken kehrten immer wieder zum Abendessen zurück, falls man eine Zusammenkunft, bei der niemand auch nur einen Happen zu sich genommen hatte, so nennen konnte. Ich trug zusammen, was ich aufgeschnappt hatte.

Bens Großmutter hatte wie Estelle, damals noch Sally, Iffington verlassen. Etwas Schlimmes war passiert und es hatte viele Vorwürfe gegeben. Und das hatte wohl mit einem Mann namens Michael zu tun.

Schnaubend klappte ich das Buch zu und schaltete die

Nachttischlampe aus. Das war zugegebenermaßen ziemlich mager und reichte hinten und vorn nicht, um mir endlich ein Bild von der höchst ominösen Sache zu machen. Mum und Dad ließen mich im Dunkeln und auch von Estelle kamen nur Andeutungen.

Ich drehte mich auf die Seite, zog die Decke bis zum Hals und tastete nach meinem Medaillon.

Sollte ich Ben vielleicht doch mit ins Iff Only nehmen und subtil, wie ich nun mal war, die Wahrheit aus ihm herauskitzeln? Dafür müsste ich nur ein kleines bisschen über meinen Schatten springen und seine arrogante Art ertragen. War ich neugierig genug, mir das anzutun?

Nein. War ich nicht. Mein Magen zog sich jetzt noch zusammen, wenn ich an unsere erste Begegnung dachte. Ich konnte auf eine weitere Charmeoffensive des Schnöselfrüchtchens gut verzichten.

Ich rollte mich auf die andere Seite, sah Sophie mit einer geisterhaft glühenden Petroleumlampe durch das Zimmer gehen, wünschte ihr eine gute Nacht und glitt in den Schlaf.

Mit der flachen Hand drücke ich gegen die Luke. Sie schwingt nach oben auf, Kälte und Dunkelheit schlagen mir entgegen. Ohne zu zögern klettere ich die letzten Holzstufen hinauf und betrete den Raum. Der Staub vieler Jahre sticht in meiner Nase und ein Spinnennetz verfängt sich in meinem Haar, trotzdem gehe ich weiter.

Auf dem Boden steht etwas. Ein Kerzenständer, erkenne ich. Die Wachsstummel entzünden sich von selbst, als ich auf sie hinabblicke. Die kleinen Flammen werfen Schatten, die über abgedeckte Möbel und nutzlos gewordene Gegenstände zucken.

Ich mache noch einen Schritt und muss den Kopf einziehen, um mich nicht an der stark abfallenden Schräge zu stoßen. Auf einer alten Kommode steht eine Schale, daneben liegt ein Stein. Ich beuge mich vor und greife nach den Gegenständen, trage sie zum Kerzenständer und setze mich im Schneidersitz davor. Die Schale stelle ich vor mir ab, den Stein halte ich mit beiden Händen in die Höhe.

Ich höre mich selbst in einer fremden Sprache flüstern und spüre, wie mein Herz hämmert. Mein Oberkörper wiegt vor und zurück, meine Augen schließen sich.

Mir ist kalt, der Holzboden ist hart und meine von mir gestreckten Arme schmerzen, aber ich kann nicht aufhören, kann nichts dagegen tun, mich in einem Rhythmus zu wiegen, der immer schneller und schneller wird.

Dann reiße ich die Augen auf, den Stein in der linken Hand. Er ist auf einer Seite abgeflacht und die Kante scharf geschliffen. Ich fahre damit über meinen rechten Unterarm, ein kleiner, tiefer Schnitt.

Sofort tritt Blut aus der Wunde. Obwohl ich schreien will, flüstere ich weiter Wörter, deren Sinn ich nicht verstehe. Ich lasse den Stein fallen und fange die rote Flüssigkeit mit der Schale auf. Meine Fingerspitzen tauchen in das Blut und ich beginne, damit einen Kreis um mich zu ziehen. Das Blut trocknet schnell und der Kreis wird nur zu einem Drittel fertig. Ich taste nach dem Stein, will ihn ein weiteres Mal ansetzen …

8. KAPITEL

»Lu!« Thomas stürmte durch meine Zimmertür. »Lu, um Gottes willen, was ist passiert?«

Ich saß im Bett, der Schweiß rann mir übers Gesicht und in meinen Ohren dröhnte mein Herzschlag. Fahrig knipste ich die Nachttischlampe an und stieß sie dabei hinunter.

Ich wollte Thomas sagen, dass alles in Ordnung war, dass ich nur geträumt hatte, doch ich brachte kein Wort hervor.

Thomas kam mit schnellen Schritten auf mein Bett zu, ging davor in die Knie und sah mich mit entsetzt aufgerissenen Augen an. »Lu, was ist denn?«

Ich zitterte am ganzen Leib und musste drei Anläufe nehmen, ehe ich meine Stimme einigermaßen unter Kontrolle hatte. »Nichts. Albtraum. Alles gut.«

Ich hätte nicht gedacht, dass Geister erbleichen können, Thomas' leuchtend helles Grau war einem aschfahlen gewichen. Er sah so schockiert aus, dass ich ein ganz schlechtes Gewissen bekam. Ich riss mich zusammen. »Wirklich. Nur ein dummer Traum.«

»Du hast so furchtbar geschrien«, flüsterte Thomas. »Was hat dir solche Angst gemacht?«

»Es ist wieder gut, Thomas, ehrlich.« Ich zwang mich zu einem Lächeln. »Es war nur ein grauenhafter Traum, in dem ich mich …«

Meine Stimme erstarb, als mein Blick auf meinen rechten Arm fiel. Genau an der Stelle, die ich in meinem Traum angeritzt hatte, war ein Schnitt zu sehen. An den Rändern war das Blut bereits getrocknet, doch nun quollen aufs Neue Tropfen daraus hervor, die dünne Linien auf meine Haut malten.

»Komm«, sagte Thomas und erhob sich. Er streckte eine grau leuchtende Hand nach mir aus, die ich gern ergriffen hätte. »Wir verarzten dich besser.«

»Ja«, antwortete ich mechanisch und richtete mich auf. Erst jetzt fühlte ich den brennenden Schmerz, den der Schnitt verursachte.

Thomas ging mir voran die Treppe hinunter in Richtung unserer privaten Küche, wo wir den Erste-Hilfe-Koffer aufbewahrten. Er redete beruhigend auf mich ein, aber ich hörte nicht hin.

Ich suchte nach einer Erklärung für den beängstigenden Traum und die Wunde an meinem Arm. Wahrscheinlich hatte ich mich im Schlaf verletzt und es dann schlicht in meinen Traum eingebaut. So, wie das Unterbewusstsein oft auch kurz vor dem Aufwachen das Klingeln des Weckers auf höchst absonderliche Weise in das Traumgeschehen einbindet, nur um noch ein paar Minuten Schlaf zu ergattern.

Ja, das klang plausibel. So war es bestimmt auch mit meiner Verletzung gewesen.

Wir erreichten die Küche, ich schaltete das Licht ein und setzte mich zum Durchatmen auf die Küchenbank. Mein Schlafshirt war feucht von Schweiß und lag unangenehm kühl auf meiner Haut. Mit spitzen Fingern zupfte ich daran herum. Thomas stand vor mir und sah mich mitfühlend an.

»Du brauchst einen Verband.« Er deutete auf meine kleine Wunde, die munter vor sich hin blutete. Ich machte mich lang und zog eine Papierserviette aus dem Halter auf dem Tisch. Es waren Kürbisse darauf abgebildet, die Grimassen schnitten, außerdem Vogelscheuchen und niedliche Raben. Sofort musste ich an Mum denken und das half mir, gegen die Angst anzukommen, die der Traum in mir hinterlassen hatte. Ich tupfte mit der Serviette an dem Schnitt herum und nahm ihn in Augenschein. Er war gerade mal einen Zentimeter lang.

»Ein Pflaster genügt.«

Thomas nickte. »Gut. Und woran hast du dich verletzt?«

Ich zuckte mit den Schultern. »Keine Ahnung. Am Nachttisch vielleicht?«

»Hast du dir am Nachttisch den Kopf gestoßen?«

Thomas fuhr herum und ich ließ vor Schreck die Serviette fallen. Ben lehnte im Türrahmen, hatte die Arme verschränkt und sah mich mit einer hochgezogenen Augenbraue an.

»Ich habe … ich bin …«, stammelte ich und bückte mich

nach der Serviette. Am liebsten hätte ich sie mir vors Gesicht gehalten. Ich hatte nur eine vage Vorstellung davon, wie ich aussehen musste, in meinem Schlafshirt, mit ungekämmtem, schweißnassem Haar. »Äh … Wie bitte?«

»Du sitzt hier, mitten in der Nacht, und führst Selbstgespräche über Pflaster und deinen Nachttisch. Da liegt die Vermutung nahe, dass du dich gestoßen hast. Am Kopf.« Er tippte sich mit dem Finger an die Stirn. »Ziemlich fest, wie es scheint.«

Thomas baute sich vor ihm auf und fragte scharf: »Wer ist das?«

»Ben Fahey«, platzte die Antwort aus mir heraus.

Ben nickte nachdenklich. »Oh, gut. Du erkennst mich. Dann ist es zumindest keine schwere Gehirnerschütterung.«

Ich warf Thomas einen finsteren Blick zu und signalisierte ihm unauffällig, dass er verdammt noch mal aufhören sollte, mich vor Ben wie eine Idiotin dastehen zu lassen. Und erreichte damit genau *das*. Ben sah nur, wie ich wütend die Luft anfunkelte, und musste mich für ziemlich durchgeknallt halten.

Er stieß sich vom Türrahmen ab, ließ die Arme aber verschränkt. »Lu, muss ich mir Sorgen machen?«

»Es geht dich zwar nichts an, aber ich habe mich geschnitten«, versuchte ich die Situation zu retten. Sofort richteten sich Bens Augen auf meine Wunde und ich deckte sie mit der Linken ab. »Halb so wild.«

Er kam auf mich zu, ging vor mir in die Hocke und zeigte auf den Schnitt. »Lass mal sehen.«

»Nein, schon gut«, wehrte ich ab und wollte Ben daran hindern, meinen Arm zu greifen. Er ließ sich davon nicht beeindrucken und legte seine Finger um mein Handgelenk. Mit sanfter Kraft zog er es zu sich heran.

»Wenn dein Nachttisch so scharfe Kanten hat, solltest du ihn vielleicht nicht neben dein Bett stellen.« Er sah auf. Seine Augen waren wirklich der Hammer. Grau, mit klitzekleinen gelben Splittern darin.

Ich blinzelte, wollte wegschauen, konnte mich aber nicht von seinem Blick losreißen, bis Thomas sich wieder einmischte.

»Das Schlafzimmer der jungen Lady hat Mr Fahey nicht zu interessieren«, stellte er empört klar und betrachtete Ben voller Argwohn. »Er bildet sich hoffentlich nicht ein, sich selbst ein Bild von den Räumlichkeiten machen zu dürfen. Das werde ich nicht zulassen.«

»Das entscheide immer noch ich!«, zischte ich.

»Wie du meinst.« Ben sah mich noch immer an, die Stirn in Falten gelegt. Er musste davon ausgehen, dass die Antwort ihm galt. »Habt ihr Verbandszeug?«

»Unter der Bank«, antwortete ich. »Aber ich kann mich selbst darum kümmern.«

»Schon klar«, sagte Ben gelassen. Er drückte mein Handgelenk leicht, bevor er es losließ. »Trotzdem werde ich das besser übernehmen.«

Ich kam gar nicht auf die Idee, ihm zu widersprechen. Er lehnte sich zur Seite, zog den Koffer unter der Bank hervor und verschaffte sich fachmännisch einen Überblick über den Inhalt. »Möchtest du eine Betäubung?«

»Betäubung?«, wiederholte ich stumpf.

»Ich werde den Schnitt wohl nähen müssen.«

»Was?« Ich sprang auf und versteckte den verletzten Arm hinter meinem Rücken.

Ben grinste und mir wurde klar, dass er nur einen Scherz gemacht hatte. »Mit ein bisschen Glück kommen wir so um die Amputation herum«, fügte er hinzu.

Ich schob meine lange Leitung auf den grässlichen Albtraum und den Blutverlust. »Sehr witzig.«

»Setz dich wieder hin, Lu«, sagte Ben, der nun wieder ernst war. »Bitte.«

Ich gehorchte. Sollte Ben doch ein Pflaster draufkleben. Je eher ich wieder in mein Bett konnte, desto besser. Wenn man sich vorstellte, dass ich den Abend schon für eine Katastrophe gehalten hatte … Wie hätte ich auch ahnen können, was für eine Nacht folgen würde?

Thomas hatte sich neben mich auf die Bank gesetzt und beäugte die Wundversorgung aufmerksam. »Ist Mr Fahey überhaupt Arzt?« Ich schüttelte fast unmerklich den Kopf und Thomas brauste auf. »Dann sollte die Lady sich auch nicht von ihm anfassen lassen.« Er versuchte, Ben wie eine lästige Fliege wegzuwedeln.

Ben bekam davon natürlich nichts mit. Behutsam legte er ein Pflaster auf meine Haut und strich es glatt. Gänsehaut breitete sich von meinem Unterarm über den gesamten Körper aus und ich schauderte unwillkürlich unter seiner Berührung.

Du liebe Zeit, was war denn jetzt mit mir los? Nur weil Ben meine Wunde versorgt hatte, die wohlgemerkt nicht mal lebensbedrohlich war, schmolz ich dahin?

Grimmig rief ich mir ins Gedächtnis, wer da vor mir kniete: Ben Fahey, der unausstehlichste Angeber aller Zeiten.

Er mochte vielleicht die schönsten Augen haben, in die ich je geschaut hatte, aber ich würde nie vergessen, wie er mich bei unserer ersten Begegnung behandelt hatte und wie zuckersüß er dann gegenüber meiner besten Freundin gewesen war. Da nützten auch seine langen Wimpern und die glänzenden Haare nichts, die locker hin und her schwangen, wenn er den Kopf bewegte. Und warum zum Henker zählte irgendein Teil meines Hirns jetzt all seine optischen Vorzüge auf?

Albtraum und Blutverlust. Es stand wohl doch schlimmer um mich, als ich gedacht hatte.

Ben ließ meinen Arm los, blieb aber in der Hocke und stützte sich rechts und links von mir an der Bank ab, sodass meine nackten Knie beinahe sein T-Shirt streiften. Ich rutschte ein Stück zurück.

»Und du hast keine Ahnung, wie das passiert ist?«, fragte er.

»Ich hatte einen Albtraum. Wahrscheinlich habe ich um mich geschlagen und mich … dabei irgendwie verletzt.« Ich zuckte mit den Schultern.

»Am Nachttisch.« Ben runzelte die Stirn und streckte plötzlich die Hand nach meinem Gesicht aus.

Ich erstarrte. »Was …?«

Ben strich leicht über mein Haar. Was zum Kuckuck sollte das werden? Ich spürte, wie ich rot wurde. »Was tust du denn da?«

»Du hast hier«, er zog die Hand zurück und betrachtete seine Fingerspitzen, »Spinnweben? Und Staub. Ziemlich viel Staub.« Er grinste. »Arbeitest du nicht als Zimmermädchen? Vielleicht solltest du mal in deinem eigenen Zimmer sauber machen.«

Hastig fuhr ich durch mein Haar und hoffte inständig, die zu den Spinnweben passende Spinne nicht auch dort oben zu finden. Da fiel mein Blick wieder auf Ben und ich errötete noch stärker.

Wo um alles in der Welt starrte er hin?

Ich wollte gerade die Arme verschämt um meinen Oberkörper schlingen, da sagte Ben: »Das ist ein schöner Anhänger. Darf ich?«

Bevor ich etwas erwidern konnte, hatte Ben seine Hand schon nach dem Medaillon ausgestreckt, das unter meinem Shirt hervorgerutscht war. Er berührte mich dabei nur leicht, dennoch kribbelte meine Haut wie von Tausenden Feuerameisen.

Ich hielt vor Verwirrung ganz still, während Ben mit dem Daumen über die eingravierten Verzierungen auf der Oberfläche des silbernen Anhängers fuhr. Er war völlig in die Betrachtung des Medaillons vertieft, da ließ ein Klirren von der anderen Seite der Küche uns zusammenfahren. Ein Glas war von der Spüle gefallen und auf dem Fliesenboden zersprungen.

Ben schnellte hoch, baute sich schützend vor mir auf und starrte zur Spüle. Vermutlich fragte er sich, warum ein Glas einfach so von der Spüle rutschte.

Ich blickte böse zu Thomas, der sehr zufrieden mit sich schien. Es hatte ihn anscheinend eine Menge Energie gekostet, das Glas hinunterzustoßen, seine Erscheinung flackerte leicht.

Hinter Bens Rücken gab ich Thomas wilde Handzeichen, die ihn jedoch nicht beeindruckten.

»Das geht zu weit«, sagte er mit Nachdruck. »Mr Fahey weiß offensichtlich nicht, wie er sich einer Lady gegenüber zu benehmen hat.«

»Wow«, sagte Ben und warf mir einen Blick über die Schulter zu. Ich hatte Thomas gerade einen Vogel gezeigt und vertuschte das nun, indem ich mich ausgiebig an der Schläfe kratzte.

»Ja, das ist ein altes Haus«, erklärte ich möglichst gelassen. »Schiefe Böden und so.«

»Passiert das öfter?«

»Hin und wieder.«

»Ich muss zugeben«, Ben grinste verlegen, »ich bin ziemlich erschrocken.«

Zum ersten Mal, seit ich Ben kannte, fand ich ihn ein kleines bisschen sympathisch.

Ich ließ mich von seinem Grinsen anstecken. »Ja, ich mich auch.«

Allerdings nicht so sehr über das zerbrochene Glas, sondern über Thomas' Verhalten. Was war nur in ihn gefahren?

Ben drehte sich wieder zu mir um, legte mir die Hände auf die Schultern und blickte mir forschend in die Augen.

»Und? Geht's wieder?«

Ich sah an Ben vorbei zu Thomas, der glücklicherweise nicht in der Lage zu sein schien, ein weiteres Glas von der Spüle zu fegen. Der Geist flackerte, als wäre er an einen Lichtschalter mit Wackelkontakt angeschlossen. Ich konnte mir einen Das-geschieht-dir-recht!-Blick nicht verkneifen.

Ben trat einen Schritt zurück und deutete lächelnd auf meine Hände. »Keine Sorge, ich wollte es nicht stehlen.«

Ich hatte gar nicht gemerkt, dass ich nach meinem Medaillon gegriffen hatte und es nun fest umklammerte.

»Das würde ich dir auch nicht raten«, sagte ich. »Den Anhänger würde ich mit meinem Leben verteidigen, ich habe ihn schon seit meiner Geburt.«

»Hm.« Ben legte den Kopf schief. »Normale Eltern geben ihrem Nachwuchs Teddybären, aber hochwohlgeborene Lords schenken ihren Töchtern natürlich wertvolle Schmuckstücke. Feudal.«

»Das sagt ja der Richtige, Mr Ben Bentley«, schoss ich zurück. »Ich bin erstaunt, dass du das Wort ›normal‹ überhaupt kennst. Und nur, damit du es weißt: Der Anhänger ist gar nicht von meinen Eltern. Und mein Vater hat seinen Titel bereits vor meiner Geburt abgelegt. Kein Grund, darauf rumzuhacken.«

»Ablegen müssen«, korrigierte Ben.

Ich öffnete den Mund, aber es kam kein brauchbares Wort heraus.

»Okay«, sagte Ben und trat vorsichtig den Rückzug an. Er bewegte sich langsam zur Tür. »Mir war nicht klar, dass du keine Ahnung hast.«

»Wovon?«, fragte ich mit trockener Kehle.

»Es ist nicht zu fassen!«, schimpfte Thomas aufgebracht. »Dieser Kerl schleicht des Nachts in den privaten Gemächern der Herrschaften umher und verbreitet gemeine Gerüchte. Schämen sollte er sich.«

»Genau.« Warum war mir das nicht früher aufgefallen? »Was treibst du eigentlich hier? Wie bist du in den linken Flügel gekommen?«

Ben hob abwehrend die Hände. »Die Tür stand offen.«

»Und das ist ein Grund, durchzugehen?«

»Ich habe Schreie gehört. Ich wollte nur helfen.« Er musterte mich kurz. »Keine Sorge, kommt nicht wieder vor.«

Ohne eine Erwiderung abzuwarten drehte er sich um und ließ mich mit einem verächtlich schnaubenden Thomas allein, dem es just in diesem Moment gelang, ein weiteres Glas von der Spüle zu werfen.

9. KAPITEL

Die Bänder der Schürze noch lose in der Hand, rannte ich über den Flur auf das Büro der Hausdame zu. Mrs Henderson sah es gar nicht gern, wenn sie auf Nachzügler warten musste.

Bens komische Andeutungen am Abend zuvor hatten mich noch lange vom Schlafen abgehalten. Was hatte er bloß damit gemeint, mein Vater hätte seinen Titel ablegen *müssen*? Wie kam er dazu, über meinen Vater zu sprechen, als wüsste er Dinge, von denen ich keine Ahnung hatte?

Nun, offensichtlich gab es solche Dinge tatsächlich, und das bereitete mir Magenschmerzen. Bis zu Estelles und Bens Auftauchen war ich überzeugt gewesen, meine Eltern hätten keine Geheimnisse vor mir. Dass das ein Trugschluss gewesen war, wurde nun immer deutlicher. Es war ja nicht mal schlimm, dass sie mir nicht alles erzählten. Doch warum musste ausgerechnet Ben mehr über meine Familie wissen als ich?

Ich hatte mich letzte Nacht noch ewig im Bett herumgewälzt

und als mein Handywecker in voller Lautstärke zu dudeln begonnen hatte, war es mir so vorgekommen, als wäre ich gerade erst eingedöst. Ich war total gerädert gewesen und hatte mich im Badezimmer wie in Zeitlupe bewegt. Wenn Sophie mich nicht höflich, aber unerbittlich angetrieben hätte, wäre ich wahrscheinlich noch immer mit dem Anziehen meiner Socken beschäftigt.

Mit Sophie im Schlepptau hastete ich durch die Tür und reihte mich schuldbewusst in die Schar der Zimmermädchen ein, die gerade die Inspektion ihrer Dienstkleidung über sich ergehen ließen. Mrs Henderson war eine Hausdame der alten Schule, sie tolerierte weder eine schief gebundene Schürze noch einen eingeknickten Saum, und schon gar nicht einen schlecht sitzenden Kragen.

Das war nach Sophies Geschmack. Mrs Henderson entsprach ganz und gar ihrem Bild von Tugendhaftigkeit und charakterfördernder Strenge, weshalb sie sich oft an Mrs Hendersons Fersen heftete und gemeinsam mit ihr das Hotel inspizierte.

Mit Argusaugen verfolgte Sophie, wie Dory mir beim Binden der Schleife half, während die Hausdame die Aufgaben verteilte. Ich hatte Glück und durfte wieder mit Dory arbeiten, außerdem wurden wir von Mrs Henderson ins Erdgeschoss geschickt. Das hatte zwar den Nachteil, dass sich dort die meisten Einzelzimmer befanden, die aus unerfindlichen Gründen immer am chaotischsten aussahen, doch wenigstens musste ich nicht hinter Ben Fahey herräumen, der mit seiner Mutter die Suite in der zweiten Etage bezogen hatte.

Dory schob den Wagen mit dem Putzzubehör und setzte mich rasch darüber in Kenntnis, was Dan oder Stan, da blieb ich weiter im Unklaren, am Abend zuvor am Telefon gesagt hatte.

Er wollte Dory ausführen. In ein Restaurant. Mit Kerzenschein. Und Dory wollte nun meine Einschätzung zur Lage hören, ob sie wohl mit einem Heiratsantrag rechnen durfte. Das hätte nämlich Auswirkungen auf das Kleid, das sie zu diesem Anlass tragen würde. Einen Heiratsantrag würde sie in einem sittsam hochgeschlossenen Kleid entgegennehmen, das ihre untadelige Persönlichkeit zum Ausdruck brachte. Falls allerdings zu befürchten stand, dass Dan oder Stan noch unentschlossen war, würde sie ihm mit einem tiefer ausgeschnittenen Kleid auf die Sprünge helfen müssen.

Ich hatte Dory bisher kaum in privater Kleidung gesehen, aber im Zimmermädchenoutfit machte sie eine gute Figur. Ein Kleid ging also in jedem Fall in Ordnung.

Bevor ich jedoch eine Meinung zu diesem heiklen Thema abgeben konnte, kam uns Thomas entgegen. Seine durchscheinende Gestalt erschien in der Mitte des Ganges und wurde mit jedem Schritt auf uns zu deutlicher.

»Guten Morgen, Lu.« Er sah mich neugierig an. »Hast du noch etwas Schlaf gefunden?«

Ich nickte, was Dory auf ihre Überlegungen bezog, einen sehr kurzen, engen Rock zu tragen. Thomas betrachtete Dory schockiert und fuhr dann an mich gerichtet fort: »Ich habe mir Sorgen gemacht, wegen deiner Verletzung.«

Dory war noch bei ihrem Rock. »Und was soll ich dazu anziehen? Eine Seidenbluse? Die könnte ich weit aufgeknöpft lassen.« Sie deutete auf die Höhe ihres Bauchnabels.

»Das ist wirklich nicht nötig«, sagte ich, weil es zu beiden Unterhaltungen passte.

»Nein?« Dory sah kritisch an sich hinunter. »Meinst du, das wäre zu viel?«

Thomas kniff die Lippen zusammen und musterte Dory von oben bis unten. Es kostete ihn sichtlich Mühe, sich wieder auf mich zu konzentrieren. »Ich weiß, es wird dir nicht gefallen, Lu, aber ich habe mich auf eigene Faust etwas im Zimmer des jungen Mr Fahey und seiner Mutter umgesehen.«

»Du hast was?«, platzte es aus mir heraus.

Dory rempelte vor Schreck mit dem Wagen gegen ein Tischchen, das aus rein dekorativen Gründen auf dem Flur stand. Die Vase darauf geriet ins Taumeln und ich fing sie gerade noch auf, bevor sie zu Bruch ging.

»Kein Grund, sich so aufzuregen«, sagte Dory sichtlich überrascht. »Ich will ja nur ein kleines Stückchen abschneiden. Nicht viel. Nur so viel.« Sie zeigte einen winzigen Spalt zwischen Daumen und Zeigefinger.

Konversationen zu dritt konnten manchmal richtig nervtötend sein, wenn eine der Personen nichts von dem dritten Gesprächsteilnehmer wusste.

Ich stellte die Vase zurück auf das Tischchen, bedachte Thomas mit einem vorwurfsvollen Blick und erkundigte mich freundlich bei Dory: »Wovon abschneiden?«

»Manchmal denke ich, du hörst gar nicht richtig zu!«, rief Dory. »Haare natürlich. Ich habe einen Friseurtermin. Das habe ich dir doch gerade erzählt.«

Wir kamen an unserem Einsatzort an, Zimmer eins. Dory schüttelte noch immer den Kopf über mich und klopfte beherzt an. Ein dicklicher Mann Mitte dreißig öffnete. Er entschuldigte sich für das Durcheinander, schlüpfte hastig in seine Schuhe und machte sich, weitere Entschuldigungen brabbelnd, in Richtung Speisesaal davon.

»Meine Güte«, sagte Dory und stemmte die Arme in die Seiten. »Das ist ja mal ein Schlachtfeld.« Sie nahm Sprühflaschen und Putztücher vom Wagen und schob die Badezimmertür auf, blieb kurz auf der Schwelle stehen und wiederholte: »Ein Schlachtfeld.«

Ich drehte mich zu Thomas um, der uns gefolgt war, und flüsterte ungehalten: »Wie konntest du nur?«

»Ich habe Ben Fahey von Anfang an misstraut. Und ich lag damit alles andere als falsch.« Thomas verschränkte selbstgefällig die Hände im Nacken. »In seinem Zimmer habe ich …«

»Ich will nichts davon hören«, fuhr ich dazwischen.

»Aber du solltest wissen, dass er …«

»Hör zu, Thomas«, ich zwang mich, leise zu sprechen, ich hatte Dory für diesen Vormittag schon genug zugemutet, »ich habe dich nicht darum gebeten, Ben hinterherzuschnüffeln. Wenn du das unbedingt machen willst, gut, dann ist das deine Sache, aber erzähl mir nichts davon. Das ist …«

Diesmal unterbrach Thomas mich. »Er hat einen Grundriss vom Runmore Manor.«

»Wie bitte?« Mein Finger betätigte versehentlich den Abzug einer Sprühflasche und ich traf Thomas im Gesicht. Oder hätte ihn getroffen, wenn er aus Fleisch und Blut gewesen wäre. So klatschte der Schaum hinter ihm an die Wand.

Thomas wischte sich dennoch mit dem Ärmel über Mund und Nase und hustete angewidert. »Ich habe gesehen, wie er ihn studiert und dann in eine Schublade gesteckt hat. Soll ich dir zeigen, wo?«

Noch nie im Leben hatte ich so schnell Betten bezogen, gesaugt und staubgewedelt. Dory hatte sogar mit dem Schnattern aufgehört, nur um mit mir Schritt halten zu können. Wir hatten die Einzelzimmer ruck, zuck fertig, machten uns an die vier Doppelzimmer, legten auf der ganzen Etage Handtücher aus und beeilten uns, zu Mrs Henderson zu gelangen.

Ich wollte unbedingt von der Hausdame zur Unterstützung in die zweite Etage geschickt werden. Das würde es mir auf vollkommen unverfängliche Weise ermöglichen, einen Blick in die Suite der Faheys zu werfen. Ich hatte nicht vor, Bens Sachen zu durchwühlen, so etwas lag mir fern, ich wollte nur einen kurzen Blick auf diesen vermeintlichen Grundriss vom Runmore Manor werfen. Immerhin bestand die Möglichkeit, dass Thomas sich verguckt hatte und es sich um eine stinknormale Landkarte, ein Schnittmuster oder eine Origamianleitung für Papierschwäne handelte. Es wäre allen gedient, wenn es mir gelang, falsche Verdächtigungen aus der Welt zu schaffen. Das redete ich mir zumindest ein.

Mein Plan ging leider nur zur Hälfte auf. Hilfe war willkommen, allerdings auf der ersten Etage. Schlecht gelaunt machten Dory und ich uns daran, das dort eingesetzte Team zu unterstützen.

»Das hast du ja super hinbekommen«, motzte Dory. »Putzt wie eine Besessene. Wir haben einen neuen Rekord aufgestellt. Du weißt, dass Mrs Henderson das jetzt immer von uns erwartet, oder?«

Ich wich ihrem anklagenden Blick aus. Ehrlich gesagt hatte ich mir das auch anders vorgestellt. »Tut mir leid.«

»Und das Schlimmste: Ich bin noch gar nicht dazu gekommen, dir zu erzählen, wohin er mich heute Abend ausführen will.«

Dory holte tief Luft und erzählte und erzählte, bis Mrs Henderson zur Abnahme erschien und die Zimmermädchen entließ.

Ich wünschte Dory mit Dan oder Stan, was ich absichtlich undeutlich nuschelte, einen schönen Abend, drückte ihr die Daumen für etwaige Anträge und machte mich auf in den linken Flügel. Der anstrengende Vormittag hatte mir jegliche Lust an Ausflügen in Bens Zimmer gründlich verdorben. Ich wollte mich gern noch ein halbes Stündchen aufs Ohr hauen, bevor ich mich mit Emma und dem Komitee zum Basteln traf.

Ich ging gerade auf die Treppe zu, als Thomas vor mir erschien. Er sah mich erwartungsvoll an.

»Und? Wirst du dich in Mr Faheys Zimmer umsehen?«

»Natürlich nicht«, sagte ich, als hätte ich nicht mal einen Gedanken daran verschwendet. Es war geradezu kindisch, Ben nachspionieren zu wollen, und mit etwas Abstand und nach drei weiteren geputzten Zimmern war ich beinahe froh, dass Mrs Henderson mein Vorhaben vereitelt hatte.

Ich trat an Thomas vorbei die ersten Stufen hinunter und erklärte: »Ich werde doch nicht in den Zimmern von Gästen herumwühlen. Es gibt so etwas wie Privatsphäre.«

»Schade, dass Mr Fahey da offensichtlich andere Ansichten vertritt.«

»Was meinst du damit?«

»Er ist heute Vormittag wieder im linken Flügel gewesen.«

Okay. Das änderte alles. Was trieb dieser Kerl eigentlich? Er schlich unbefugt in unserem privaten Wohnbereich herum, redete schlecht über meinen Vater und benahm sich insgesamt nicht gerade liebenswürdig meiner Familie gegenüber.

»Komm mit«, sagte ich kurz entschlossen. Mit dem Geist als Rückenstärkung begab ich mich schnurstracks in die zweite Etage. Ich musste nur darauf achten, Mrs Henderson nicht in die Arme zu laufen, für alle anderen war ich ein Zimmermädchen, vertrauenswürdig und durch und durch harmlos. Niemand würde sich etwas dabei denken, wenn ich mit dem Generalschlüssel die Suite öffnete. Dad hatte mir erlaubt, ihn in Notfällen zu benutzen. Ich würde hoffentlich nie mit Dad darüber diskutieren müssen, ob es sich in seinen Augen hierbei um einen Notfall handelte.

Ich zog den Schlüsselbund aus der Tasche und starrte schuldbewusst darauf. Ein rechteckiges, an den Rändern abgeknicktes Plastikschild erinnerte mich daran, dass ich noch immer den gemopsten Generalschlüssel von der Rezeption herumschleppte. Den musste ich dringend zurückhängen und nach meinem eigenen suchen. Wenn ich meine Schlüssel verloren hatte, würde es definitiv Ärger mit Dad geben. Mit dem Generalschlüssel daran konnte man sich Zutritt zu allen Räumen im Runmore Manor verschaffen. Alle Schlösser auszutauschen wäre dann ein kostspieliges, aber notwendiges Vergnügen.

Ich schickte Thomas vor, um nachzusehen, ob sich die Faheys in der Suite aufhielten, und ging nervös ein paar Schritte auf und ab. Was tat ich hier eigentlich? Wollte ich allen Ernstes Bens Sachen durchwühlen? Sollte ich mir wünschen, Thomas hätte sich geirrt? Was wollte Ben auch mit einem Grundriss vom Herrenhaus anfangen? Er war ja sicherlich kein gesuchter Meisterdieb, der sich in Hotels einmietete und nachts auf Beutezug ging, indem er sich durch Lüftungsschächte schlängelte. Den Bentley hatte Estelle locker aus den Einnahmen ihrer Filme bezahlt, da musste Ben nicht noch was nebenbei verdienen.

Ich fuhr zusammen, als Thomas direkt neben mir wie ein geölter Blitz durch die Wand geschossen kam.

»Grundgütiger!«, sagte er und nestelte an seinem Halstuch herum. Er sah aus wie ein kleiner Junge, der beim Plätzchendiebstahl erwischt worden war.

Beschwichtigend streckte ich eine Hand nach ihm aus. »Thomas, selbst wenn die Faheys in ihrer Suite sind, sie können dich nicht sehen, schon vergessen?«

»Es geht auch nicht darum, wer mich sehen kann«, klärte Thomas mich auf und machte auf der Stelle kehrt, »sondern was ich gesehen habe. Das? Niemals. Ich bin … Grundgütiger!«

Noch während er den Flur entlang davonstürmte, löste sich seine Gestalt auf. Ich blieb mit noch immer ausgestreckter Hand und leicht geöffnetem Mund zurück.

Das durfte doch nicht wahr sein. Erst brachte Thomas mich dazu, unautorisiert in der Elf herumzuschnüffeln, und jetzt ließ er mich mit kryptisch abgehackten Sätzen davor stehen?

Hinter mir ertönte ein leises Klicken und die Tür zur Suite öffnete sich langsam. Auch das noch! Ich wollte keinesfalls vor Ben aussehen, als lungerte ich vor der Suite herum, also machte ich mich betriebsam an einem großen goldgerahmten Gemälde zu schaffen und tat, als müsse es neu ausgerichtet werden.

Während ich hörte, wie die Tür sacht ins Schloss gezogen wurde, hob ich die rechte untere Kante des Rahmens gut zwei Millimeter an. Ha! Niemand konnte mir nachsagen, ich hielte mich unnütz auf dem Flur auf.

Zufrieden mit meiner gelungenen Scharade drehte ich mich zur Tür. Ich hatte erwartet, Ben oder bestenfalls Estelle zu sehen. Eventuell noch eines der anderen Zimmermädchen. Aber das? Niemals. Ich war … Grundgütiger!

Mum hatte offenbar ebenfalls nicht mit mir gerechnet und

ließ vor Schreck ihre Schuhe fallen, die sie an den Absätzen getragen hatte.

»Na so was, mein kleiner Putzkürbis«, sagte Mum und stützte sich an der Wand ab, um in ihre Schuhe zu schlüpfen. »Was machst du denn hier oben? Warst du heute nicht in der unteren Etage eingeteilt?«

Meine Brauen wanderten hoch. Sehr weit hoch.

»Hör auf, mich so anzusehen, Kürbis!«, zischte Mum und bewegte sich zielstrebig wie ein Wiesel im Hühnerstall an mir vorbei zur Treppe.

»Wirst du mir verraten, was du in der Elf zu suchen hattest, Mum?« Ich war ja fein raus, ich hatte nur ein Gemälde gerade gehängt und leistete mir deshalb einen Ich-bin-schwer-von-dir-enttäuscht-Fräulein-Tonfall.

»Das geht dich gar nichts an.«

»So wenig, wie dich die Privatsphäre von Estelle?«

Wir waren die Treppe bereits zur Hälfte hinabgestiegen und blieben stehen, um einem Gast Platz zu machen. Mums Wangen waren noch immer gerötet und sie schaffte es nicht, mir in die Augen zu schauen. Wenn ich jemals erfahren wollte, was hier eigentlich los war, dann war jetzt meine große Stunde gekommen.

»Was läuft da zwischen dir, Dad und Sally-Estelle?«

»Nichts, worum du dich kümmern müsstest.«

Ich zuckte unschuldig mit den Schultern. »Hast du Dad irgendwo gesehen? Ich muss mich dringend mit ihm unterhalten. Über Privatsphäre und so.«

»Treib es nicht auf die Spitze, Kürbis«, warnte Mum. Sie sah sich um, und als sie sicher sein konnte, dass Dad sich nicht in Hörweite befand, kommandierte sie: »Küche! Sofort! Nur du und ich.«

Gespannt lief ich hinter Mum in die Küche. Das lief ja wie geschmiert, endlich würde man mir reinen Wein einschenken.

Statt Wein gab es Kakao, den Mum schweigend zubereitete. Ich zügelte meine Neugier, denn ich sah ihr an, dass sie in Gedanken zurechtlegte, was sie mir gleich erzählen würde. Sie stellte einen großen Becher vor mir ab und seufzte.

»Okay, pass auf. Es ist kompliziert und ich muss ganz vorn anfangen. Estelle und ich waren, wie du weißt, früher beste Freundinnen.«

Ich verdrehte die Augen. »Ja, so viel habe selbst ich inzwischen mitbekommen.«

»Geduld, Kürbis. Dein Dad hatte auch einen besten Freund, er hieß Michael. Die beiden waren noch viel unzertrennlicher als Sally und ich, fast wie Zwillinge. Sie sahen sich nicht ähnlich, kein Stück, aber wenn einer gegen die Wand lief, rief der andere Aua.« Sie lächelte versonnen. »Estelle und Michael haben sich über deinen Dad und mich kennengelernt. Ich hätte es am Anfang nie für möglich gehalten, dass sie mal ein Paar werden, ich meine, die beiden mochten sich nicht einmal. Immer, wenn wir mal was zu viert unternahmen, haben Sally und Michael sich aufgeführt wie Hund und Katze. Sie konnten nicht mal fünf Minuten in einem Raum sein, ohne sich gegenseitig an die Gurgel zu gehen.« Sie sah mich an. »Das Temperament hat Ben definitiv von beiden Elternteilen.«

Ich stutzte. »Michael war Bens Vater?«

Mum nickte. »Auch wenn wir damals nicht wussten, dass Sally schwanger war. Als die beiden uns erzählten, dass sie schon seit geraumer Zeit ein Paar waren, war dein Dad … nun, er war alles andere als glücklich. Ich glaube, er hatte Angst, seinen besten Freund zu verlieren. Er war tatsächlich ein bisschen eifersüchtig auf Sally, weil sie Michael komplett für sich einnahm. Dein Dad und Michael haben sich deswegen ständig gestritten.«

Mum war so in ihren Erinnerungen gefangen, dass sie nicht mal mitbekommen hätte, wenn Estelle Fahey in die Küche hereingeplatzt wäre.

»Sally hatte schon immer große Pläne. Iffington war ihr zu klein, zu muffig, zu weit weg von allem. Sie wollte ganz nach oben. Erst als Sängerin, dann als Model, dann sogar als Malerin.« Mum ging langsam zum Fenster, blickte hinaus und nahm einen Schluck Kakao. »Schließlich wollte sie Schauspielerin werden und eine Schauspielschule in London besuchen. Alle dachten, das sei nur wieder einer ihrer verrückten Pläne. Jeder glaubte, sie würde schon bald wieder andere Flausen im Kopf haben. So, wie sonst auch immer. Aber diesmal war es ihr ernst. Sie überredete sogar Michael, mit ihr fortzugehen.«

Mum fuhr mit dem Finger über den Rand ihrer Tasse. »Dein Dad war am Boden zerstört, als Michael ihm erzählte, dass er wegziehen würde. Aber er hat es akzeptiert. Was blieb ihm auch anderes übrig? Sally und Michael, die beiden konnte nichts trennen. Also hat dein Dad eine Abschiedsparty geschmissen, hier im Runmore Manor, das damals ja noch kein Hotel war.« Sie verstummte für einen Augenblick. Als sie fortfuhr, schwankte ihre Stimme. »Und dann kam es zu diesem entsetzlichen Unfall.«

Ich hatte meinen Becher gerade angesetzt, trank aber nicht davon, weil ich plötzlich einen Kloß im Hals hatte.

»Während die Party unten im Speisesaal in vollem Gange war, stürzte Michael betrunken von der Dachterrasse. Er war sofort tot.« Mum hob den Kopf, doch ihr Blick ging durch mich hindurch, war auf etwas gerichtet, das sich vor langer Zeit ereignet hatte. »Ich habe deinen Vater zweimal weinen sehen. Das war das erste Mal.«

Bens Vater war hier im Runmore Manor gestorben? »Warum hast du mir nie davon erzählt?«, flüsterte ich.

»Ach, Kürbis, ich denke einfach nicht gern daran zurück. Es war eine furchtbare Zeit«, erwiderte Mum und wischte sich eine Träne von der Wange. »Sally ist damals vollkommen durchgedreht. Sie hat deinem Vater die schlimmsten Vorwürfe gemacht …« Ihre Stimmte brach und sie räusperte sich. »Sie ist dann allein nach London gegangen, direkt nach der Beerdigung. Sie ist nie nach Iffington zurückgekehrt. Bis jetzt.«

Weitere Tränen liefen über Mums Gesicht und ich wollte das Thema am liebsten fallen lassen. Aber eines musste ich noch wissen. »Mum … was hat Estelle Dad damals vorgeworfen? Hat er irgendwie … Schuld auf sich geladen?«

»Wie meinst du das, Kürbis?«

Ich schluckte. »Musste er seinen Titel ablegen, weil Michael im Runmore Manor gestorben ist?«

»Wer erzählt denn so etwas?« Mum schüttelte den Kopf, aber sie sah mir nicht in die Augen. »Deinen Dad traf keine Schuld. Michael war betrunken und das Geländer der Dachterrasse war morsch …«

»Wie furchtbar.« Jetzt musste ich doch einen Schluck trinken, da mein Mund ganz trocken war. Kein Wunder, dass Dad nicht darüber sprechen wollte. »Wo warst du, als es passiert ist?«

»Sally und ich haben mit anderen Gästen getanzt, wir waren so fröhlich. Wir wussten natürlich, wir würden uns nicht mehr so oft sehen, aber wir schworen uns, für immer allerbeste Freundinnen zu bleiben. Doch nach Michaels Beerdigung habe ich nichts mehr von ihr gehört, auch wenn ich oft versucht habe, sie zu erreichen.« Mum seufzte traurig. »Alles, was ich über ihr Leben in London weiß, habe ich aus Klatschblättern.«

»Und dann taucht sie plötzlich wieder hier auf. Mit Michaels Sohn …«, sagte ich leise. Endlich ergab das seltsame Verhalten meines Vaters einen Sinn. Estelles Anwesenheit riss eine schmerzvolle alte Wunde auf. Mum wischte sich ihre verschmierte Wimperntusche von den Wangen.

»Dein Dad und Sally haben sich damals schreckliche Dinge an den Kopf geworfen. Michael hat ihnen beiden so viel bedeutet.« Sie nippte an ihrem Kakao und unternahm einen zaghaften Versuch, mich anzulächeln. »Aber das ist nun alles schon so lange her. Vielleicht haben sie jetzt die Chance, sich auszusprechen und zu versöhnen.«

»Danke, dass du es mir erzählt hast, Mum.«

Mum betrachtete ihr Spiegelbild in der Fensterscheibe. »Ach du meine Güte! Wenn dein Dad mich so sieht …« Sie stellte die Tasse auf dem Tisch ab und wollte die Küche verlassen.

»Mum?« Ich wartete, bis sie sich zu mir umgedreht hatte. »Wann war das zweite Mal?«

»Dass dein Dad geweint hat?« Mum lächelte und war auch mit der verschmierten Wimperntusche wunderschön. »An dem Tag, an dem du geboren wurdest, mein kleiner Kürbis.«

10. KAPITEL

Ich saß auf meinem Bett und dachte darüber nach, was ich von Mum erfahren hatte. Eigentlich hatte ich noch etwas schlafen wollen, aber die Geschichte von Michael, Sally und meinen Eltern ließ mich nicht zur Ruhe kommen. Es tat mir für alle Beteiligten so entsetzlich leid. Für Michael natürlich, der so früh umgekommen war. Für Sally, weil sie ihre große Liebe verloren hatte. Für Dad, weil sein Freund auf so tragische Weise gestorben war. Für Mum, weil sie nichts dagegen tun konnte, dass Dad so sehr darunter litt. Und sogar für Ben. Er hatte seinen Vater niemals kennenlernen dürfen.

Andererseits gab das noch immer keine Antwort auf die Frage, was Ben vorhatte. Warum schlich er sich in unseren Wohnflügel? Warum behauptete er, mein Vater hätte seinen Titel nicht freiwillig abgelegt? Meine Finger spielten mit der Silberkette meines Medaillons und ich sah gedankenverloren zu, wie Sophie vor meinem Bett Gestalt annahm.

Sie machte einen Knicks und blickte auf den Berg aus Klamotten, den ich aus dem Schrank geholt und zum Bett geschafft hatte. »Geht die junge Lady noch aus?«

»Ja. Ins Iff Only. Zum Basteln.« Dass es für das Runmore-Feuer war, erwähnte ich nicht. Ich wühlte in den Pullovern herum, die neben mir lagen. »Zu welchem rätst du mir?«

Sophie spitzte die Lippen und ließ sich mit der Antwort Zeit. »Der Grüne. Der harmoniert so hübsch mit der Augenfarbe der jungen Lady.«

Ich zerrte den schmal geschnittenen Pullover aus dem Stapel hervor. »Warum nicht?«

Ich zog ihn über mein T-Shirt und schlüpfte in eine dunkelblaue Jeans und meine bequemen Boots.

»Darf ich die Haare der Lady kämmen?« Sophie zog aus einer Tasche an ihrer Schürze eine Bürste hervor. Ich lächelte. Genau wie ich mich abends über die Tasse mit Milch an meinem Bett freute, mochte ich es gern, wenn Sophie mich kämmte. Es hatte zwar keinerlei Effekt auf meine Frisur, aber Spaß machte es trotzdem. Brav setzte ich mich also wieder auf mein Bett und ließ Sophie ihre leuchtende Geisterbürste durch meine Haare ziehen. Ich beobachtete sie in dem Spiegel, der an der Wand gegenüber hing. Sophie stellte sich einem aussichtslosen Kampf gegen mein widerspenstiges Haar, der schon mit einer echten Bürste kaum zu gewinnen war.

»Wird der junge Mr Fahey die Lady wieder begleiten?«

»Nein.«

»Aber die junge Lady ist gern in seiner Gesellschaft?«

»Eigentlich nicht.«

»So?« Sophie tippte sich nachdenklich mit der Bürste an ihr Kinn.

»Warum fragst du?«

»Es ist nicht meinetwegen.« Nach einer kurzen Pause fuhr Sophie fort, mich zu kämmen. Oder versuchte es zumindest. »Mir ist nur aufgefallen … Ich weiß gar nicht, ob ich darüber sprechen sollte. Aber Thomas leidet sehr darunter, dass die junge Lady kaum noch Zeit für ihn hat.«

»Was?« Ich drehte mich verblüfft zu Sophie um. »Hat Thomas etwas gesagt?«

»Nicht direkt. Er benimmt sich nur wie ein zu groß geratenes Kind. Er hat sich da in etwas verrannt, will mir scheinen.«

»Was meinst du?«

»Du lieber Himmel! Ich sollte mich wirklich schämen, zu tratschen wie ein altes Waschweib.« Sophie schüttelte den Kopf. »Die junge Lady verzeiht mir das hoffentlich. Es ist nur, seit Mr Fahey zu Gast im Runmore Manor ist …«

Ich winkte ab. »Ich kann gar nicht erwarten, dass er wieder abreist, Sophie.«

»Wann wird es so weit sein?«

»Ben und seine Mutter müssen noch ein paar Dinge klären, und dann werden sie Iffington wohl bald Adieu sagen. Sie sind gerade bei einem Anwalt«, sagte ich und grinste, als Sophies Bürste vor Anstrengung immer wieder kleine Nebelfetzen verlor, die sich wie Spinnweben um einzelne Strähnen legten. Ich schob die Ärmel meines Pullovers hoch, was Sophies Augenmerk bedauerlicherweise auf das Pflaster lenkte.

»Du lieber Himmel!«, stieß sie aus und klatschte in die Hände, was der Bürste endgültig den Rest gab. Sie verpuffte lautlos. »Was ist der jungen Lady zugestoßen?«

»Das ist ganz harmlos«, versicherte ich ihr und zog schnell den Ärmel wieder lang, damit er das Pflaster verdeckte. Sophie ließ sich jedoch nicht abschütteln.

Ich wusste, was jetzt auf mich zukam: eine schonungslose Aufzählung grauenvoller Todesarten, die Personen wie den Onkel eines Nachbarn der Cousine des Fleischers ereilt hatten. Dass die Medizin seit Sophies Ableben erstaunliche Fortschritte gemacht hatte und auch neue Hygieneerkenntnisse halfen, Infektionen vorzubeugen, nahm sie nicht zur Kenntnis. Als Sophie bei versehentlich abgehackten Gliedmaßen angekommen war, erhob ich mich rasch vom Bett.

»Keine Sorge, ich bin geimpft«, sagte ich munter und pflückte meine gefütterte Strickjacke vom Garderobenhaken. Sie lag eng an, reichte bis über die Hüften und hatte eine weite Kapuze. Perfekt für diese Jahreszeit.

»Die junge Lady sollte das nicht auf die leichte Schulter nehmen«, sagte Sophie ungewohnt streng. »Eine Blutvergiftung ist kein Spaß.«

Die Sonne schien und die Regentropfen, die vom letzten Schauer noch übrig geblieben waren, glitzerten auf dem orangegelben Laub, das schon überall auf dem Boden lag.

Ich hob schnuppernd die Nase und ließ mich von dem Geruch des Herbstwaldes dazu verlocken, die etwas längere, aber deutlich schönere Strecke nach Iffington einzuschlagen. Ich hatte noch ein wenig Zeit, bevor ich mich mit Emma und dem Komitee zum Basteln treffen wollte, da mich Sophies Aufstand um meine Verletzung überstürzt in die Flucht getrieben hatte. Blutvergiftung? Quatsch!

»Muss sie auch immer aus einer Mücke einen Elefanten machen?«, meckerte ich leise und schlurfte raschelnd mit meinen Boots durch die kleinen Laubhaufen, die auf dem Waldweg lagen. Die Oktoberluft war kühl und klar und würde mir eine rote Nasenspitze bescheren, aber ich genoss es, ohne Eile durch den Wald zu stapfen.

Die Hände tief in den Taschen meiner Strickjacke, schlug ich einen Haken, um dem Sturzregen zu entgehen, den eine Krähe mit ihrer Landung auf einem Ast direkt über mir entfesselt hatte. All die Tropfen, die sich seit dem Vormittag mühevoll daran festgehalten hatten, prasselten zu Boden und rissen auf ihrem Weg nach unten noch ein paar unentschlossene Blätter mit.

»He«, motzte ich und sah die Krähe vorwurfsvoll an. »Kannst du nicht ein bisschen aufpassen?«

Der Rabenvogel legte den Kopf schief und nahm mich seinerseits gelangweilt unter die Lupe. Er plusterte sein schwarzes Gefieder auf, richtete die Flügel neu und verlor mit einem spöttischen »Krahkrah« das Interesse an mir.

Ich machte mich daran, weiterzugehen, da ließ ein helles

Knacken mich herumfahren. Doch der Weg hinter mir war leer.

Mit zusammengekniffenen Augen versuchte ich, zwischen den Bäumen etwas zu erkennen.

»Hallo?«, rief ich und drehte mich langsam einmal um mich selbst. Nichts. Die Krähe und ich waren allein auf weiter Flur.

»Meine Güte«, sagte ich leise vor mich hin und ging weiter. Wenn ich nicht aufpasste, würde ich noch einen netten kleinen Verfolgungswahn entwickeln. Seit gestern hatte ich mir jetzt schon zum dritten Mal eingebildet, jemand stünde hinter mir.

Obwohl ich mich selbst darüber ärgerte, hatte ich es nun eilig, den Wald zu verlassen. Was war nur los mit mir? Warum war ich seit Neuestem so ängstlich?

Ich war mit den Gedanken bei der Nebelsuppe auf der Treppe am Abend zuvor, da schoss aus heiterem Himmel die Krähe von hinten an mir vorbei, so nah, dass ich ihren Flügelschlag deutlich spüren konnte. Ich geriet vor Schreck ins Taumeln, verfing mich mit meinen Fuß unglücklich in einer Wurzel und landete ächzend auf allen vieren. Meine Finger gruben sich in den feuchten Waldboden und ein Spritzer Matsch landete auf meiner Wange.

Der Schnitt an meinem Arm pochte heftig und ich schob den Jackenärmel zurück. Offensichtlich hatte die Wucht des Sturzes die kleine Wunde wieder geöffnet. Das Pflaster färbte sich rot.

Ein deftiger Fluch lag mir auf den Lippen und ich wollte ihn gerade wütend ausstoßen, da fiel mein Blick auf die Krähe, die nur wenige Meter von mir entfernt auf dem Boden hockte. Sie beobachtete mich. Gruselig.

Hastig stand ich auf und begutachtete den Zustand meiner Kleidung. Der Stoff meiner Jeans war an den Knien nass und schmutzig, genau wie der Saum an den Ärmeln meiner Strickjacke. Schnaubend klopfte ich Erdklümpchen von der Jeans und zupfte Laub von der Jacke.

Die Krähe hüpfte näher heran.

»Schon gut, ich geh ja schon«, murmelte ich und machte mich auf den Weg.

Emma hatte vor dem Café auf mich gewartet und lächelte mir entgegen. Als sie mich genauer ansah, runzelte sie die Stirn, und die Plastikreifen an ihrem Arm klapperten, wie ich mir einbildete, entsetzt.

Sie trug einen locker schwingenden Cardigan aus feiner Wolle, darunter ein enges Shirt. Ihre straff zurückgekämmten Haare türmten sich auf ihrem Kopf zu einem wilden Zopf aus schwarzen Locken auf, der ihren langen Hals betonte. Sie sah mal wieder toll aus.

»Sag nichts.« Ich hob die Hand zu einer majestätischen Geste und schritt erhobenen Hauptes an Emma vorbei. Sie drehte sich um und lief neben mir her auf den Eingang vom Iff Only zu.

»Was ist denn passiert?«

»Unfall.«

»Wo?«

»Wald.«

»Schlimm?«

»Nö.«

»Wenn du jetzt noch ein Bein nachziehst und humpelst, wäre es perfekt.«

»Was?«

»Wir haben eine Hexe, ein Skelett und eine Todesfee. Ein frisch aus dem Grab gekrochener Zombie fehlte noch.«

»Sehr witzig.«

»Ich weiß.«

Halb Iffington schien sich in dem kleinen Café aufzuhalten, Gesprächsfetzen und Lachen mischten sich mit dem Klappern von Teetassen. Die Tische waren zu drei langen Reihen zusammengestellt worden, auf denen sich buntes Papier, Flaschen mit Klebstoff, Bastelscheren in allen erdenklichen Größen und in Gläser gesteckte Stifte und Pinsel befanden. Diejenigen, die sich gerade nicht am Kuchenbüfett bedienten, saßen über ihre Bastelarbeit gebeugt. Auf diese Weise waren schon zahlreiche Papiergirlanden und hübsche Figuren aus Pappmaschee entstanden.

»Lu! Emma!« Mrs Tobey kam auf uns zu. »Schön, dass ihr auch gekommen seid.« Mrs Tobey war die diesjährige Vorsitzende des Komitees und nahm ihre Aufgabe ernst. Sehr ernst. Sie hatte ein Klemmbrett dabei, auf dem sie kleine Häkchen hinter unsere Namen machte. »Sucht euch ein Plätzchen und dann mal ran an die Scheren.«

Emma und ich schlängelten uns an den Tischen vorbei,

nickten, grüßten, schüttelten Hände und setzten uns schließlich ganz hinten in die Ecke, gegenüber von Mr Brown.

Der bemerkte uns gar nicht, so versunken war er in sein Projekt. Mit zusammengekniffenen Augen zeichnete er auf roter Pappe die Umrisse einer Schablone nach. Die Schablone war handtellergroß und man konnte mit viel Fantasie ein Feuer mit drei Flammenzungen erkennen.

Mr Brown war Mathelehrer an der hiesigen Grundschule und ich ging jede Wette ein, dass er genau berechnet hatte, wie er die Schablone anlegen musste, um die maximale Anzahl an Flammen pro Bogen zu erzielen.

Emma streckte ihre Hand nach einem der Stapel vor Mr Brown aus, doch der legte in einer blitzschnellen Bewegung einen Arm darauf. »Was willst du damit?«

»Ich wollte nur wissen, was das ist, Mr Brown.«

»Flammen, Emma. Siehst du doch.« Er nahm eine der ausgeschnittenen orangefarbenen Flammen und hielt sie hoch.

Emma und ich sahen uns aus den Augenwinkeln an. Mr Brown nahm von einem anderen Stapel eine kleinere gelbe Flamme. Diese legte er auf die orangefarbene und diese beiden dann auf die rote Pappe. Er strahlte stolz. »Das wird eine Feuergirlande.«

Emma und ich wechselten erneut einen Blick aus den Augenwinkeln, da erschien Mrs Tobey an unserem Tisch. »Wollt ihr ein Stück Kuchen, ihr Lieben? Schaut mal auf dem Büfett nach, was es alles gibt.« Vertraulich zwinkernd fügte sie hinzu: »Zimtapfel ist von mir.«

»Sehr gern, Mrs Tobey«, sagte ich, zog meine Jacke aus und hängte sie über die Rückenlehne meines Stuhls. »Machen wir gleich.«

»Soll ich Ihnen helfen, Mr Brown?« Emma schüttelte tatkräftig ihre Armreifen zurück und griff sich eine Schere. Mr Browns Augen wurden schmal. »Kannst du das denn?«

»Das ist ja wohl keine Kunst. Natürlich kann ich die Dinger aus Pappe ausschneiden«, sagte Emma, womit sie Mr Brown endgültig vom Gegenteil überzeugte. Es folgte eine Diskussion, aus der ich mich raushielt und an deren Ende Emma immerhin einen Teilerfolg erzielt hatte. Mr Brown erlaubte ihr zähneknirschend, die kleinen Löcher zum Auffädeln der dreifarbigen Flammen in die Pappe zu bohren.

Ich hatte auf dem Weg zum Kuchenbüfett die Frau des Apothekers getroffen und trug außer einem Stück Kirschkuchen noch ein Bündel weißer Pfeifenreiniger zu meinem Platz.

Emma, die nur aus Prinzip bei der Herstellung der Feuergirlande hatte mitmachen wollen, betrachtete beides neidisch. »Wofür ist das?«

»Das werden Schnurrhaare«, sagte ich und zeigte ihr das Modell, das mir die Frau des Apothekers als Vorlage mitgegeben hatte. »Für schwarze Kater.«

»Das sieht wenigstens aus, als würde es Spaß machen.« Emma setzte eine Stopfnadel an und wollte ein Loch in die Pappe bohren, wobei sie diese verbog. Es war Mr Brown anzusehen, dass er ihr dafür gern Nachsitzen verpasst hätte.

»Wenn du willst, kannst du mir helfen.« Ich erklärte, wie die

Frau des Apothekers es mir gezeigt hatte. Einen Pfeifenreiniger in drei gleich große Stücke teilen, die Teile aneinanderlegen und in der Mitte verzwirbeln.

Mr Brown war nicht gerade traurig darüber, dass Emma sein Team verließ, obwohl ihn das Klappern ihrer Armreifen, immer wenn sie einen neuen Bart verzwirbelte, zu nerven schien.

»Wie war es gestern Abend noch?«, fragte Emma wie nebenbei. »Du hast gar nicht auf meine Nachrichten geantwortet.«

»Ich hatte mein Handy im Zimmer gelassen.«

»Und was habt ihr gemacht?«

»Wer?«

»Du und Ben natürlich.«

»Es gibt kein ›Und‹ zwischen Ben und mir.«

Mr Brown gab sich nicht mal Mühe zu verbergen, dass er lauschte. »Genau genommen waren da gerade zwei Unds.«

Emma ruinierte einen Schnurrbart, indem sie die drei Teile komplett zusammendrehte. »Was habt ihr denn nun gemacht?«

»Wir wollten gemeinsam zu Abend essen, aber daraus ist nichts geworden.«

»Warum nicht?«

»Weil es dicke Luft gab.«

»Tatsächlich?«

»Ja.«

»Lässt du dir jetzt jedes Wort aus der Nase ziehen?«

Mein Blick schweifte durch das Café und ich bemerkte die alte Elsa, die mir vom Sessel am Fenster aus fröhlich zuwinkte.

»Sorry, Emma, bin gleich wieder da. Ich will Elsa kurz Hallo sagen.«

Emma wollte etwas erwidern, doch ich war schon aufgestanden und schob mich auf die alte Frau zu. Wie die meisten anderen Dorfbewohner kannte ich Elsa bereits seit meiner frühesten Kindheit und mochte sie sehr. Sie war schon uralt und manchmal ein wenig verwirrt. Als ich kleiner gewesen war, hatte ich ständig begeistert von Sophie, Thomas und dem Lord erzählt, und Elsa war die Einzige gewesen, die mich ernst genommen hatte.

»Gibt es etwas Neues von deinen Geistern?«, fragte sie freundlich, als ich mich auf die Fensterbank mit den gemütlichen Kissen fallen ließ.

Es gab eine Menge Neues. Aber ich hatte jetzt keine Lust, darüber zu sprechen, und schüttelte den Kopf. Ich spürte, dass Emmas Blick auf mir ruhte, doch ich erwiderte ihn nicht.

Elsa musterte meine Kleidung. »Bist du gestürzt, mein Kind?«

»Ja, im Wald.« Ich seufzte. »Ich muss echt besser aufpassen, wo ich hintrete.«

»Manche Dinge sollen eben geschehen«, sagte Elsa weise und lächelte. »Wer weiß, wofür es gut ist?«

»Für meine Klamotten war es jedenfalls nicht gut«, bemerkte ich.

»Bald wirst du anders darüber denken.«

Aha. Ich war Elsas merkwürdige Orakelsprüche gewöhnt, deshalb sparte ich mir eine skeptische Erwiderung. Wenn sie meine Absonderlichkeiten akzeptierte, konnte ich das im Gegenzug auch mit ihren tun.

»Ich kann nicht glauben, dass es schon wieder Zeit für das Runmore-Feuer ist.« Elsa betrachtete die bereits fertiggestellten Flammengirlanden. »Wie schnell doch die Zeit vergeht!«

»Na ja, das letzte ist ziemlich genau ein Jahr her«, rutschte mir heraus.

Sie warf mir einen Blick zu. »Wenn man jung ist, mag einem die Zeit noch wie ein Freund erscheinen. Aber du wirst sehen, festhalten kannst auch du sie nicht.«

»Ich weiß, Elsa«, sagte ich beschämt.

Da klopfte jemand ans Fenster und ich drehte mich um. Draußen standen Estelle und Ben.

»Jemand, den du kennst?«, fragte Elsa. »Das Gesicht der jungen Frau kommt mir bekannt vor.«

»Das ist Sally. Erinnerst du dich an sie? Sie hat früher hier gewohnt.« Ich erhob mich. »Ich bin gleich wieder da.«

»Hallo, Lu!«, rief Estelle, als ich aus dem Iff Only trat. Sie kam auf mich zu und strahlte mich an. Meine Güte, sah sie heute wieder toll aus! »Die Bastelarbeiten für das Runmore-Feuer sind in vollem Gange, ja?«

Ich nickte. Mir war nicht entgangen, dass ein winziger Hauch von Sehnsucht in ihren Worten lag.

Estelle sah bedauernd auf die geschmackvolle Miniatur einer Uhr an ihrem Handgelenk. »Ich würde sonst was darum geben, dabei helfen zu können, aber leider muss ich weiter … Was ist mit dir, Ben?«

Mein Kopf ruckte herum. Was sollte schon mit Ben sein? Er konnte sich einfach wieder ins Runmore Manor verziehen, sich vom linken Flügel fernhalten und aufhören, gemeine Lügen über meinen Vater zu verbreiten.

Mein Blick leistete ganze Arbeit. Ben setzte bereits zu einem Kopfschütteln an, da tauchte Emma neben mir auf. »Meine Güte, Estelle Fahey! Ich bin … Ich wollte … Sie sind …« Emma presste die Hände zusammen, als würde sie beten, und machte vor Aufregung kleine Trippelschritte auf der Stelle.

Estelle strich meiner hyperventilierenden Freundin über den Arm und sagte: »Vielen Dank! Ich freue mich immer, einen Fan zu treffen.«

Emma quiekte und versicherte, dass sie der allerallergrößte Fan aller Zeiten sei, während ich mir mit Ben ein Blickduell lieferte. Eigentlich hatte ich mich schon als Sieger gesehen, da sagte er grinsend: »Ich glaube, ich komme kurz mit rein.«

»Wahnsinn!« Emma klatschte in die Hände und ihre Armreifen klapperten enthusiastisch. »Bleiben Sie auch, Mrs Fahey?«

»Für dich bin ich Estelle, meine Liebe. Und nein, ich muss leider los«, sagte Estelle und nickte uns zum Abschied freundlich zu. »Bis später!«

Emma hüpfte ein kleines Stück hinter ihr her und drehte sich dann zu uns um. »Habt ihr das gesehen? Das war Estelle Fahey!«

»Ja, ich weiß«, sagte Ben. »Emma, lässt du mich kurz mit Lu …«

»Natürlich.« Emma riss sich mühevoll zusammen. Mit einem breiten Grinsen ging sie auf den Eingang zu und murmelte dabei: »Estelle Fahey!«

»Bestellst du mir schon mal einen Kaffee?«, rief Ben ihr nach. Er wartete, bis Emma im Café verschwunden war, und stellte dann ohne Überleitung fest: »Du hast also was dagegen, wenn ich bleibe?«

»Nein. Ich freue mich total, dass du extra aus London gekommen bist, um den hinterwäldlerischen Iffingtonern beim Basteln zu helfen.«

»Oh super, Ironie.«

Ich lachte auf. »Wieso? Ich meine das todernst. Ben Fahey rettet Halloween! Das ist doch ein Grund zum Feiern.«

»Du nimmst mir übel, was ich gestern gesagt habe.« Ben machte einen Schritt auf mich zu und sah mir in die Augen. Wie jedes Mal, wenn er das tat, hielt sein Blick mich fest, wie Scheinwerfer ein Reh bei Nacht. Ich verschränkte die Arme.

Von innen klopfte jemand an die Scheibe des Cafés. Emma hielt freudestrahlend eine Tasse hoch und formte mit den Lippen: »Dein Kaffee, Ben!«

Ich schnaubte leise und ging zur Tür, doch bevor ich sie aufziehen konnte, hielt Ben sie mit einem ausgestreckten Arm zu. »Willst du, dass ich gehe?«

Ich setzte gerade zu einer Antwort an, da hob Ben eine Hand zu meiner Wange. »Du hast da was. Schon wieder.« Er strich mit dem Daumen sanft unter meinem Auge entlang. »Hast du diesmal keine Spinnweben gefunden?«

»Wie bitte?«

»Erde, würde ich sagen.« Ben sah an mir hinunter und zeigte auf meine Knie. Der Matsch war mittlerweile getrocknet und bei jeder Bewegung bröselte ein wenig davon ab. »Bist du gefallen?«

Ich zuckte genervt mit den Schultern.

»Hast du dir wehgetan?«

Es war peinlich genug, von ihm wie ein kleines Kind behandelt zu werden, da musste ich nicht auch noch anfangen zu heulen. »Quatsch.«

»Okay.« Er ließ mich einfach stehen und betrat das Café.

11. KAPITEL

Ben war der Liebling der Komiteedamen. Er musste sich quer durch das Kuchenbüfett futtern, wurde mit Obstsäften abgefüllt und seine Frisur hatte den vielen Wuschelattacken nicht mal zwei Minuten standhalten können. Er war Sallys Sohn und somit beinahe selbst ein Iffingtoner. Das Komitee nahm ihn bereitwillig in seiner Mitte auf. Er genoss es sichtlich und eine strahlende Emma wich ihm nicht von der Seite.

Ich fragte mich, ob einer der Anwesenden ahnte, wer Bens Vater war. Sah Ben ihm ähnlich? Hatte er viel von Michael oder war Ben ganz anders? Musste das nicht irgendwem auffallen?

Mit diesen Fragen beschäftigt, hatte ich Ben angestarrt und wandte mich schnell ab, als sich unsere Blicke durch das Café trafen. Ich saß mit Mr Brown in der Ecke, klebte mit einer Heißklebepistole die Schnurrbärte auf schwarze Pappkater und verdrehte unablässig die Augen.

Gut. Die anderen hatten Spaß. Sollten sie doch. Ich jedenfalls hatte auch Spaß mit den Pfeifenreinigern, von denen ich nicht wenige an mir selbst festgeklebt hatte.

Mr Brown hielt mir ein Papiertaschentuch hin. Verdutzt blickte ich ihn an.

»Dein Arm«, sagte er. Erst jetzt fiel mir auf, dass ich eine kleine Spur roter Tröpfchen über den Tisch gezogen hatte. Ich schob den Pulloverärmel zurück und betrachtete meinen rechten Unterarm. Das vollgesogene Pflaster hatte sich gelöst und das Blut lief über meine Haut.

»Oh.« Ich nahm das Taschentuch und drückte es auf die Wunde. Zum Glück war Sophie nicht in der Nähe, sie hätte jetzt einen Riesenwirbel gemacht.

»Ich hätte es doch nähen sollen.« Ben setzte sich neben mich und wollte nach meinem Arm greifen, aber ich war schneller und zog ihn weg.

Emma war ebenfalls aufgetaucht und stieß einen entsetzten Laut aus, als sie sich über mich beugte. »Lu, was hast du denn gemacht?«

»Nichts.« Ich nahm ein weiteres Taschentuch, das Mr Brown mir wortlos gereicht hatte. »Nur ein kleiner Schnitt. Nicht weiter schlimm.«

Emma ließ sich nicht abschütteln. »Der muss aber tief sein, so wie das blutet.«

»Sie hat sich im Schlaf an ihrem Nachttisch verletzt«, erklärte Ben in einem Ton, der seine Zweifel an dieser Theorie klar zum Ausdruck brachte.

»Kann sein, dass es so passiert ist.« Ich sah in die Runde. Mittlerweile hatten sich auch Mrs Tobey, die Frau des Apothekers und weitere Schaulustige am Tisch eingefunden. Man beratschlagte, ob ein Arzt oder besser gleich ein Krankenwagen gerufen werden sollte.

»Nicht nötig«, sagte Ben und stand auf. »Ich werde Lu nach Hause bringen.«

Ich hatte nicht mal Zeit zu protestieren, so schnell hatte er mich auf die Beine und auf den Ausgang zu gezogen.

Emma lief hinter uns her. »Lu, deine Jacke!«

Ben nahm sie, öffnete die Tür, indem er sich dagegenlehnte, und schob mich vor sich her auf die Straße.

Emma folgte uns und sah mich besorgt an. »Du solltest das nicht so auf die leichte Schulter nehmen, Lu.«

»Lustig. Genau das hat Sophie auch gesagt«, murmelte ich.

Emma seufzte. »Fängst du schon wieder damit an?«

Ben hielt mir meine Jacke zum Hineinschlüpfen hin. »Womit?«

»Sophie ist Lus Kindermädchen.« Das letzte Wort setzte Emma mit ihren Fingern in ausgesprochen effektive Anführungszeichen.

Ben zog eine Braue nach oben. »Du hast ein Kindermädchen?«

Emma ließ ihre Finger schon wieder geheimnisvolle Anführungszeichen in die Luft malen und grinste dabei vielsagend.

Ich funkelte sie an. Das war jetzt wirklich fies. Emma war seit Ewigkeiten meine Freundin, natürlich wusste sie von den

Stammgästen. Als wir noch kleiner gewesen waren, hatte sie mir sogar fast geglaubt, dass es die Geister tatsächlich gab. Doch als wir älter wurden, änderte sich das. Das war nicht weiter schlimm, ich weiß nicht, wie ich darüber denken würde, wenn es umgekehrt wäre. Aber musste sie ausgerechnet vor Ben damit anfangen?

»Vielen Dank!«, zischte ich, von einer heftigen Enttäuschung gepackt, riss Ben meine Strickjacke aus den Händen und ging davon.

Ben holte mich ein. Er hatte die Hände in die Hosentaschen geschoben und ging neben mir her. »Was meinte Emma gerade? Was sollte das mit dem Kindermädchen?«

»Ach, nichts.« Genervt ging ich weiter und versuchte zu ignorieren, dass Ben mich die ganze Zeit aus den Augenwinkeln beobachtete.

Wir zogen das durch, bis wir das Hotelgelände erreichten. Ich sah meinen Vater, der mit dem Handy am Ohr vor dem Eingang herumlief und wild gestikulierte. Das war ungewöhnlich. Dad war nicht gerade ein begeisterter Telefonierer und benutzte diese unglückselige Erfindung, wie er sein Handy nannte, nur in Ausnahmefällen.

Ben und ich blieben stehen.

»Was treibt dein Vater denn da?«

Wir sahen zu, wie Dad auf den Fleck an der Fassade wies, als könne er seinem Gesprächspartner am anderen Ende der Leitung dadurch das Ausmaß der Schmiererei verdeutlichen.

»Keine Ahnung.« Dad schien außer sich. So kannte ich ihn

gar nicht. Eigentlich war er ein gelassener, besonnener Mann, den nichts so leicht aus der Ruhe bringen konnte. Wenn ihm wirklich mal etwas nicht passte, ging er in sein Arbeitszimmer, bearbeitete seinen Sandsack und kam anschließend entspannt und mit einem Lächeln zurück.

Ich drehte mich zu Ben und bemerkte, dass sein Blick zum Dach des Runmore Manor gewandert war. Mir lief es kalt den Rücken hinunter, als mir klar wurde, wonach er suchte.

»Ben … Mum hat mir von damals erzählt. Von der Nacht, als dein Vater …«

»Ach ja?« Bens Kopf fuhr herum und ich zuckte regelrecht zusammen, als ich die Wut in seinem Gesicht sah. »Hat sie dir wenigstens alles erzählt?«

Alles? Was meinte er damit? Ich sammelte mich und nahm einen neuen Anlauf. »Es tut mir so leid, Ben. Ehrlich.«

Ben zog einen Mundwinkel zu einem falschen Lächeln hoch. »Ja? Es tut dir leid?« Der Mundwinkel sank. »Du weißt nicht, wie es sich anfühlt, Lu. Mein Vater ist tot, nur weil …«

Er zögerte und sah mich mit kalten Augen an. Dann ließ er mich stehen, eilte mit knirschenden Schritten über den Kiesweg und verschwand im Eingang des Runmore Manor, ohne meinen Vater zu grüßen.

Dad hatte ihm nachgesehen und blickte sich nun suchend nach mir um. Als er mich entdeckte, hob er winkend die Hand, kam mir entgegen und hielt sein Handy vom Mund weg. »Lu, mein Schatz. Du kommst wie gerufen. Geh gleich zu Mum, ja?«

Bevor ich mich nach dem Grund erkundigen konnte, drehte er mir den Rücken zu und telefonierte weiter. Ich stutzte, als wie aus dem Nichts grau leuchtendes Stroh vor meinen Füßen landete.

Wir befanden uns in der Nähe der Garagen, die früher Pferdeställe gewesen waren. Für Thomas waren sie noch immer genau das, Pferdeställe, und für den Stallburschen fielen sie somit automatisch in seinen Zuständigkeitsbereich.

Thomas stand knietief in Geisterstroh, stach mit seiner Mistgabel in einen Haufen und verteilte ihn nicht nur auf dem Boden der Garage, sondern auch großzügig davor.

»Du meine Güte«, sagte ich und ging auf ihn zu, »was ist denn in dich gefahren?«

Thomas hatte mich vorher scheinbar nicht bemerkt und hielt inne. Ich wartete vergebens darauf, dass er mein Lächeln erwiderte. Ich ging zu ihm in die Garage und trat dabei auf das schimmernde Stroh, das sich unter meinen Füßen auflöste.

»Was ist denn los?«

»Nichts, Eure Ladyschaft.«

»Wie bitte?« Ich stieß ein überraschtes Lachen aus. »Seit wann bist du denn so förmlich?«

Thomas stützte sich auf den Griff der Gabel, wischte sich über die Stirn und ließ den Blick über die Einfahrt schweifen. »Ist die Lady ausnahmsweise nicht in Begleitung?«

Ah. Daher wehte der Wind. Mir fiel Sophies merkwürdige Andeutung wieder ein und mir wurde klar, was sie gemeint hatte. »Was soll der Quatsch?«

Es war jedes Jahr das Gleiche, je näher das Runmore-Feuer rückte, desto sonderbarer verhielten sich die Stammgäste. Eigentlich war es ja der Lord, der mir vor Halloween mit seinem Jähzorn und Geheule zu schaffen machte. Der benahm sich in diesen Tagen jedoch ungewöhnlich ruhig, dafür schoss jetzt der Stallbursche quer. Ich atmete tief durch.

»Thomas, wenn du mit mir über etwas sprechen willst, ich bin jederzeit für dich da.«

Thomas sah mir einen Moment in die Augen, dann machte er sich mit der Mistgabel wieder am Stroh zu schaffen. »Es gibt nichts zu bereden.«

12. KAPITEL

Man soll sich niemals fragen, ob es eigentlich noch schlimmer kommen kann. Das fordert das Schicksal nur heraus.

»Ach, Mum. Bitte nicht«, stöhnte ich auf. Womit hatte ich das bloß verdient? Als ich an der Rezeption vorbeigelaufen war, hatte Mum mich mit einer schlechten Nachricht abgefangen: Mr Doherty war krank. Natürlich war nicht Mr Dohertys Erkältung die schlechte Nachricht, auch wenn er mir leidtat, sondern die Tatsache, dass ich für ihn einspringen musste.

Mr Doherty bot über das Tourismusbüro von Newbury Führungen an. Er hatte alles zwischen Newbury und Thatcham im Programm und somit auch solche Leckerbissen wie das Runmore Manor. Mr Doherty ging es bei den Führungen um die historische Bedeutung des alten Herrenhauses für Iffington und die gesamte Region. Höhepunkt war ein Abstecher in den privaten Bereich der Familie, wo neben der Ahnengalerie der Lords und Ladys Runmore auch die Überbleibsel der

Brandkatastrophe von 1906 zu bestaunen waren: ein abgebrannter Treppenstumpf hinter Glas.

Mum betrachtete solche Veranstaltungen unter wirtschaftlichen Gesichtspunkten. Sie lockten stets auch Touristen an, die vielleicht nur einen Kaffee oder doch ein Abendessen im Hotelrestaurant einnahmen. Viele davon waren so angetan vom Ambiente unseres schönen Hotels, dass wir sie später als Übernachtungsgäste begrüßen durften.

»Wie viele Teilnehmer haben sich angemeldet?«, fragte ich vorsichtig. Ich traute mir durchaus zu, drei oder vier Interessierte durch unsere Ahnengalerie zu führen.

Mum raubte mir jedoch alle Illusionen. »Fünfzehn.«

»Was?« Ich rang nervös die Hände. Wenn man Führungen machte, musste man über die angeborenen Instinkte eines Hütehundes verfügen. Die Herde dorthin treiben, wo man sie haben wollte, und unter allen Umständen verhindern, dass es Ausreißer gab. Ich war nicht sicher, ob ich mich zum Hütehund eignete.

Mum sah das scheinbar anders. Sie kniff mir in beide Wangen. »Du machst das schon, Kürbis. Keiner weiß so viel über die Runmores wie du. Das wird lustig, du wirst sehen.«

»Ja, klar. Total lustig. Warum machst du es nicht selbst?«

»Weil ich noch so viel Arbeit auf dem Schreibtisch habe.« Mum sah meine nächste Frage wohl kommen, denn sie sagte schnell: »Und dein Vater würde es machen, aber, ehrlich gesagt, ich fürchte, er hat gerade keine Nerven dafür. Er hat schon wieder eine Schmiererei entdeckt.«

»Echt? Wo denn?«

»Irgendein Witzbold hat mit Kreide drei riesige Striche an die Wand im Speisesaal gemalt.«

»Kann man das nicht einfach abwischen?«

Mum nickte. »Schon. Aber dein Vater ist außer sich, weil dieser Schmierfink so respektlos mit dem alten Gebäude umgeht. Er will sogar die Polizei informieren, so wütend macht ihn das.«

»Ah.« Deshalb hatte Dad also telefoniert. Ich seufzte. »Na gut. Dann übernehme ich eben die Führung.«

»Danke, mein kleiner Prachtkürbis.«

In Windeseile hatte ich mich umgezogen und es sogar noch geschafft, ein neues Pflaster auf die Wunde zu kleben, die erfreulicherweise aufgehört hatte zu bluten. Ich verließ den linken Flügel und lief am Speisesaal vorbei in Richtung Rezeption, wo sich der vereinbarte Treffpunkt für die Führungsteilnehmer befand.

Die Gruppe wartete bereits. Wie Mum angekündigt hatte, waren es fünfzehn Personen. Ich erkannte acht Hotelgäste unter ihnen, die anderen waren Halloween-Touristen.

Ich straffte die Schultern, setzte ein kompetentes Lächeln auf und ging auf die Gruppe zu. Ich stellte mich als Luisa Runmore vor und hieß die Führungsteilnehmer auch im Namen meiner Eltern herzlich willkommen.

»Wie alt sind Sie?«, fragte eine Frau, die ich noch nie zuvor gesehen hatte. In ihrem grünen Wollmantel und mit der schief sitzenden roten Mütze auf den aschblonden Haaren erinnerte sie mich spontan an ein stacheliges Gewächs mit Blüte. Mein Hütehundinstinkt schlug Alarm. Wenn ich nicht aufpasste, würde diese Kaktusblüte die Herde gegen mich aufwiegeln.

Ich bemühte mich also, souverän zu bleiben, und erklärte freundlich: »Ich wurde in diesem Haus geboren und bin hier aufgewachsen. Niemand kennt sich im Runmore Manor so gut aus wie ich.«

»Na ja«, machte die Kaktusblüte.

Na ja? Was sollte das denn heißen? Ich räusperte mich und legte los: »Im Jahr 1798 bekam Lord Harold James Runmore von König George III. das Land zum Dank für treue Dienste geschenkt und ließ darauf ein Gebäude errichten, das als Grundlage für das jetzige Herrenhaus angesehen werden darf.«

Die Kaktusblüte schnaufte. »Was für Dienste waren das?«

Ich hatte Mr Doherty schon Dutzende Male bei seinen Führungen begleitet und konnte mich beim besten Willen nicht daran erinnern, dass er jemals so ruppig unterbrochen worden wäre. »Harold James war als kluger Kopf bekannt. Sein Sachverstand in militärischen Belangen hat ihn am Hofe des Königs …«

»Na ja«, würgte die Kaktusblüte mich ab.

Mum hatte recht. Das würde total lustig werden. Ich stellte fest, wie nett man lächeln kann, wenn man gleichzeitig die Zähne zusammenbeißt. Nämlich gar nicht.

Wir ließen den Hotelbereich hinter uns und betraten den

linken Flügel. Ich führte meine Herde in den ersten Stock, ohne auf der Treppe haltzumachen. Im Treppenaufgang hingen lediglich einige Porträts der weitläufigeren Verwandtschaft, die nicht als wichtig genug angesehen wurde, um sie in der Ahnengalerie unterzubringen. Die Galerie blieb ausschließlich den Lords und Ladys vorbehalten, die in direkter Blutlinie mit Dad und somit auch mit mir verwandt waren. Sie ging über die gesamte Länge der ersten Etage. Vierzehn Ölgemälde hingen in chronologischer Abfolge nebeneinander, von schweren weinroten Samtvorhängen vor Tageslicht geschützt, die nur für Führungen beiseitegezogen wurden.

Glücklicherweise hatten die meisten Gemälde das Feuer von 1906 weitgehend unbeschadet überstanden, nur Lord Joseph Francis Runmore, der Erfinder des legendären dampfbetriebenen Schaukelstuhls, hatte aufwendig restauriert werden müssen. Ich hatte mich oft gefragt, ob der Restaurator wenig Talent besessen hatte oder ob Joseph Francis wirklich so unansehnlich gewesen war. Zumindest war ich froh, dass seine Knollennase und das dünne weißblonde Haar nicht zum Markenzeichen der Runmores geworden waren.

Joseph hatte es zu seinem Leidwesen nie geschafft, eine technische Errungenschaft an den Mann zu bringen, die Anekdoten jedoch, die man sich über den schrulligen Lord erzählte, hatten ihm einen festen Platz in der Geschichte reserviert.

Ich zog den Vorhang auf und stellte mich vor das Gemälde des intelligent dreinblickenden Mannes. »Lord Joseph Francis Runmore wäre beinahe von seinem Vater enterbt worden, nachdem es während der Testphase seines Schaukelstuhls zu einigen Unfällen gekommen war. Da sich niemand freiwillig auf den Stuhl setzen wollte, hatte Joseph ihn heimlich im Salon aufgestellt und die Damen der Gesellschaft unter einem Vorwand dazu gebracht, sich hineinzusetzen. Natürlich erschraken die sich zu Tode, wenn der Stuhl überraschend zu schaukeln begann, und sprangen jedes Mal in heller Aufregung auf. Der Dampfantrieb war nicht gerade sanft, müssen Sie wissen.«

Ich kicherte bei dieser Vorstellung, hörte aber rasch damit auf, als ich bemerkte, dass ich die Einzige war, die das amüsant fand. Ich hüstelte verlegen. »Das hat ihm den wenig schmeichelhaften Beinamen ›Schaukellord‹ eingebracht.«

»Und was hat dieser Knabe nun mit dem Mörder zu tun?«, grätschte mir die Kaktusblüte dazwischen. »Auf welchem Bild ist er zu sehen?«

»Wenn Sie mit *Mörder*«, ich betonte das Wort gereizt, »Lord Edward Runmore meinen, dann muss ich Sie enttäuschen. Hier hängen nur unsere direkten Vorfahren.«

Tatsächlich wirkte die Kaktusblüte enttäuscht. »Ich dachte, Sie sind eine Nachfahrin des berühmten Irren?«

»Nein, bin ich nicht.« Ich sah mich unauffällig um. Es fehlte noch, dass Edward sich ausgerechnet jetzt hier aufhielt und hörte, was über ihn gesagt wurde. Das Letzte, was wir gebrauchen konnten, war ein wutheulender Lord, der durch die Gänge tobte und alles, was nicht niet- und nagelfest war, von den Wänden riss.

»Mein Ururgroßvater Frederick war Josephs Sohn und der

jüngere Bruder von Edward.« Passend zu meinem Vortrag, stellte ich mich vor Fredericks Porträt und zog den Vorhang auf. Das Bild zeigte einen gut aussehenden jungen Mann, dessen verträumter Gesichtsausdruck seine musische Neigung andeutete.

»Wie Sie sicherlich alle wissen«, ich vermied es, die Kaktusblüte direkt anzuschauen, sah im Augenwinkel aber ihr Nicken, »kam es im Runmore Manor im Jahre 1906 zu einer Brandkatastrophe.«

»Sie meinen, Edward hat den Schuppen angezündet.«

Ich beschloss, die Kaktusblüte nicht weiter zu beachten. »Es wird angenommen, Edward habe das Feuer absichtlich gelegt …«

»Jaja. Und damit hat der alte Teufel zwei Unschuldige in den Tod gerissen.« Kaktusblüte verdrehte die Augen. »Das ist bekannt. Aber warum? Warum hat er das getan? Liegt der Wahnsinn in der Familie?«

»Sie sollten jetzt wirklich langsam aufhören«, sagte jemand in scharfem Ton, »die Führung dauernd zu unterbrechen. Und von Wahnsinn zu sprechen, ist nicht nur übertrieben, sondern auch eine echte Frechheit.«

Erstaunt sah ich mich um. Ben? Er nahm an der Führung teil? Er war mir bisher noch gar nicht aufgefallen.

Kaktusblüte gab nicht so schnell auf. »Dann nennen Sie es eben Blutgier oder Mordlust, meinetwegen auch Jähzorn. Das läuft auf das Gleiche hinaus.«

Ben war anzusehen, dass er etwas erwidern wollte, doch

dann zögerte er und richtete seinen Blick schlagartig auf mich. Etwas ging in ihm vor, das war ihm leicht anzusehen, doch ich konnte nicht erkennen, was.

»In meiner Familie liegt bestimmt kein Wahnsinn«, erklärte ich der Gruppe. »Außer Edward ist kein anderer Runmore durch Jähzorn oder Ähnliches aufgefallen.« Ich zwang mich, ruhig weiterzusprechen. »Nachdem auch Edward in der Brandnacht ums Leben gekommen war, hat Frederick der Verlobten seines älteren Bruders einen damals durchaus üblichen Anstandsantrag gemacht, in den sie einwilligte.«

Ich machte einen Schritt zur Seite und befand mich nun vor dem Gemälde einer wunderschönen jungen Frau, deren scheues Lächeln beinahe etwas traurig wirkte.

Mein Magen zog sich zusammen und Übelkeit raste durch meinen Körper, doch schon eine Sekunde später war alles wieder in Ordnung. Ich schluckte. Es schien niemandem aufgefallen zu sein, dass ich nur mit Mühe hatte aufrecht stehen bleiben können. Erleichtert fuhr ich fort: »Das ist Lady Mary, meine Ururgroßmutter.«

»Die Unglückliche«, sagte Kaktusblüte und schnaufte tragisch.

Ben stellte sich vor das Bild. »Sie sieht dir sehr ähnlich, Lu.«

Das hörte ich nicht zum ersten Mal und es bereitete mir wie immer Unbehagen. Ich griff nach meinem Medaillon und betrachtete Marys Gesicht, ihre warmen Augen, den fein geschwungenen Mund. Ein eigenartiger Widerwille flammte in mir auf.

Mit Mühe riss ich mich von dem Gemälde los und lotste die Gruppe zum Kaminraum neben unserem Wohnzimmer. Ursprünglich hatte Dad hier sein Arbeitszimmer einrichten wollen, was sich nicht nur wegen der vielen Bücherregale und dem schönen großen Fenster mit Blick auf den See angeboten hätte.

Jedoch meinte Dad, es gäbe Probleme mit der Wärmedämmung in diesem Raum. Er hatte die Außenwand neu verkleiden und die Fensterrahmen ersetzen lassen und sogar Teppiche über dem schönen alten Parkettboden ausgerollt. Ohne Erfolg. Dad klagte weiterhin über einen eisigen Zug, der ihm neben Gänsehaut sogar einen steifen Nacken bescherte, sobald er hinter dem Schreibtisch Platz nahm oder sich in den Sessel setzte. Außerdem gerieten Dads Unterlagen stets durcheinander und Stifte, Schlüssel und Briefe verschwanden, um später an anderer Stelle wiederaufzutauchen.

Kein Wunder, wenn man mich fragte. Es war das Arbeitszimmer des Lords, und der hatte keinerlei Interesse daran, es mit jemandem zu teilen. Schon gar nicht mit Dad, dem Verräter.

Dad hatte sich schließlich einen anderen Raum gesucht und so wurde der Lord nur hin und wieder gestört, wenn im Rahmen einer Führung das Prachtgemälde über dem Kamin gezeigt werden sollte und natürlich sein eigenes Porträt.

Ich klopfte höflich, aber unauffällig an und von innen schnauzte Edward: »Nicht jetzt! Ich habe zu tun.«

Unbeeindruckt öffnete ich die Tür und ließ die Gruppe eintreten. Edward saß hinter seinem Schreibtisch und funkelte mich erbost an.

»Wir brauchen nicht lange«, sagte ich zur Gruppe gewandt, meinte aber Edward. Der warf seinen grau leuchtenden Füllfederhalter nach mir, der sich auf halbem Wege auflöste.

Das Prachtgemälde über dem Kamin zog sofort alle Aufmerksamkeit auf sich und die Führungsteilnehmer scharten sich um den Sessel, der davorstand. Ich stellte mich dazu. »Das ist das einzige Gemälde, das Frederick und Mary gemeinsam zeigt. Es wurde kurz nach ihrer Vermählung fertiggestellt.«

Eine strahlende Mary war darauf zu sehen, die ihrer Zukunft glücklich entgegensah. Ganz anders als auf allen späteren Bildern von ihr, auf denen sie immer mit diesem für sie typischen traurigen Lächeln dargestellt wurde.

Daneben Frederick, der stolz grinste. Es wirkte auf mich immer ein bisschen, als hätte der Künstler laut »Cheese« gerufen und einen Augenblick eingefangen, der sich schon Sekunden später wieder verflüchtig hatte. Etwas stimmte nicht mit diesem Bild.

Ich ordnete meine Gedanken und fuhr fort: »Lady Mary hat Runmore Manor nach dem Unglück verlassen und bis zu ihrem Tode nicht mehr betreten. Frederick war viel in der Welt unterwegs und ließ sich nur blicken, wenn die Bücher kontrolliert werden mussten. Die Ehe von Lord und Lady Runmore galt dennoch als ausgesprochen glücklich und blieb bis zum Schluss frei von Skan…«

»Ist er das?«

Fassungslos drehte ich mich zu Kaktusblüte um. Sie stand abseits der Gruppe vor dem Porträt von Edward, das an der Wand gegenüber hing. Dass der Lord leibhaftig neben ihr stand, konnte sie nicht ahnen. Edward hatte stolz die Arme vor der Brust verschränkt und versuchte, die Pose nachzuahmen, die er für das Bild eingenommen hatte. Es gelang ihm nur bedingt, woran vor allem seine Kleidung schuld war. Auf dem Bild trug er einen sauberen und ordentlich geschlossenen Überrock, ein Tuch war fest um den Hals gewickelt und sein volles Haar vorbildlich frisiert. Geister-Edward hingegen trug ein weit aufgeknöpftes Hemd mit hochgekrempelten Ärmeln, das nur halb in der Hose steckte, sowie eine weite Weste. Sein Schopf war wie immer durcheinander und der Schatten eines Bartes setzte sich dunkelgrau auf dem kantigen Gesicht ab.

Kaktusblüte blieb beharrlich. »Ist das der Brandstifter?«

Edward ließ die Arme fallen und sah mich mit wildem Blick an. Ich wagte kaum zu nicken und sagte diplomatisch: »Das ist Edward, bis zu seinem Tode Hausherr von Runmore Manor.«

Kaktusblüte kniff die Augen zusammen und zischte fachmännisch: »Man sieht es ihm an! Der Wahnsinn ist ihm ins Gesicht geschrieben.«

Ich zuckte zusammen und erwartete Wutgebrüll, einen Windstoß, der alles durcheinanderwirbelte, Türen, die zuschlugen, und Bilder, die von den Wänden flogen. Stattdessen: nichts. Der Lord blieb vor seinem eigenen Porträt stehen und rührte sich nicht.

Alles wäre mir lieber gewesen als das.

13. KAPITEL

Ich lag auf meinem Bett und ärgerte mich gründlich. Über Kaktusblüte. Über Thomas. Über Ben. Und ein bisschen auch über Emma.

Was war in letzter Zeit nur los? Seit Ben aufgetaucht war, lief gar nichts mehr rund. Gegen den Karierten Nörgler war Kaktusblüte ein Waisenkind, trotzdem hatte sie mich aus der Fassung gebracht. Außerdem hatte ich mich noch nie mit Thomas gestritten. Mit Emma schon. Aber im Moment stritten wir uns ja eigentlich gar nicht, es fühlte sich nur irgendwie komisch an.

Ich hielt mein Medaillon in der Hand und zog nachdenklich an der Kette. Ben hatte einen schlechten Einfluss auf meine innere Balance. Es wurde wirklich Zeit, dass er wieder verschwand. Er war so grässlich launisch. Klar, es war schon irgendwie verwirrend, wenn er sich um mich kümmerte, meine Wunde versorgte oder mich nach Hause brachte, bevor ich im

Café verbluten konnte. Ihm entging kaum etwas und wenn er mich berührte, dann kribbelte es eigenartig. Trotzdem verhielt er sich die meiste Zeit unausstehlich und abweisend. Ein Bentley fahrendes, verwöhntes Einzelkind, das etwas im Schilde führte. Aber was? Ich verstand beim besten Willen nicht, was Ben in unseren privaten Räumen zu suchen hatte.

Ein zaghaftes Klopfen riss mich aus meinen Gedanken. Ich schwang die Beine vom Bett und ging zur Tür. Davor fand ich eine zerknirschte Emma.

»He, Lu«, sagte sie leise.

»He.«

Emma sah mich unsicher an. »Bist du sauer auf mich?«

»Ja.« Dennoch war ich erleichtert, sie zu sehen. Ich drehte mich um, ließ die Tür aber offen, damit Emma mir ins Zimmer folgen konnte.

»Das mit dem Kindermädchen tut mir echt leid. Glaub mir, ich könnte mir selbst eine schmieren, Lu, ehrlich.« Sie setzte sich im Schneidersitz auf mein Bett und zwirbelte eine ihrer Locken. »Ich weiß nicht, was mich geritten hat.«

»Schon okay.«

Emma zögerte. »Du weißt, dass du mir alles erzählen kannst, oder? Auch wenn es um die … Stammgäste geht.«

Ich betrachtete meine Fingernägel. »Bist du dir da sicher?«

Emma zog einen Armreif über ihre Hand. »Vorschlag: Du erzählst mir von deinen Geistern, und wenn ich auch nur einmal lache, dann darfst du den behalten.« Sie streckte mir den Reif entgegen. »Abgemacht?«

Ich wusste, Emma hätte lieber eine Niere gespendet, als einen ihrer Armreifen abzugeben. Berührt von ihrer Geste, setzte ich mich neben sie aufs Bett und schnappte mir den dunkelroten Plastikreif. Ich streifte ihn über und bewunderte ihn kurz an meinem Handgelenk. »Okay. Ich warne dich. Ein klitzekleines Lachen und du kannst dich von dem hier für immer verabschieden.«

Emma verzog das Gesicht. »Wie sehen die eigentlich aus? Wie die Bettlakengeister, die im Iff Only hängen?«

»Quatsch. Wie normale Menschen. Nur in Schwarz-Weiß. Wenn sie vor mir stehen, dann ist das so echt, als würdest du vor mir stehen. Sie sprechen mit ganz normalen Stimmen mit mir, hören mir zu, kümmern sich um mich. Also, Thomas und Sophie tun das, der Lord nicht. Der nervt nur.«

Emmas Augen waren auf den roten Armreif gerichtet und sie rang sich ein bemühtes »Mhmhm« ab.

»Sie sehen genauso aus wie an dem Tag, als sie gestorben sind«, fuhr ich fort.

»Das ist ja fürchterlich!«, rief Emma erschrocken.

»Nein, nicht nach dem Tod, sondern kurz davor.« Ich dachte an Thomas' Weste mit den Brandlöchern und war zutiefst erleichtert, dass sie das Einzige war, was auf das Feuer hindeutete. Ich schüttelte die Vorstellung ab, sie seien gar nicht durch die Flammen selbst, sondern im stickigen, giftigen Rauch umgekommen. Dieser Gedanke ließ mich schwer schlucken, und um mich davon abzulenken, beschrieb ich Emma den gut aussehenden Thomas.

»Schade«, überlegte sie. »Da ist mal ein knackiger Stallbursche zur Stelle und du kannst nicht mit ihm tanzen gehen.«

»Hm. Dabei ist er wie zum Angeben gemacht«, stimmte ich nachdenklich zu.

Emma und ich warfen uns in die Kissen und kicherten, als wir uns ausmalten, wie ich eng umschlungen mit meiner unsichtbaren Begleitung auf der nächsten Party tanzte.

»Weißt du was, Lu?«, sagte Emma schließlich. »Ich glaube dir. Ich weiß zwar nicht, ob es Geister und so wirklich gibt, aber du bist überzeugt davon. Du lügst mich nicht an.«

»Nein. Was hätte ich auch davon? Weißt du noch, das Buch über griechische Mythologie im letzten Halbjahr? Mir geht es wie dieser Kassandra. Ich sage die Wahrheit, aber niemand glaubt mir.«

»Na super!«, maulte Emma. »Jetzt hast du mir die Laune echt vermiest. Musst du unbedingt von der Schule anfangen?«

Grinsend schob ich den Armreif über meine lang gestreckten Finger und gab ihn Emma zurück. »Ja, wer hätte damit gerechnet? Nach den Ferien müssen wir wieder dahin. Unglaublich.«

Emma schlug mit einem Kissen nach mir und ich quiekte so empört, dass wir beide lachen mussten. Ich dachte gerade darüber nach, ob ich ihr auch von meinen unheimlichen Träumen erzählen sollte, da fragte Emma: »Wie war es eigentlich noch mit Ben?«

Der Name hatte auf mich die gleiche Wirkung wie das baldige Ferienende auf Emma. Man konnte dem Thema nicht aus dem Weg gehen, aber man wollte trotzdem nicht daran erinnert werden. »Frag lieber nicht.«

»Du hättest vorhin sein besorgtes Gesicht sehen sollen, als deine Wunde geblutet hat. Er hat sogar Mrs Tobey ihren Zimtapfelkuchen wieder in die Hände gedrückt und ist sofort zu dir rübergelaufen.«

So? »Ja, Ben ist ein wahrer Held.«

Emma legte den Kopf schief. »Weißt du, was auffällig ist? Wenn er in deiner Nähe ist, hat er nur Augen für dich. Die ganze Zeit schaut er zu dir, beobachtet alles, was du tust.«

»Quatsch!« Ich schnaubte. »Zu *dir* ist er nett, Emma. Du solltest mal mitbekommen, wie er sich mir gegenüber verhält, wenn wir allein sind. Er benimmt sich wie ein Igel im Ballonladen.« Ich setzte mich auf und knetete das Kissen durch. »Er scheint meine Familie zu hassen. Zu Mum ist er wenigstens noch höflich, aber auch total reserviert. Und meinen Vater ignoriert er komplett. Und so, wie er mich bei unserer ersten Begegnung behandelt hat …«

»Komisch«, sagte Emma leise. »Nachdem du uns gestern im Iff Only allein gelassen hast, hat er mich über dich ausgefragt. Er wollte wissen, wie du so bist.«

»Echt?« Ein Kribbeln huschte durch meinen Bauch. Trotzdem entging mir nicht, dass Emma irgendwie … traurig aussah. »Und? Hast du ihm was erzählt?«

»Klar.« Emma nickte lächelnd. »Ich hab gesagt, was für eine Kratzbürste du bist.«

»Nett von dir.«

»Dafür sind Freundinnen doch da«, erklärte Emma und bekam dafür das Kissen ab. »Was ist eigentlich mit morgen? Helfen wir?«

Emma meinte den Aufbau der Bühne für das Runmore-Feuer. Sich davor zu drücken war recht schwer, immerhin fand der Aufbau hinter dem Hotel statt, mit direktem Blick auf mein Fenster. Ich stöhnte. »Hat Mrs Tobey uns nicht längst auf ihrer Liste eingetragen?«

»Hundertprozentig.« Emma schüttelte ihre bunten Armreifen zurück und machte auf einem imaginären Klemmbrett einen riesigen Haken. »Lu und Emma, check!«

Ich erhob mich vom Bett und ging grinsend zum Fenster, um etwas frische Luft hereinzulassen. Als ich mich an die Fensterbank lehnte, sah ich jemanden ums Hotel laufen. Das war nicht ungewöhnlich, mein Fenster zeigte nach hinten, zu der ehemaligen Pferdekoppel. Ein mit Sand ausgestreuter Weg führte an der Wiese entlang und der Blick auf den Wald lud oft Restaurantgäste zu einem kleinen Verdauungsspaziergang ein. Doch der Gang der Person kam mir verdächtig bekannt vor. Ich kniff die Augen zusammen.

Emma war neben mich getreten und stützte sich mit den Ellbogen auf der Fensterbank ab. »Ist das Ben?«

»Sieht so aus.«

»Was macht er da?«

»Er läuft rum.«

»Er guckt sich doch was an«, sagte Emma, und wir beobachteten, wie Ben mit dem Kopf im Nacken ein paar Schritte rückwärts auf die Wiese ging. Er sah zur Dachterrasse hinauf.

»Mir ist kalt«, sagte ich und schloss das Fenster, ohne Rücksicht auf Emma zu nehmen, die sich schnell aufrichten musste, damit ich sie nicht einklemmte.

Mir war wirklich kalt geworden bei diesem Anblick. Ben, der nicht weit entfernt von dem Ort stand, wo sein Vater umgekommen war.

Ich halte eine Zeitung in der Hand. Das Papier ist glatt und schwer und der Geruch von Druckerschwärze steigt beißend in meine Nase. Ich schaue auf das Datum: 27. Oktober 1906.

Es ist noch früh am Tag, der Abend scheint unendlich weit entfernt. Ich gehe zum Kamin, werfe die Zeitung ins Feuer und nehme den Schürhaken. Es ist nicht der gute vom Ständer mit dem verzierten Kaminbesteck. Das ist nur für die Herrschaften, falls die mal ein brennendes Scheit zurechtrücken wollen, ohne sich dabei die Hände schmutzig zu machen. Der Schürhaken für die Dienstboten hängt in einer Vertiefung auf der linken Seite, von der Spitze bis zum Griff ist er schwarz von Ruß.

Damit steche ich so lange auf die Zeitung ein, bis ihre Ränder orange aufglühen und sich knisternd einrollen. Ich will, dass die Zeitung verbrennt, und rede mir ein, alles, was darin geschrieben steht, zerfällt zu Asche und wird deshalb niemals wahr. Darf nicht wahr werden. Schon gar nicht die Meldung, dass Lord Edward Runmore an diesem Wochenende heiraten wird.

Meine Finger sind fest um den Schürhaken gekrallt, ich stochere wie besessen in der Glut, da lässt mich ein helles Lachen herumfahren.

Mary kommt in den Salon. Sie trägt ein schlichtes Kleid aus cremefarbener Seide, eine lange, rasselnde, zweireihige Perlenkette reicht ihr bis zum Bauch. Die rötlich braunen Haare sind im Nacken so zusammengesteckt, dass sie wie ein modischer Pagenkopf aussehen.

Sie ist wunderschön und ich kann ihren Anblick kaum ertragen. Bevor ich mich mit zugeschnürtem Hals abwende, bemerke ich den Mann hinter ihr. Er betritt den Salon, wie an einer Schnur gezogen folgt er ihren Schritten, lässt sich von ihr zur Mitte des Raumes führen und schenkt mir keinerlei Beachtung. Er legt beide Hände um ihre schmale Taille, hebt sie von den Füßen und wirbelt sie glücklich einmal im Kreis.

Ich kenne ihn. Ich kenne ihn gut. Das ist Edward. Aber das kann nicht sein! Edward, der alte griesgrämige Poltergeist? Ich habe ihn nie lachen sehen, nie gesehen, wie sein Gesicht ohne tiefe Zornesfalten aussieht, und doch verzehre ich mich nach einem Lächeln von ihm?

Ich begreife nicht, was für Gedanken das sind. Sie ergeben keinen Sinn. Warum ist Edward in meinem Traum ein begehrenswerter Mann? Warum missgönne ich ihm sein Glück? Warum will ich unbedingt, dass er Mary fallen lässt und sich zu mir umdreht? Es können unmöglich meine Gefühle sein.

Mary … Sie sieht so glücklich aus. Edward setzt sie behutsam vor sich ab und sie streicht ihm liebevoll über das Gesicht, wäh-

rend er sie zu sich heranzieht. Sie schauen sich tief in die Augen und nehmen mich nicht einmal wahr. Wer bin ich schon? Ein Niemand, der nicht mal das feine Kaminbesteck benutzen darf.

Bitterkeit wallt in mir auf und ich stoße mit dem verrußten Schürhaken fest in den Kamin. Ein brennendes Holzscheit kracht vom Stapel und die Funken stieben zischend auf.

Mary räuspert sich und Edward nimmt sofort seine Hände von ihr. Er bringt schnell etwas Abstand zwischen sich und Mary, doch ihre Wangen sind nicht vor Scham gerötet, sondern vor Freude. Sie ist glücklich und ich hasse sie dafür. Ich hasse sie mit einer Inbrunst, die mir den Atem nimmt.

Ich sehe Edward an, der meinem Blick nicht standhalten kann. Ein verschämtes Lächeln huscht über seine Lippen, kurz und ohne mir dabei in die Augen zu sehen, aber es gilt mir. Es ist ein Lächeln nur für mich. Noch ist nicht alles verloren, ich darf noch nicht aufgeben …

14. KAPITEL

Das Erste, was ich nach dem Aufwachen sah, war ein Kamin. Es war der riesige, mit Schamotte ausgekleidete Kamin, also befand ich mich im großen Salon neben dem Speisesaal. Was hatte ich hier verloren? Mitten in der Nacht im Hotel? Hatte ich nicht gerade von diesem Salon geträumt?

Verwirrt betrachtete ich die Feuerstelle. Anders als in meinem Traum war sie kalt und sauber ausgefegt. Dieser Kamin war schon seit ewigen Zeiten nicht mehr in Betrieb.

Lediglich die beiden kleinen Lampen an der Wand verbreiteten ein warmes Licht.

Langsam dämmerte mir, dass ich auf dem Boden lag. Das Parkett war gemütlicher, als ich vermutet hätte, und während ich schläfrig versuchte, das Durcheinander hinter meiner Stirn zu ordnen, tastete ich nach dem Kissen unter meinem Kopf. Es war fest, aus rauem Stoff und bewegte sich kein Stück, als ich daran zog.

Stattdessen fragte es leise: »Na, wieder da?«

Ich schnellte hoch und drehte mich hastig um. Mein Kissen war Ben – genauer gesagt, seine Beine.

»Was soll das denn?«, rief ich aufgebracht und rutschte auf den Knien hastig ein Stück von ihm weg. »Was machst du hier? Was mache *ich* hier?«

»Das sind wirklich gute Fragen«, erwiderte Ben. »Ich weiß zwar, wie du hier gelandet bist, aber nicht, wieso.«

»Wie bitte?«

»Lu, das kommt jetzt wahrscheinlich als ein Schock für dich«, sagte er und brachte sich selbst in eine bequemere Position, »aber du schlafwandelst.«

»Ich bin hellwach!«

»Ich meine doch nicht jetzt im Moment.« Er rückte näher an mich heran und sah mir aufmerksam in die Augen. »Wobei … Du bist doch wach?« Um sich selbst davon zu überzeugen, winkte er mit der Hand vor meinem Gesicht herum.

»Hör auf damit!« Ich schlug nach seiner Hand. »Ich hab doch gesagt, ich bin wach.«

»Okay.« Ben ließ von mir ab und lehnte sich zurück. »Vielleicht solltest du trotzdem mal mit einem Arzt sprechen.«

»Das lass ruhig meine Sorge sein«, erwiderte ich patzig und stand auf. »Ich brauche keinen Arzt.«

Für eine Weile sagte keiner von uns etwas. Ich lief unruhig vor dem Kamin auf und ab und versuchte, meine Gedanken zu sortieren, während Ben mir einfach dabei zusah.

Wieso war ich mitten in der Nacht im Schlaf aufgestanden,

hatte nicht nur mein Zimmer, sondern den gesamten Gebäudeflügel verlassen und war durch das Hotel gegeistert? Wie hatte ich es geschafft, mehrere Treppen hinunterzugehen, ohne mich zu verletzen? Und konnte mir bitte mal jemand sagen, warum ich ausgerechnet hier gelandet war, im Salon?

Mir lief es kalt den Rücken hinunter, als ich an meinen Traum dachte. Die Bilder verschwanden, je verzweifelter ich versuchte, sie festzuhalten. Ich war ebenfalls hier gewesen, vor diesem Kamin, aber es hatte ein Feuer darin gebrannt. Außer mir war noch jemand im Raum gewesen, jemand, den ich gut kannte …

Mir blieb die Luft weg, so plötzlich traf mich eine Welle aus Empfindungen, eine Mischung aus Hass und Wut und Rachedurst. Ich kochte innerlich, meine Hände verkrampften sich, mein Atem ging stoßweise. Ich musste etwas zerstören, jemandem wehtun, einen Weg finden –

»Lu?« Ben riss mich aus meiner Trance. Er hatte sich aufgesetzt und beobachtete mich scharf. »Geht's dir gut?«

»Was?« Ich fuhr mir über das Gesicht. Dabei bemerkte ich, dass ich über meinem Schlafshirt eine Jacke trug. Überrascht streckte ich die Arme von mir. Die viel zu langen Ärmel reichten bis über meine Hände, nur die Fingerspitzen lugten hervor. Bei jeder Bewegung stieg mir Bens Geruch in die Nase. Kein Zweifel, es war seine Jacke. »Ja, klar. Wieso?«

»Ich weiß nicht, du hast irgendwie …« Ben zögerte. »Du hast wütend ausgesehen.«

»Tja, wundert dich das?« Ich nahm ihn nun meinerseits ins

Visier. »Du hast mir noch nicht gesagt, was *du* hier zu suchen hast!«

Ben zog die Augenbrauen leicht zusammen. »Ich habe gesehen, wie du im Flur herumgelaufen bist. Nur in … in diesem Aufzug.« Er deutete auf meine nackten Beine, und ich zog mein Shirt nach unten. »Du hast nicht reagiert, als ich dich angesprochen habe«, fuhr Ben fort. »Das kam mir komisch vor. Das ist alles.«

»Warum hast du mich nicht aufgehalten?« Ich verschränkte die Arme vor der Brust.

»Schlafwandler soll man nicht wecken.«

»Und dann?«

»Ich bin dir gefolgt.«

»Ooookay?«

»Du hättest dich sehen sollen. Die Augen weit aufgerissen, die Lippen zusammengepresst, die Haare zerzaust … Du hast gewirkt wie ein Geist.« Er lehnte sich wieder zurück und stützte sich auf den Armen ab. »Und da ich weiß, dass du dich im Schlaf gerne mal verletzt, wollte ich sichergehen, dass dir nichts passiert.«

»Das war total nett von dir«, sagte ich honigsüß. »Und weiter?«

»Du bist zum Kamin gelaufen. Ziemlich zielstrebig. Es hat nicht viel gefehlt und du wärst voll dagegengerannt, deshalb habe ich dich …« Er verstummte und kratzte sich verlegen am Kinn. »Ich konnte dich jedenfalls aufhalten, bevor du in vollem Tempo reingekracht bist.«

»Danke.«

»Gerne.« Honigsüß konnte er auch ganz gut, wie er mir mit einem unschuldigen Strahlen bewies. »Ich habe dir eine Weile zugehört …«

Es war ja schon schlimm genug zu erfahren, dass man schlafwandelte, warum musste ich ausgerechnet noch eins draufsetzen und im Schlaf sprechen?

»Ähm, was habe ich denn gesagt?«

»Du hast dich darüber geärgert, dass jemand heiraten will. Mehr habe ich nicht verstanden. Dein Gebrabbel war sehr undeutlich. Auch deine Stimme klang irgendwie … anders. Seltsam, ganz heiser.« Ben fuhr sich durchs Haar, ehe er die Hand wieder hinter sich absetzte. »Dann bist du wütend geworden und hast in der Luft herumgefuchtelt. Ich hatte schon Angst, du schlägst dir die Knöchel am Kaminsims auf. Und danach hast du einfach dagestanden und ins Leere geglotzt.«

»Ich hab nicht geglotzt«, behauptete ich aus Reflex.

Ben stand grinsend auf. »Glaub mir, du hast ziemlich belämmert vor dich hin gestarrt.«

Er trat auf mich zu und wurde wieder ernst. Sein Blick hatte die übliche Wirkung auf mich: Reh plus Scheinwerfer gleich Paralyse. Ich konnte nicht mal schlucken, so gefangen nahmen mich seine grauen Augen mit den langen gebogenen Wimpern.

Ben schien nichts davon zu ahnen. »Du hast auf einmal am ganzen Leib gezittert. Deshalb habe ich dir meine Jacke umgelegt. Und als wäre sie zu schwer für dich, bist du umgefallen.

Wie ein Sack. Wenn ich dich nicht aufgefangen hätte, wäre an deinem Hinterkopf jetzt wahrscheinlich eine hübsche Platzwunde.«

Ich sah zum Kaminsims, um Bens Blick auszuweichen. »Danke.«

Er räusperte sich. »Hast du dich etwa gerade bei mir bedankt? Schlafwandelst du wirklich nicht mehr?«

»Sehr witzig.«

Wir schwiegen. Mir wurde auf einmal bewusst, wie nah wir uns waren. Ich konnte die Wärme seines Körpers förmlich spüren und mein Blick war wie von selbst auf seinem Mund gelandet. Bens linker Mundwinkel zuckte, doch es wurde kein Lächeln daraus. Er machte einen Schritt auf mich zu, langsam, abwartend, und hielt dann inne. Ich sah ihm in die Augen und er erwiderte meinen Blick. In meinem Magen breitete sich ein Kribbeln aus, brachte mein Herz zum Klopfen und jagte meinen Puls in die Höhe.

War ich denn noch ganz bei Trost?

Ich geriet in Panik und rief das Erstbeste, was mir in den Sinn kam: »Emma steht auf dich!«

»Was?«

»Emma«, flüsterte ich. »Sie findet dich gut.«

»Emma?« Ben sah mich ungläubig an, schüttelte dann den Kopf und trat zurück. »Und das fällt dir jetzt ein?«

»Warum nicht?« Mein verlegenes Lachen hörte sich selbst in meinen eigenen Ohren albern an.

»Ja, warum eigentlich nicht?« Ben fuhr sich erneut mit der

Hand durch die Haare und wandte sich zum Gehen. »Dir geht's ja anscheinend wieder gut. Wir sehen uns.«

»Warte, Ben!«, rief ich, als er bereits an der Tür war.

Er drehte sich zu mir um. Der Schein der Lampen erreichte ihn nicht mehr und so konnte ich nur seine große Gestalt in den Schatten erahnen.

Ich wollte die Jacke ausziehen, doch Ben öffnete schon die Tür.

»Gib sie mir morgen wieder. Du solltest so«, er deutete auf meine Beine, »nicht im Hotel rumrennen.«

Die Salontür fiel mit einem hohlen Knarren hinter ihm ins Schloss. Ich stand betreten da und blickte an mir hinab. Ja, Ben hatte recht. Mein Schlafshirt mit den rosa Häschen bedeckte nur die Hälfte meiner Oberschenkel, und meine Wollsocken waren über die Knöchel nach unten gerutscht. Definitiv kein Outfit, in dem man nachts herumstreunen sollte. Zu meiner Verteidigung konnte ich anführen, dass ich das auch nicht geplant hatte, als ich in mein kuscheliges Bett gekrochen war.

Beim Gedanken an mein Bett konnte ich ein Gähnen nicht unterdrücken. Wie spät war es eigentlich? Ich war entsetzlich müde und nur froh, dass ich am nächsten Morgen nicht bei Mrs Henderson anrücken musste. Auch wenn es ihr nicht gefiel, es gab so etwas wie freie Tage, und ich hatte das zur Bedingung für meinen Einsatz als Zimmermädchen gemacht.

Mit einem erneuten Gähnen schlang ich die Arme um mich und atmete Bens Duft ein. Meine Güte, er musste ja denken, dass ich nicht ganz dicht war.

Und trotzdem hätten wir uns beinahe geküsst. Oder?

»Gut, dass es nicht dazu gekommen ist«, sagte ich, konnte mich damit aber nicht überzeugen. In mir überschlugen sich die Gefühle. Ich hatte Ben küssen wollen, da konnte ich mir nichts vormachen. Verdammt! Das durfte doch nicht wahr sein. Ben? Ausgerechnet Ben?

»Schlag dir das gefälligst aus dem Kopf!«, flüsterte ich entschlossen. »Reiß dich zusammen, Lu!«

Ich sah wieder Bens Mund vor mir, der langsam auf mich zukam, und meine Knie wurden ganz wacklig. Ich hob die Hände und wollte mich am Kaminsims festhalten, da bemerkte ich etwas noch Verstörenderes. Die Innenfläche meiner rechten Hand war schwarz.

Ich hielt sie mir vors Gesicht und rieb mit den Fingern der Linken darüber. Es war eindeutig Ruß. Wie kam Ruß an meine Hand?

Ich ging in die Knie und strich über den rauen Boden der Feuerstelle des Kamins. Natürlich hatten die vielen Feuer, die darin gebrannt hatten, ihre Spuren hinterlassen, aber es waren kalte, trockene Ablagerungen, die nichts mit dem fettigen Film von frischem Ruß auf meiner Hand gemein hatten.

Doch was war das? Ich streckte mich und zog ein kleines Stück halb verbranntes Papier aus dem Kamin. Es war vergilbt und zerfiel beinahe in meinen Händen. Es schien von einer Zeitung zu stammen, man konnte gerade noch so ein paar Ziffern erkennen: 27 … 1 … 06

Ein Bild schoss mir durch den Kopf. Ich sah mich am Kamin

stehen, einen Schürhaken in der Hand, mit dem ich eine Zeitung in die Flammen stieß. Eine Zeitung, auf der deutlich das Datum 27. Oktober 1906 stand.

Mir wurde schwindelig und ich wich hastig vor dem Kamin zurück, obwohl ich mich gern daran festgehalten hätte.

Ja, jetzt erinnerte ich mich an diesen Traum. Sah Mary deutlich vor mir, und Edward. Mir fiel wieder ein, was ich gefühlt hatte, als ich die beiden zusammen gesehen hatte, wie sehr ich Mary dafür verabscheut hatte. Aber warum? Wie konnte ich meine eigene Ururgroßmutter so hassen?

Viel schlimmer aber war die Erinnerung an die Empfindungen, die Edward in mir ausgelöst hatte. Ich verstand die Welt nicht mehr.

Plötzlich war dort wieder dieses unangenehme Gefühl, jemand stünde hinter mir. Ich fuhr herum und suchte mit weit aufgerissenen Augen die dunklen Ecken ab. Niemand außer mir war im Raum.

»Nicht ausgeschlossen, dass du langsam verrückt wirst, Luisa Runmore«, murmelte ich verwirrt und lief so schnell ich konnte aus dem Salon.

15. KAPITEL

Gepolter und lautes Rufen weckten mich. Der Aufbau der Bühne für das Runmore-Feuer hatte begonnen und man störte sich kein bisschen daran, dass ich hätte ausschlafen können. Ich seufzte und lag einfach da, die Arme weit ausgebreitet, den Blick zur Decke gerichtet, und lauschte auf den Lärm direkt unter meinem Fenster.

Sophie trat an mein Bett und machte einen Knicks. »Ich dachte schon, die junge Lady mag heute gar nicht mehr aufstehen.«

»Mag ich auch nicht.« Ich zog mir die Decke bis zum Kinn und maulte: »Sag diesen Bauernlümmeln da draußen, sie sollen sich gefälligst leise verhalten, die Lady geruht noch zu ruhen.«

Sophie sah mich traurig an. »Ich würde diese Leute nur zu gern verscheuchen. Wenn mich nicht alles täuscht, bauen sie die Bühne für dieses scheußliche Theaterstück auf.«

»Meine Güte, Sophie!« Ich warf die Decke zurück und sprang aus dem Bett. »Entschuldige bitte, das war so taktlos von mir. Ich denke nur an mich, dabei …« Dabei ging es hier um Sophies und Thomas' Tod und um Edwards Schuld.

»Nein, die junge Lady hat es ja nicht böse gemeint. Es ist nur jedes Jahr aufs Neue so grausam zu sehen, was passiert ist.«

Ich nickte verständnisvoll, obwohl ich mir in Wirklichkeit nicht mal annähernd ausmalen konnte, wie es sein musste, seinen eigenen Tod als lustiges Bühnenstück vorgespielt zu bekommen. Ich wusste, dass Sophie und die anderen Stammgäste an ihren Todestag keinerlei Erinnerung hatten. Sie wussten nur das darüber, was auf der Bühne gezeigt wurde.

»Ich weiß, es muss sehr schwer für dich und Thomas sein.«

»Auch für seine Lordschaft.« Eine weiß leuchtende Träne lief über Sophies graue Wange. Sie wandte sich ab und wischte sie verschämt weg. »Auch er leidet darunter. Er zeigt es nur anders. Es zerreißt mir jedes Mal das Herz, wenn ich mitansehen muss, wie sehr ihn diese furchtbare Aufführung quält.«

Eine sehr spitze Bemerkung darüber, wie sehr er diese Qual verdient hatte, lag mir auf der Zunge. Ich betrachtete Sophie, die eine weitere Geisterträne mit einem Stofftuch aus ihrer Rocktasche wegwischte, und schwieg.

»Wo bleibst du denn?« Emma kam mir entgegen. »Ich bin mindestens schon seit fünf Stunden hier.«

Ich musste nicht mal auf die Uhr schauen, um zu wissen,

dass das nicht hinkommen konnte. »Und? Hat es was gebracht?«

»Na klar. Ich habe Tee ausgeschenkt«, sagte Emma ganz unbescheiden.

Der Tee stammte aus der Hotelküche und wurde zusammen mit Waffeln, Sahne und heißen Kirschen von Dad für die fleißigen Helfer bereitgestellt. Ich ging zu dem Tisch, auf dem die Waffeln unter einem Speisenwärmer lagen, und griff mir eine. Ich strich Sahne drauf und wickelte sie halb in eine Papierserviette ein, bevor ich genüsslich davon abbiss.

»Was ist mit Tee?«, fragte ich zwischen zwei Happen. »Ist noch welcher da?«

Emma flitzte los und kehrte mit einem Pappbecher zurück. Der Inhalt dampfte und ich nahm ihn dankbar entgegen. Ich setzte gerade zu einem ersten Schluck an, da erschien Mrs Tobey vor uns.

»Ein wundervoller Morgen, nicht wahr?« Sie rieb sich zufrieden die Hände. Ich konnte nur zustimmen. Letztes Jahr hatte es beinahe durchgehend vom Aufbau der Bühne bis zur Aufführung des Runmore-Feuers geregnet. Auch wenn das den Iffingtonern den Spaß nicht hatte verderben können, es hatte sich negativ auf die Besucherzahlen ausgewirkt.

Diesmal spielte anscheinend auch das Wetter mit. Ein paar Wolken wie aus gezupfter Watte zogen über einen hellblauen Himmel, die Luft war glasklar und die Sonnenstrahlen brachten die Herbstfarben des angrenzenden Waldes zum Leuchten. Ein Oktobertag wie aus dem Bilderbuch.

»Guten Morgen, Mrs Tobey«, grüßte ich und leckte die flüssig gewordene Sahne ab, bevor sie über meine Hand laufen konnte. Mrs Tobey strahlte. »Wie sieht es aus? Wollt ihr Mr Brown beim Schmücken helfen?«

»Oder?«, fragte Emma hoffnungsvoll.

»Oder ihr helft beim Aufbau«, antwortete Mrs Tobey und warf einen kurzen Blick auf Emmas Oberarme. »Aber ich denke, die Papiergirlanden dürften genügen.«

Emma steckte die Hände in die Taschen und verzog missmutig das Gesicht. »Wetten, Mr Brown lässt mich keine einzige Girlande aufhängen? Ich habe meinen Taschenrechner nicht dabei.«

Mrs Tobey schaute kurz verdutzt drein, dann begann sie zu lachen. »Keinen Taschenrechner. Das ist gut, Emma. Taschenrechner!« Sie kniff Emma in die Wange und ging, noch immer lachend, davon.

Wir sahen ihr nach und Emma sagte: »Das sollte kein Scherz sein.«

»Ich weiß.« Mr Brown war auch mein Mathelehrer gewesen.

Auf der Wiese standen zwei Tische und darauf ausgebreitet lagen die Ergebnisse des Bastelnachmittags im Iff Only: lange, farbenfrohe Papiergirlanden und Figuren aus Pappmaschee. Nicht alles war künstlerisch wertvoll, doch man sah, dass die Deko mit viel Liebe und Engagement hergestellt worden war.

Emma beobachtete mit zusammengekniffenen Augen Mr Brown, der mit einem Zollstock um eben diese Tische schlich, die Girlanden maß und Notizen auf einem kleinen Block machte.

»Ich klär das«, sagte sie und lief hinter Mrs Tobey her.

Ich nickte und stellte mich etwas abseits, um in Ruhe mein Frühstück zu beenden.

Tee schlürfend sah ich mich um. Die Iffingtoner waren zahlreich erschienen und packten tatkräftig an, und so stand bereits der komplette Unterbau der Bühne. Es wurde gesägt und gehämmert, gebohrt und geschraubt. Auf der Rückseite der Bühne hatten die Frau des Apothekers und zwei weitere Komiteedamen mehrere Ballen Stoff gestapelt und diskutierten hitzig darüber, welchen sie über das Gestänge der Kulisse ziehen sollten.

Ein paar jüngere Iffingtoner waren mit Spraydosen und Schablonen für Buchstaben und Zahlen mit dem Beschriften von Plakaten beschäftigt. Ein Banner, das über der Bühne angebracht werden würde, lag bereits fertig zum Trocknen in der milden Vormittagssonne. Einige Hotelgäste interessierten sich sehr für das Treiben und wurden von Mrs Tobey gleich eingespannt. Alles lief wie am Schnürchen und ich lächelte. Ich mochte Iffington.

Ein Krächzen ließ mich aufschauen. Ich entdeckte eine Krähe, die auf dem Fensterbrett vor meinem Zimmer hockte und herausfordernd auf mich hinabblickte.

»He«, murmelte ich. »Dich kenne ich doch?«

Die Krähe legte den Kopf schief und pickte mit ihrem Schnabel an die Scheibe. Ich nahm einen Schluck vom mittlerweile abgekühlten Tee und überlegte, wie ich sie verscheuchen könnte, da sprach mich jemand an.

»Hallo, Luisa.«

Fast verschluckte ich mich vor Schreck an meinem Getränk. Elsa stellte sich neben mich und wies mit dem Kopf zu Mrs Tobey, die gerade drei schwatzende Bühnenarbeiter entdeckt hatte und ihnen zeigte, was sie davon hielt. Nicht viel, das war auch auf die Entfernung zu erkennen. Elsa lachte. »Das Runmore-Feuer bringt jedes Jahr alle zusammen, nicht wahr?«

»Guten Morgen, Elsa.« Ich wischte mir einen Tropfen Tee vom Kinn. »Magst du eine Waffel oder etwas zu trinken?«

»Nein, danke, Kind. Ich hatte schon meinen Tee.« Sie zog ihre Jacke zu und verschränkte die Arme. »Wie geht es deinen Geistern?«

Verlegen drückte ich den leeren Pappbecher zusammen. »Das Runmore-Feuer macht ihnen zu schaffen. Ich wünschte, es wäre schon vorbei.«

»Jaja. Eine entsetzliche Vorstellung, den eigenen Tod wieder und wieder vorgeführt zu bekommen.« Elsa lächelte mich mitfühlend an.

Ich spürte einen Kloß im Hals, als ich an Sophies Geistertränen dachte. Es tat mir furchtbar leid, was sie durchmachen musste. Sie war so lieb und hatte ein so großes Herz, dass sie sogar Mitleid mit dem Lord empfand, der für das alles hier verantwortlich war.

Ich fuhr mit der Hand unter den Kragen meiner Jacke und

tastete nach meinem Medaillon. Es fühlte sich warm und tröstlich an.

»Lu!« Emma rief nach mir und winkte mit beiden Armen. Ich konnte das Klappern ihrer Armreifen in der Ferne hören. »Komm her! Wir hängen das Banner auf.«

Ich winkte zurück und sagte zu Elsa: »Tut mir leid, aber ich muss jetzt auch mit anpacken.«

»Ja, mach das. Wenn alle helfen, gelingt es bald.« Elsa betrachtete das Banner, das Emma hinter sich herschleifte. Darauf stand *Willkommen zum 111. Jahrestag des Runmore-Feuers.* Die 111 leuchtete grün, gelb und blau, der Schriftzug selbst war dunkelrot mit schwarzem Rand.

Elsa zog ihre Jacke enger um sich. »Eine magische Zahl, die 111. Man sollte sie nicht leichtfertig in so lächerlichen Farben aufpinseln.« Sie ging kopfschüttelnd davon.

Die Krähe schoss im Sturzflug von meinem Fensterbrett und ich zog den Kopf ein. Ich sah ihr auf ihrem Weg zum Wald nach und Elsas Worte dröhnten in meinem Kopf. *Eine magische Zahl, die 111.*

Mein Blick sprang zum Banner. Die bunten Einsen darauf waren nur drei Striche. Drei gerade Striche. So wie die Striche an der Hotelfassade neben dem Eingang. Und die im Speisesaal, wenn ich Mum richtig verstanden hatte.

Ich ging auf das Herrenhaus zu. Waren dort neben dem Hintereingang der Küche nicht auch drei dünne Striche? Oberhalb des Gitters vom Weinkeller konnte ich auch welche erkennen.

Meine Schritte wurden schneller und ich folgte dem Sandweg, der mich um das Gebäude herumführte. Neben beinahe jedem Fenster der unteren Etage entdeckte ich dünne Kreidestriche.

Immer drei nebeneinander. Wie drei Einsen. 111.

»Lu?« Emma holte mich atemlos ein. »Was ist denn los mit dir?«

Ich antwortete nicht, sondern lief einfach weiter. Emma stoppte mich schließlich, indem sie mir in den Weg sprang.

»He! Kannst du mir mal verraten, was du hier eigentlich treibst?«

Ich schob mich an ihr vorbei und ging über den kurz gemähten Rasen auf das breite Fenster von unserem Wohnzimmer zu. »Schau dir das an«, sagte ich und wischte mit dem Finger über die Kreidestriche. »Die sind überall.«

»Ja.« Emma hob die Achseln. »Und? Dann sind da eben Striche.«

»Das sind nicht nur Striche. Das sind Einsen.«

»Einsen?« Emma sah mich zweifelnd an.

»Drei Einsen. 111! Die 111 ist eine magische Zahl.«

»Oh, bitte!«, rief Emma ungeduldig. »Erst die Geister, jetzt Magie, oder was? Was kommt als Nächstes? Wechselst du die Schule und gehst auf ein Zauberinternat?«

Mir blieb der Mund offen stehen. So dachte Emma über mich? Sie hätte mir ebenso gut eine runterhauen können, das hätte nicht weniger wehgetan.

»Entschuldige, Lu«, sagte Emma und griff sich in die schwarzen Locken. Sie knetete einen Augenblick darin herum und schüttelte dann den Kopf. »Sei nicht sauer, ja? Ich wollte das nicht sagen.«

Wie sollte ich auch erwarten, dass Emma meine Geistergeschichten schluckte? Sie konnte die Geister eben nicht sehen. Niemand außer mir konnte das.

Eine beunruhigende Frage kam mir in den Sinn: Lag das vielleicht daran, dass die Geister nur in meinem Kopf existierten? Drehte ich langsam durch? Waren die Träume und das Schlafwandeln eventuell nur Anzeichen dafür, dass ich langsam, aber sicher verrückt wurde?

»Schon gut«, erwiderte ich matt.

Emma grinste schief. »Los, wir hängen das Banner auf, bevor Mr Browns Messungen ergeben, dass wir nicht über ausreichende mathematische Qualifikation verfügen.«

Erledigt stieg ich die Treppe zu meinem Zimmer hinauf. Ich wollte nur noch unter die Dusche. Der Aufbau der Bühne war zwar reibungslos verlaufen, hatte aber trotzdem bis in den frühen Abend angedauert. Mrs Tobey hatte die Helfer gut im Griff gehabt, und da Dad für gute und reichliche Verpflegung gesorgt hatte, waren alle bis zum Schluss geblieben. Sogar Mum war am Nachmittag dazugestoßen und hatte mit der Frau des Apothekers durchgesetzt, dass das Gestänge mit braunem Stoff bezogen wurde. Auf diese Weise sparte man sich eine aufwendige Holzverkleidung für das Bühnenbild.

Dad hatte Verlängerungskabel für die Stromversorgung gelegt und der Technikermeister aus Iffington hatte alle Lampen wasserdicht installiert. Die Girlanden flatterten im Wind und das Banner hing gerade, auch wenn Mr Brown etwas anderes behauptete. Jetzt standen nur noch Kleinigkeiten wie Bühnenstaffage und Kostümproben an.

Emma hatte mich zum Abschied fest an sich gedrückt. Ein wenig zu fest. Sie machte sich scheinbar wirklich Sorgen um mich. Wir hatten nicht mehr groß miteinander gesprochen, dafür hatte es zu viel zu tun gegeben. Trotzdem waren mir ihre Blicke nicht entgangen, die sie mir immer wieder zwischen Girlanden und Stoffbahnen zugeworfen hatte. Wir hatten uns dann angegrinst, aber wir kannten uns zu gut, um uns gegenseitig etwas vormachen zu können. Emma zweifelte an meinem Geisteszustand. Und ein Teil von mir fragte sich, ob sie recht daran tat.

Wütend auf mich selbst beschloss ich, diese blöden Kreidestriche nicht weiter zur Kenntnis zu nehmen. Sollte der unbekannte Scherzkeks doch das ganze Herrenhaus damit beschmieren, was ging es mich an? Entweder Dad oder die Polizei schnappten ihn, oder er hörte nach Halloween von allein damit auf.

Ein graues Schimmern zog meine Aufmerksamkeit auf sich. Thomas stand auf dem Treppenabsatz und ich lächelte unwillkürlich. Seit unserem Gespräch in der Garage hatte ich ihn nicht mehr gesehen. Er war nie sonderlich nachtragend gewesen, deshalb hoffte ich, dass er sich wieder eingekriegt hatte.

»Wie geht es dir, Thomas?«, fragte ich.

»Danke, dass Ihre Ladyschaft sich danach erkundigt.«

»Ach nein«, schnaufte ich und ließ enttäuscht die Schultern hängen. »Kannst du diesen Ladykram nicht endlich gut sein lassen?«

Er antwortete nicht darauf. Ich kam bei ihm auf dem Absatz an und er wich ein Stück vor mir zurück.

»Stell dich nicht so an«, schimpfte ich. »Ich kann dich nicht mal berühren.« Zum Beweis fuhr ich mit der ausgestreckten Hand durch seinen Oberkörper, der sich an dieser Stelle zu formlosem Nebel verwirbelte.

Thomas löste sich ganz auf und erschien hinter mir.

»Ich wollte Ihrer Ladyschaft nur mitteilen, dass ich meine Aufgabe nicht erfüllen kann.«

»Mitteilen, Aufgabe, erfüllen?« Diesmal nahm ich beide Hände und verwirbelte Thomas' ganze Gestalt. Mit einiger Befriedigung stellte ich fest, dass es mir danach erheblich besser ging. »Hör auf, so geschwollen daherzuquatschen, Thomas.«

Er erschien abermals, wohlweislich ein paar Stufen weiter unten und somit außerhalb meiner Reichweite.

»Ich wollte den jungen Mr Fahey im Auge behalten. Leider hat er das Hotel verlassen und ich konnte ihm nicht folgen. Wie die Lady weiß, kann ich mich nur auf dem Gelände rund um das Herrenhaus aufhalten.«

»Die Lady ist darüber im Bilde. Noch was?«

Thomas stand da und sah mich an. Auf seinem Gesicht lag ein schmerzvoller Ausdruck, und mir tat es direkt leid, ihn so angeblafft zu haben.

»Hör mal«, begann ich und setzte mich auf die Stufen, »wir sollten reden. In letzter Zeit ist einiges schiefgelaufen. Findest du nicht?«

»Lu …« Thomas flackerte von einem dunklen Grau in ein helleres und wurde gleich darauf wieder dunkel. »Ich habe euch beide gesehen. Vor dem Kamin. Gestern Abend.«

»Das war nicht das, wonach es aussah.« Gratulation. Ein Satz, der in jedem schlechten Film früher oder später fiel. Ebenso ein Satz, der niemals wirklich irgendwen überzeugt hätte. Ein besserer fiel mir trotzdem nicht ein.

Thomas lächelte bitter und nahm Haltung an. »Eines sollte die Lady jedoch noch wissen. Bevor es zu diesem Stelldichein im Salon kam, ist der Kavalier in das Arbeitszimmer des derzeitigen Lords eingebrochen.«

»Wie bitte?« Ich sprang von den Stufen auf und musste mich im Bruchteil einer Sekunde entscheiden, worüber ich mich mehr aufregte, über das vermeintliche Stelldichein oder über Bens Einbruch. Die Würfel fielen. »In Dads Arbeitszimmer?«

»Ich konnte ihn leider nicht daran hindern.«

»Hast du gesehen, was er dort gemacht hat?«

»Er hat in den Unterlagen gewühlt. Dafür hat er sogar eine Schublade aufgebrochen.« Thomas drehte sich um und wurde schon im nächsten Augenblick zu einem durchsichtigen Flirren. Ich blieb allein auf der Treppe zurück.

16. KAPITEL

Das Wasser prasselte auf meinen Kopf. Es tat gut, eine heiße Dusche zu nehmen, und ich hätte gern noch länger darunter gestanden. Doch die Wut in meinem Bauch wollte nicht kleiner werden und zwang mich, etwas zu unternehmen. Wenn ich nicht platzen wollte, würde ich mir Ben schleunigst vorknöpfen müssen. Ich hatte ihm schon viel zu viel durchgehen lassen. Das Herumschleichen in unserem Wohnflügel war eine Sache, der Einbruch in Dads Arbeitszimmer und das Durchwühlen seiner Unterlagen gingen aber eindeutig zu weit.

Sophie schaute nur kurz im Badezimmer vorbei und erfasste die Lage schnell. Sie ging mir lieber aus dem Weg, wenn ich gereizt war. Für die feinfühlige Zofe war schlechte Stimmung schon immer ein Grund gewesen, sich wortlos zurückzuziehen.

Ich schlüpfte in frische Klamotten, schob mein Medaillon unter das Shirt und föhnte mir die Haare. Noch während ich sie zu einem Knoten band, verließ ich mein Zimmer. Die Holztreppe knarrte unter meinen entschlossenen Schritten und ich sprang die letzten Stufen hinunter. Je schneller ich Ben zur Rede stellte, desto besser für meinen Magen.

Ich hielt auf die Rezeption zu. »Mum?«

»He, Kürbis.« Mum kam aus dem Büro und freute sich offensichtlich, mich zu sehen. »Ich wollte mir gerade eine Kleinigkeit zu essen machen. Bist du auch hungrig?«

Essen passte mir gerade gar nicht, zuerst wollte ich Ben in der Luft zerreißen, wieder zusammensetzen und endgültig zerpflücken. In winzig kleine Stückchen. »Äh, ein bisschen. Essen ist super. Weißt du zufällig, wo Ben steckt?«

»Sally, also Estelle«, korrigierte Mum sich mit erhobenem Zeigefinger selbst, »wollte mit Ben zum Haus seiner Großmutter fahren. Die beiden müssten bald zurückkommen. Sally, du weißt schon, Estelle«, wieder der Zeigefinger, »und ich wollten vor dem Abendessen eigentlich noch einen Tee zusammen trinken.«

Dad kam durch den Eingang auf uns zu. Ob es an Sallys Schrägstrich Estelles Namen lag oder an der Aussicht, noch auf das Abendessen warten zu müssen, seine Mundwinkel gingen jedenfalls rapide nach unten. »Vor dem Abendessen?«

»Daraus wird wahrscheinlich sowieso nichts«, tröstete Mum ihn mit einem Blick auf die Uhr über der Bürotür. »Was haltet ihr davon, wenn wir zusammen in unserer Küche essen? Nur wir drei. Ich mache Rührei und Tee.«

Dads Laune besserte sich sofort und Mum streckte die Hand

nach ihm aus. »Komm, mein großer hungriger Bär. Wir wollen doch nicht, dass du noch einen unschuldigen Gast verschlingst.«

Wie das laute Magenknurren meines Vaters prompt bestätigte, hätte das leicht passieren können.

Dad war so gut gelaunt wie schon lange nicht mehr. Er lachte und machte Witze, schob Mum sogar einen kleinen zusammengefalteten Zettel zu, den er äußerst unauffällig vor unser aller Augen mit Herzen bemalt hatte.

Wir hatten Zeit, in Ruhe zu essen und noch ein wenig über die zurückliegenden Tage zu reden, bevor Mums Handy klingelte. Estelle meldete sich zurück. Ebenso meine Wut im Bauch. Ben konnte sich warm anziehen!

Mum verabredete sich mit Estelle an der Rezeption. Das kam mir gerade recht, ich würde Ben allein in der Suite antreffen und musste keine Rücksicht nehmen. Dieses Stelldichein würde Thomas gefallen und ich hoffte fast, er wäre dabei.

Ich kam gar nicht bis zur Suite. Ich verließ gerade den linken Flügel, da entdeckte ich Ben auch schon. Er lungerte auf dem Ledersofa im Eingangsbereich herum.

Ich stemmte die Arme in die Seiten und ging auf ihn zu, als ich Stimmen von draußen hörte. Ein junges Pärchen betrat ausgerechnet jetzt das Hotel. Gut fürs Geschäft, schlecht für meine Stimmung.

Ben sah auf, als ich bei ihm ankam. Kurz entschlossen zog ich ihn auf die Füße, schleifte ihn hinter mir her den Flur entlang und schubste ihn durch die erste Tür, an der wir vorbeikamen. Es war die Tür zur Bibliothek.

Die Runmores waren seit jeher Büchernarren und hatten eine beachtliche Sammlung zusammengetragen. Ein Eichentisch mit passenden Stühlen nahm die Mitte des Raumes ein, bequemere Sitzmöbel zum genüsslichen Schmökern, wie mein Lieblingsohrensessel, standen verstreut herum. Die wertvollen Bücher befanden sich, streng nach Thema und Erscheinungsdatum geordnet, in den bis zur Decke reichenden Regalen. Eine Schiene war so angebracht, dass eine Holzleiter auf Rollen über die gesamte Regallänge geschoben werden konnte. Eine nützliche Konstruktion, die auf Joseph Francis Runmore zurückging. Als ich noch kleiner gewesen war, war ich manchmal nur so aus Spaß auf die Leiter geklettert und hatte mich hin und her gleiten lassen, bis mich der Lord einmal dabei erwischt hatte. Ein lordmäßiges Donnerwetter hatte mich davon abgehalten, das jemals wieder zu tun. Seitdem betrat ich die Runmor'sche Bibliothek mit angemessener stummer Ehrfurcht. Normalerweise. Diesmal allerdings knallte ich die Tür hinter mir und Ben zu und baute mich vor ihm auf.

Er hob abwehrend die Arme. »Schlafwandelst du wieder?«

»Blödsinn!« Sah ich etwa aus, als würde ich schlafen? »Raus damit, Ben. Was treibst du eigentlich hier?«

»Das würde ich auch gern wissen.«

»Wie bitte?«

»Ich würde gern wissen, was ich hier«, er wies mit dem Kopf in Richtung der Bücherregale, »eigentlich treibe. Bis vor einer

Minute habe ich noch draußen gesessen, dann hat mich eine offensichtlich komplett durchgedrehte Person hier reingezerrt.«

»Komplett durchgedreht?« Mir blieb die Spucke weg.

Ben grinste. »Wie würdest du das denn nennen?«

In Ermangelung einer besseren Antwort giftete ich ihn an: »Hier geht es gerade nicht um mich.«

»Sondern?«

»Um dich.« Ich stellte einen Fuß vor die Tür, sodass sie von außen nicht zu öffnen war. »Was hattest du im Arbeitszimmer meines Vaters zu suchen? Warum brichst du ständig bei uns ein?«

Ben wurde bleich. »Ich … Woher weißt du?«

»Tja, da staunst du, was?« Meine Geister haben mir davon erzählt, konnte ich schlecht sagen. Also griff ich zu einer Notlüge. »Überwachungskameras.«

Jetzt hatte ich Ben da, wo ich ihn haben wollte: mit dem Rücken zur Wand. Sprichwörtlich, meine ich. Dass er auch tatsächlich mit dem Rücken zur Wand stand, kam als Sahnehäubchen obendrauf.

Ben schluckte. »Das verstehst du nicht … Ich muss etwas herausfinden.«

»Eine miese Entschuldigung.«

»Das ist keine Entschuldigung.«

»Okay. Was willst du so dringend herausfinden?«

»Lu, pass auf«, Ben rückte, die Arme noch immer erhoben, ein Stück näher zur Türklinke, »das geht dich nichts an.«

»Du brichst in das Arbeitszimmer meines Vaters ein und mich geht das nichts an?« Meine Stimme wurde lauter und dabei leider auch höher. »Na gut, dann sollten wir einfach Dad dazubitten. Oder geht ihn das deiner Meinung nach auch nichts an?«

Ben ließ die Arme sinken und wirkte verzweifelt. »Ich würde es dir ja erklären, aber ich kann noch nicht darüber sprechen.«

»Du bist echt das Letzte, Ben Fahey. Beleidigst mich, brichst bei uns ein und kommst dann mit solch dünnen Ausflüchten daher.«

»Ich habe gesagt, ich kann noch nicht darüber sprechen!«, rief Ben und verließ seine Ecke, um zum Gegenangriff überzugehen. »Dein Vater hat Schuld auf sich geladen. Aber wie groß die ist, muss ich erst noch herausfinden.«

»Was redest du da?«, rief ich wütend. »Welche Schuld?«

»Lu, bitte …«

»Nein, mir reicht's jetzt!« Nun platzte mir endgültig der Kragen. »Die ganze Zeit machst du diese komischen Andeutungen. Wenn du etwas zu sagen hast, dann sag es!«

Ben schwieg und sah mich mit zusammengekniffenen Augen an.

»Okay, wenn du nicht willst, dann hole ich meinen Vater.« Ich wandte mich ab, doch jetzt stellte sich Ben mir in den Weg.

»Du willst es wirklich wissen?«, fragte er. In seiner Stimme lag plötzlich eine Wut, die mir Angst machte. »Bitte schön: Dein Vater hat meinen umgebracht.«

»Was?« Mein Kopf schoss zu ihm herum. »Du hast sie ja nicht mehr alle.«

»Nein? Warst du an dem Abend auf der Dachterrasse dabei?« Ihm war anzusehen, wie mühsam er sich zusammenreißen musste, um nicht zu schreien. »Dein Vater hat meinen auf dem Gewissen, daran gibt es keinen Zweifel. Er war eifersüchtig. Er hat es meinen Eltern nicht gegönnt, ein glückliches Leben zu führen, in dem er keine Rolle mehr spielte.«

»Das ist Unsinn«, sagte ich und bemerkte, dass ich zurückgewichen war. »Warum sollte Dad ihnen das nicht gegönnt haben?«

»Frag ihn! Frag deinen Dad. Oder spricht er nicht darüber?« Ben verringerte den Abstand zwischen uns. »Ich würde wirklich gern wissen, was er dazu zu sagen hat. Er hat meine Mutter von Anfang an gehasst, weil sie ihm seinen Freund weggenommen hat. Er wollte nicht, dass die beiden ein Paar werden, und schon gar nicht, dass sie gemeinsam fortgehen.«

»Das ist nicht wahr.«

»Und dann hat er in einem Anfall von Jähzorn meinen Vater von der Dachterrasse gestoßen.«

»Das ist nicht wahr!«, wiederholte ich, diesmal lauter.

»Der Jähzorn liegt in eurer Familie. Das ist mir bei der Führung klargeworden.«

Kaktusblüte hatte das behauptet. Aber deshalb stimmte es doch nicht. Oder? Ich starrte Ben an, der aufgebracht weitersprach.

»Edward hat das ganze Haus angezündet. Dein Vater hat

einen Sandsack in seinem Arbeitszimmer, um seine Aggressionen abzubauen. Und wie du dich aufgeführt hast, als du schlafgewandelt bist, hättest du sehen sollen. Du hast wie wild auf die Luft eingeschlagen.«

»Hör auf!«, rief ich verzweifelt. Ich spürte, wie mir die Tränen in die Augen traten.

Ben schluckte und machte einen Schritt zurück. »Lu, es tut mir leid, aber dein Vater ist nicht der, für den du ihn hältst.«

»Du lügst«, sagte ich tränenerstickt. »Du lügst.«

»Wenn dein Vater nichts damit zu tun gehabt hätte, hätte man ihn nicht gezwungen, auf seinen Titel zu verzichten.«

Ich bewegte mich so schnell zur Tür, dass Ben zusammenzuckte. Ich riss sie auf und deutete mit ausgestrecktem Arm auf den Flur hinaus. »Raus, Ben! Verschwinde! Ich will dich nie wiedersehen.«

Ben blieb vor mir stehen, zögerte einen Augenblick und ging schließlich wortlos.

»Hau endlich ab!«, brüllte ich ihm nach, obwohl er bereits gegangen war. Ich ließ mich mit dem Rücken gegen ein Bücherregal fallen und sank von einem Weinkrampf geschüttelt zu Boden.

Ich bekam kaum Luft. Dad? Ein Mörder? Wie Edward? Dad hatte mir doch immer erzählt, er habe seinen Titel freiwillig abgegeben, weil ihn die Pflichten und Regeln des Adels zu sehr eingeengt hatten.

Dass Ben in die Bibliothek zurückgekehrt war, bemerkte ich erst, als er direkt vor mir stand. Ich wollte ihn gerade anschreien, da beugte er sich vor, packte mich an den Armen und zog mich auf die Beine.

Alles ging so schnell, ich wusste überhaupt nicht, wie mir geschah, da hatte er mich schon fest in seine Arme geschlossen und mich gegen das Regal gedrängt. Seine Lippen berührten meine und ein Stromstoß durchzuckte mich. Es war ein stürmischer Kuss, ohne Vorsicht – und ich erwiderte ihn atemlos.

Bens Kuss brachte mich völlig aus dem Gleichgewicht. Ich schlang meine Arme um seinen Hals, fühlte, wie mein Herz raste, mein Magen einen Bungeesprung machte und alles um mich herum an Bedeutung verlor. Die kalte Verzweiflung, die mich noch kurz zuvor wie ein tonnenschweres Gewicht zu Boden gezogen hatte, löste sich auf und ließ mich federleicht zurück.

Schwer atmend unterbrach Ben den Kuss. Mit einer Hand drückte er sanft gegen meinen Rücken, mit der anderen fuhr er durch mein Haar und flüsterte: »Lu … wie sehr ich mich danach gesehnt habe.«

Da erst wurde mir bewusst, was vor sich ging. Ich küsste Ben? Nach allem, was er wenige Minuten zuvor gesagt hatte? Was er über meinen Vater behauptet hatte?

Ich kämpfte mich frei und stieß ihn von mir. Mit einem seltsam vernebelten Blick kam er wieder auf mich zu.

»Ben, warte!«, brachte ich hervor, doch er hörte mir nicht zu, drängte mich wieder gegen das Regal.

»Ben!«, rief ich ein weiteres Mal. Als er nicht reagierte, schlug ich ihm mit der flachen Hand auf die Wange.

Die Ohrfeige hatte es in sich. Im doppelten Sinne. Denn als meine Hand Bens Gesicht traf, wurde Thomas' Geist regelrecht aus Ben herausgeschleudert.

Ben taumelte zurück und holte tief Luft, wie ein Apnoetaucher vor dem Sprung ins Wasser. Thomas hatte Schwierigkeiten, Gestalt anzunehmen, und verwirbelte zwei Mal, ehe er in voller Größe dastand.

Fassungslos sah ich zwischen den beiden hin und her. Ben rieb sich die Wange und blickte sich verständnislos um, Thomas hielt sich beide Hände vors Gesicht.

»Zu dir komme ich später!«, zischte ich dem Geist wütend zu. Jetzt musste ich mich erst mal um den entsetzten Ben kümmern. Thomas konnte mir später immer noch erklären, wie er es geschafft hatte, Bens Körper zu übernehmen. Ich hatte nicht mal gewusst, dass die Stammgäste zu so etwas in der Lage waren.

»Ben? Alles klar?« Ich konnte nur vermuten, was der kurze Aufenthalt des Geistes in Bens Körper angerichtet haben mochte. So grünlich blass, wie er war, hatte Ben deshalb auf jeden Fall größere Probleme mit Übelkeit.

Wie zur Bestätigung meiner Theorie stützte er sich mit einem Arm an dem Regal ab und würgte. Ich ließ ihm ein paar Sekunden, die ich dafür nutzte, Thomas anzufunkeln. Was hatte der Geist sich bloß dabei gedacht? In einen fremden Körper zu fahren war doch kein Dummerjungenstreich. Das war Freiheitsberaubung in besonders schwerem Fall. Mindestens.

»Was … Was war das denn?«, ächzte Ben und richtete sich wieder auf. »Haben wir uns gerade geküsst?«

Ich rieb mir mit dem Ärmel meines Shirts die letzten Tränen vom Gesicht und musste selbst überlegen, was gerade gelaufen war. »Nein. Also, nur ein bisschen. Nicht wirklich, eigentlich.«

»Es tut mir leid.« Ben griff sich an die Stirn. »Ich weiß gar nicht, was da über mich gekommen ist.«

»Ich schon.«

»Was meinst du damit?«

»Das ist kompliziert«, sagte ich und bot mit einer Geste an, Ben zu stützen.

Er lehnte kopfschüttelnd ab. »Verrückt, meinst du wohl. Lu, so was ist mir … so etwas mache ich … glaub mir, ja? Ich würde nie …«

Aus dem Augenwinkel bemerkte ich, wie Thomas sich durch die Wand verdünnisieren wollte, und sagte in scharfem Ton: »Du bleibst gefälligst hier, Thomas.«

»Thomas?« Ben drückte seinen Rücken durch. Allmählich kehrte die Farbe in sein Gesicht zurück, wie ich beruhigt feststellte.

Der Geist des Stallburschen lehnte sich an das Regal gegenüber und blickte schuldbewusst zu Boden. »Ich hoffe, du kannst mir je verzeihen, Lu.«

»Das bezweifle ich ernsthaft«, antwortete ich erbost.

»Lu?« Ben kam näher und sah mich mit besorgter Miene an. »Mit wem redest du?«

Ich seufzte. »Mit Thomas.«

»Wer ist Thomas?«

»Derjenige, der für das alles hier verantwortlich ist.«

»Ich bin dafür verantwortlich«, sagte Ben. »Ich war … ich war nicht ich selbst.«

Ich starrte Ben an.

Thomas stieß sich vom Regal ab und kam schnell auf uns zu. »Lu, wir sollten ihn in dem Glauben lassen. Er denkt, die Leidenschaft sei mit ihm durchgegangen, und das ist doch eine gute Erklärung. Er würde dir ohnehin nicht glauben.«

Ich schüttelte den Kopf. Ben musste die Wahrheit erfahren. Thomas hatte ihm seinen Willen aufgezwungen und mich mit Bens Lippen geküsste. Sicher fragte Ben sich gerade, ob bei ihm eine Schraube locker war. Nicht mal er hatte das verdient.

»Es war nicht deine Schuld. Es war ein Geist, der in dich gefahren ist.« Ich plapperte los, bevor mich der Mut verlassen konnte. »Dieser Geist heißt Thomas. Er hat die Situation ausgenutzt, weil er mich küssen wollte.«

»Ein Geist, der dich küssen wollte, hat die Situation ausgenutzt.« Ben legte den Kopf schief. »Kann es sein, dass du zu viele komische Romane gelesen hast?«

Ich ging nicht darauf ein. »Es gibt drei Geister auf Runmore Manor. Thomas, der dir das gerade angetan hat, Sophie und Edward.«

»Aha.« Ben sah mich an, ohne eine Miene zu verziehen. »*Der* Edward?«

Ich nickte. »Sophie und Thomas sind bei dem Brand 1906 im Runmore Manor umgekommen, genau wie Edward selbst.«

»Und nun spuken sie hier herum?«

»Genau.«

»Und einer davon ist gerade hier?«

»Ja«, sagte ich erleichtert und zeigte auf Thomas, als würde Ben ihn dadurch sehen können.

»Okay.« Ben drehte sich abrupt um und ging zur Tür. »Du solltest dir ganz schnell Hilfe suchen.«

17. KAPITEL

Thomas lief den ganzen Weg von der Bibliothek bis zu meinem Zimmer neben mir her und redete auf mich ein. Ich wusste nicht, was er sagte, weil ich mir die Ohren zuhielt und vor mich hin summte. Ich war so sauer auf ihn; wäre er nicht schon ein Geist gewesen, ich hätte ihn glatt erwürgen können.

Ben dachte jetzt also auch, ich sei übergeschnappt. Fein. Da hatte er gleich ein schönes Thema, über das er mit Emma sprechen konnte. Ich sah die beiden schon vor mir, wie sie über die arme geistesgestörte Lu Runmore herzogen, die allen Ernstes an Geister glaubte … Ich wurde schneller, rannte die letzten Meter zu meinem Zimmer.

»Danke, Thomas«, knurrte ich wütend und knallte ihm meine Zimmertür vor der Nase zu. Das brachte natürlich nicht viel, er war ein Geist und glitt einfach durch die Wand.

»Lu, bitte nimm meine Entschuldigung an. Ich weiß auch nicht, was da in mich gefahren ist.«

»Stopp!« Meine erhobene Hand brachte ihn augenblicklich zum Schweigen. »Was in dich gefahren ist, steht gar nicht zur Debatte. Du bist in Ben gefahren! Thomas, wie konntest du nur?«

»Ich weiß es doch auch nicht, Lu! Ich kann es mir einfach nicht erklären.«

»Und da wir schon dabei sind: Warum hast du mir nie erzählt, dass du das kannst?«

Thomas ließ niedergeschlagen die Schultern sinken. »Ich wusste es selbst nicht. Es ist einfach so passiert.«

»Das soll ich dir glauben? Ben ist an dir vorbeigegangen und schwupp«, ich schnippte mit den Fingern, »hattest du versehentlich die volle Kontrolle über seinen Körper? Ausgesprochen praktisch, meinst du nicht?«

»Nicht ganz.« Thomas räusperte sich. »Ich wollte ihm eine reinhauen.«

»Nicht dein Ernst«, sagte ich verblüfft. »Warum das denn?«

»Weil er so mit dir gesprochen hat.« Thomas nestelte nervös an seinem Halstuch herum. »Niemand darf so mit dir sprechen, Lu. Und als ich mich auf meine Faust konzentrierte, die ich ihm direkt in seine bornierte Visage drücken wollte, bin ich ohne jede Absicht in ihn hineingeraten.«

Ich betrachtete Thomas, der aufrichtig betroffen wirkte und offensichtlich selbst nicht verstand, wie es dazu gekommen war. Meine Wut verrauchte. Thomas hatte es nicht mit Absicht getan. Gut, der Kuss war wirklich nicht nötig gewesen. Ich warf ihm einen prüfenden Blick zu.

So gern ich das auch getan hätte, ich konnte die Wahrheit nicht länger leugnen. Thomas hatte Gefühle für mich. Keine freundschaftlichen Ich-jag-dich-mit-der-Heugabel-Gefühle, sondern romantische Ich-werfe-Gläser-runter-wenn-dir-ein-anderer-zu-nahe-kommt-Gefühle.

Mist, Mist, Mist!

»Denk nicht, dass ich das so einfach vergesse«, sagte ich leise. »Aber ich bin sicher, wir bekommen das wieder in den Griff.«

»Ehrlich? Oh Lu, danke.« Thomas flackerte von dunkel zu hell und strahlte wie eine Taschenlampe. »Ich bin so erleichtert, ich könnte dich küssen.«

»Bitte nicht«, sagte ich.

»Nein, natürlich nicht«, erwiderte Thomas ernst. »Das tue ich erst wieder, wenn du mich dazu aufforderst.«

Zur Antwort hielt ich Thomas die Tür auf und er verließ nach einer tiefen Verbeugung mein Zimmer, das sofort deutlich dunkler wurde. Die passende Beleuchtung für meine düstere Stimmung.

»Dad, ein Mörder?«, flüsterte ich fassungslos. Das durfte nicht wahr sein. Das konnte einfach nicht wahr sein. Ich sah Dad vor mir, wie er fröhlich lachte und Mum umarmte und mir einen Kuss auf die Stirn drückte. Dad war der liebste Mensch auf der ganzen Welt.

»Nicht mal der Karierte Nörgler schafft es, ihn zu provozieren«, bestätigte ich mir selbst. Die kurze Gewissheit bröckelte, als ich mich den nächsten Satz sagen hörte: »Vielleicht, weil er nach dem Vorfall mit Michael gelernt hat, sich auf den Sandsack zu konzentrieren?«

Ermattet ließ ich mich auf den Stuhl vor meiner Frisierkommode fallen und bemerkte einen angenehmen Duft. Über der Lehne hing Bens Jacke, die er mir im Salon übergezogen hatte. Gedankenverloren griff ich nach einem Ärmel und schnupperte daran. Sofort schoss mir die Erinnerung an den Kuss in den Kopf und ich musste die Augen schließen, als ein warmes Kribbeln durch meinen Magen rauschte. Ich biss mir auf die Unterlippe, konnte das Brennen darauf aber nicht vertreiben.

»Ganz große Klasse, Lu«, sagte ich zu mir selbst. Ich betrachtete mich im Spiegel, sah, wie ich Bens Jackenärmel an meine Wange schmiegte, und ließ ihn entsetzt fallen. »Als ob du nicht schon genug Probleme hättest.«

Ich schaffte es gerade noch, im Bad alle notwendigen Vorkehrungen für die Nacht zu treffen, und fiel anschließend wie ein Stein in mein Bett. Sophies Geistermilch dampfte tröstend auf meinem Nachttisch vor sich hin und ich schlief ein, noch bevor ich das Licht löschen konnte.

Mary steht vor einem Spiegel aus Nussbaumholz mit floralem Dekor. Es ist ein schöner Spiegel und ich möchte mich selbst darin betrachten, doch das geziemt sich nicht.

Mary zupft an ihrem mit feiner weißer Baumwollspitze besetzten Kragen herum. Die cremeweiße Seide ist an den Hüften gerafft und betont ihre vornehme Figur. Es ist ein traumhaft schönes Brautkleid …

Ich stutze. Ein Brautkleid?

Sie dreht sich zu mir um, lacht glücklich und winkt mich heran. Widerwillig gehe ich auf sie zu und bemerke, dass ich etwas in Händen halte. Es ist ein Schleier, aus der gleichen Spitze, wie sie auf Marys zarten Schultern liegt.

Mary sagt etwas, doch ich kann sie nicht hören. Sie zeigt an sich hinunter, lüpft den langen Rock, damit ihre zum Kleid passenden Schuhe zu sehen sind. Sie fragt mich etwas und ich nicke.

Mary wiegt ihren Oberkörper hin und her, als tanzte sie bereits auf ihrer Hochzeit. Sie schwebt vor Glück, und ich missgönne es ihr.

Ich sehe ihr dabei zu und denke, wie jung sie doch aussieht. Wie alt war Mary, als sie Frederick heiratete?

Frederick? Dieser Gedanke macht mich ganz schwindelig und ich zwinge mich, ihn fortzuschieben. Was geht nur vor in meinem Kopf? Ich kann mir selbst nicht mehr folgen.

Vor mir steht Mary Drawlish, die zukünftige Lady Runmore. Meine Ururgroßmutter, die ich nie kennengelernt habe, ist eine junge Frau und sie sieht offenbar eine Freundin in mir.

Mary legt sich verschwörerisch lächelnd einen Finger vor die Lippen und sagt etwas. Ich nicke. Ich trete auf sie zu und raffe den Stoff ihres Kleides, sodass er sich über ihrem Bauch noch stärker bauscht. Sie greift nach meiner Hand und hält sie dort fest. Unsere Blicke treffen sich im Spiegel.

Ich weiß, dass mir ein wichtiges Detail fehlt, um diese Szene zu verstehen.

Mary sieht so glücklich aus. Am liebsten möchte ich meine Hand zurückreißen, möchte Mary gegen den Spiegel stoßen, doch ich bleibe ganz ruhig und lächle. Bald wird all das mir gehören.

Was zur Hölle ist mit mir los?

Ich gehe um Mary herum und erhasche einen flüchtigen Blick auf mein Spiegelbild.

Ich trage das Kleid einer Zofe.

18. KAPITEL

»Aua!« Mein Kopf tat weh und ich ertastete über dem rechten Ohr eine fette Beule. Kein Wunder. Ich war aus dem Bett gefallen und lag nun auf dem Boden. Das Licht auf meinem Nachttisch brannte noch und ich sah mich benommen um.

Hoffentlich war mein Medaillon nicht beschädigt worden! Ich prüfte schnell, ob es noch um meinen Hals lag, und schloss erleichtert meine Hände darum.

»Ich werte das als Fortschritt«, seufzte ich und erhob mich wacklig. »Zumindest komme ich nicht in einem entlegenen Teil des Hotels zu mir. Auf Bens Beinen.«

Sophie erschien neben mir und sah mich erschrocken an. »Hat die junge Lady nach mir gerufen? Ist etwas nicht in Ordnung?«

»Nein, alles gut. Ich bin nur aus dem Bett gefallen.«

»Soll ich einen Arzt kommen lassen?«

Ich erwog kurz, sie tatsächlich darum zu bitten, denn dann

hätte ich zumindest eine Weile Ruhe vor ihrer übertriebenen Fürsorge. Es dürfte ihr sehr schwer fallen, einen Arzt aufzutreiben. Nachts. Im Runmore Manor. Als Geist, den niemand außer mir sehen konnte.

Doch ich verwarf dieses hinterlistige Vorhaben, denn ich wollte Sophie nicht beunruhigen. »Nein, wirklich. Mir geht es gut. Ich lege mich einfach wieder schlafen.«

Sophie machte einen Knicks und ihre Umrisse verloren an Kontur, bis sie ganz verschwunden war.

Ich setzte zu einem Gähnen an, schlug die Decke zurück – und erstarrte. Mein Gähnen blieb mir im Halse stecken, denn auf meinem Laken lag ein kleines weißes Häufchen aus feiner Spitze.

Mit zitternden Händen griff ich danach. Es war ein Schleier. *Marys Schleier.*

Mir wurde schwindelig.

Das war der Schleier aus meinem Traum und er war ganz ohne Zweifel echt, wie ich feststellte, als ich ihn mir vorsichtig näher ansah. So verrückt das klang: Er war hier, in meinem Zimmer, war mir aus meinem Traum in die Realität gefolgt.

Realität? Mir fiel es plötzlich sehr schwer, dieses Wort zu erfassen. Konnte ich noch sagen, wo die Wirklichkeit aufhörte und wo meine Einbildung begann? Meine Fantasie ging eindeutig mit mir durch. Und das war noch die freundlichste Interpretation.

Rasch schob ich den Gedanken an Zwangsjacken und Gummizellen beiseite. Auf meine Knie war kein Verlass mehr und ich musste mich auf die Bettkante setzen, als es meinem Gedächtnis gelang, den letzten Traum Stück für Stück zurückzuholen. Ich erinnerte mich daran, dass ich Gedanken im Kopf gehabt hatte, die nicht meine waren. Erinnerte mich, dass ich Mary angelächelt, ihr aber gleichzeitig nur Schlechtes gewünscht hatte.

Übelkeit überkam mich und meine Finger wurden taub, als mir das letzte Bild einfiel, das ich kurz vor dem Aufwachen erhaschen konnte. Mein eigenes Spiegelbild.

Ich versuchte mich zu konzentrieren und rief mir das Bild vor Augen.

Dunkle Haarsträhnen, die seitlich unter einer Spitzenhaube hervorlugten.

Eine saubere Schürze, ein knöchellanges dunkles Kleid.

Die Sachen, die ich in meinem Traum getragen hatte, kannte ich nur zu gut. Ich sah sie jeden Morgen, wenn ich im Bad war.

Es war Sophies Kleidung.

19. KAPITEL

Ich putzte mir gerade die Zähne, als Sophie das Badezimmer betrat. Unter dem Arm trug sie einen Korb aus geflochtener Geisterweide, der randvoll mit grau leuchtenden Wäschestücken gefüllt war. Obenauf lag ein Waschbrett, ein Gerät, das seit Erfindung der Waschmaschine unverständlicherweise aus der Mode gekommen war.

Der Sonntag war seit jeher Sophies Waschtag. Sie ächzte unter dem Gewicht des Wäschekorbes und trug ihn vor meine Duschkabine, wo im gleichen Augenblick ein Zuber mit Waschlauge erschien. Seifenblasen in allen Grauschattierungen lösten sich von dem Schaumberg, der über die Ränder des Zubers quoll, und flogen kreuz und quer durchs Bad.

Ich wusste nicht, wie ich mich ihr gegenüber verhalten sollte. Zum ersten Mal, seit ich denken konnte, war es mir unangenehm, mit Sophie in einem Raum zu sein.

Das Spiegelbild in meinem Traum war nur verschwommen

gewesen, ich hatte das Gesicht der Person, durch deren Augen ich die Szene erlebt hatte, nicht erkennen können. Dafür hatte ich deutlich eine Haube und ein hochgeschlossenes Kleid gesehen, so, wie Sophie es trug. Außerdem hatte Sophie eine sehr typische Art, sich zu bewegen. Zielstrebig und zugleich zurückhaltend, sanfte Gesten und ein eleganter Gang. Je länger ich darüber nachdachte, desto sicherer war ich mir, dass es Sophie gewesen war.

Und das ließ mir die Haare zu Berge stehen.

Mary hatte ihre Zofe offensichtlich für eine vertrauenswürdige Person gehalten. In Wirklichkeit hatte diese vermeintliche Freundin jedoch nichts für Mary übrig gehabt, ich hatte viele dunkle Emotionen gespürt.

Auch ich hatte in Sophie bisher immer jemanden gesehen, dem ich ohne zu zögern mein eigenes Leben anvertraut hätte. Hegte Sophie auch mir gegenüber solch dunkle Gedanken? Was ging wirklich in ihr vor, wenn sie mich anlächelte, vor mir knickste und mich nach meinem Befinden fragte?

Während ich darüber nachdachte, beobachtete ich Sophie. Ich hatte aufgehört, mir die Zähne zu putzen, und stand mit der Zahnbürste auf halber Höhe da. Natürlich fiel Sophie auf, dass etwas nicht stimmte. Sie ließ das schwere Kleid, das sie gerade auf dem Waschbrett bearbeitete, ins Wasser klatschen, erhob sich und kam auf mich zu.

»Was ist denn heute Morgen mit der jungen Lady?«, erkundigte sie sich mitfühlend und wischte die Hände an ihrer Schürze trocken. »Will die Lady darüber reden?«

»Entschuldige, ich bin nur noch nicht richtig wach. Es ist nichts.« Ich wich ihrem Blick aus, beugte mich über das Waschbecken und spülte mir den Mund aus.

Das sonntägliche Frühstück mochte ich eigentlich immer gern. Meist nahm Dad sich dafür eine volle Stunde Zeit und wir saßen zu dritt gemütlich in der Küche im linken Flügel. Alles, was mit dem Hotel zu tun hatte, blieb draußen, und wir redeten über dies und das, wie eine ganz normale Familie.

Diesmal freute ich mich jedoch ganz und gar nicht darauf. Bens Anschuldigungen hallten noch immer in meinen Ohren nach. Dad sollte seinen Titel nicht freiwillig abgegeben, sondern ihn verloren haben, weil er in einen Mordfall verwickelt war? Mein Dad? Ich konnte das einfach nicht glauben. Und dennoch nagte der Vorwurf sehr an mir und ich wünschte, ich müsste Dad jetzt nicht am Frühstückstisch gegenübersitzen.

In meinem Zimmer allerdings war heute Sophie zugange; an ihrem Waschtag war sie bis in den Abend hinein damit beschäftigt, die Wäschestücke über das Waschbrett zu reiben, auszuwringen und zu mangeln. Ihre Gesellschaft erschien mir gerade kein bisschen angenehmer.

Es war zum Aus-der-Haut-Fahren. Die Erkenntnis, dass man die Personen, denen man von klein auf vertraut hatte, gar nicht richtig kannte, hatte mich zutiefst erschüttert. Was kam als Nächstes? Gestand mir Mum, dass sie eigentlich eine Außerirdische war?

Da ich verhindern wollte, dass Sophie den mysteriösen

Schleier entdeckte, stopfte ich ihn in die Tasche meiner Strickjacke und ging zu unserer Küche.

»Kürbis!« Zufriedenstellend unaußerirdisch kam Mum mir entgegen, als ich unschlüssig im Türrahmen stand. Sie nahm mich an den Schultern und schob mich strahlend zum Tisch. »Schau, wer mit uns frühstückt.«

Estelle Fahey. Wer hätte das gedacht? Zumindest war sie ohne ihren Sohn gekommen, was sie mir sofort sympathischer machte.

Estelle legte die Scheibe Toast, an der sie geknabbert hatte, auf den Teller und streckte die Hand nach mir aus. »Komm, Lu. Setz dich zu mir, ja?«

Mum fand die Idee anscheinend super, drückte mich auf den Stuhl neben Estelle und reichte mir eine Tasse Tee. Den konnte ich gut zum Wachwerden gebrauchen. Schon allein, um zu kapieren, was hier los war. Dad und Estelle, so friedlich vereint?

»Na, Schatz? Hast du zu wenig Schlaf bekommen?«, fragte Dad. »Deine Augen sind ganz klein. Wie zwei kleine Oliven. Sehr schrumpelige kleine Oliven.«

Ich wollte ihn anlächeln, doch meine Mundwinkel blieben unten, als sich unsere Blicke trafen.

Für mich war Dad immer ein sanfter Riese gewesen, vor dem sich höchstens sein Sandsack fürchten musste. Nichts von dem, was Ben über ihn gesagt hatte, passte zu ihm. Vorausgesetzt, ich kannte meinen Vater überhaupt gut genug, um beurteilen zu können, was zu ihm passte und was nicht.

»Lass deine Tochter in Ruhe wach werden, Will«, mischte sich Estelle ein. »Wenn man müde ist, kann man mäßig lustige Sprüche nun wirklich nicht gebrauchen.«

»Ach, sie kennt mich doch.« Dad streckte sich und verwuschelte meine Haare.

»Tue ich das?«, fragte ich leise und betrachtete meinen Dad, der aussah wie immer und mir dennoch wie ein vollkommen Fremder erschien.

»Stell dir vor, Kürbis«, meldete sich Mum glücklich, »Estelle und Ben bleiben bis zum Runmore-Feuer.«

Großartig. Das hatte ich herbeigesehnt: Ben noch drei Tage länger aus dem Weg gehen zu müssen.

Ich nippte an meinem Tee und bemerkte, dass Estelle und meine Eltern mich erwartungsvoll ansahen.

»Das sind ja super Neuigkeiten«, log ich. »Wie toll.«

»Hauptsache, ihr beiden benehmt euch«, sagte Dad mit gespitzten Lippen.

Estelle und Mum kicherten sofort los und Dad erklärte mir: »Sally und deine Mum haben mal beinahe das Runmore-Feuer ruiniert.«

»Stimmt doch gar nicht«, empörte sich Mum. »Als ob die Iffingtoner sich ihr Runmore-Feuer ruinieren lassen würden.«

»Will, jetzt denkt deine Tochter schlecht über uns«, sagte Estelle lachend. »Wir hatten nur ein bisschen Pech, sonst wäre man uns nie auf die Schliche gekommen.«

»Pech?« Dad nickte mit verschränkten Armen. »Ihr hättet genauso gut Visitenkarten am Tatort hinterlassen können.« Er nahm seine Tasse Tee, stützte sich mit einem Ellbogen auf dem Tisch ab und erzählte: »Die Bühne für das Runmore-Feuer war bereits fertig geschmückt, doch Sally und deine Mum haben nach Einbruch der Dunkelheit alle Girlanden gestohlen und sich damit davongemacht. Das fiel dem alten Barrow, der damals das Komitee geleitet hat, bei seiner letzten Runde natürlich auf. Leider hatten unsere zwei Meisterdiebe hier alle paar Schritte eines der aufgefädelten Motive verloren. Wie Brotkrumen führten sie die aufgebrachte Menge zu Sally und Hellen.« Er trank einen Schluck und sah Estelle fragend an. »Was wolltet ihr eigentlich damit bezwecken?«

»Ach!« Estelle winkte ab. »Das war unsere Revoluzzerphase. Es sollte ein Statement sein.«

»Was für eines?«, wollte ich wissen.

Sie zuckte mit den Schultern. »Darüber hatten wir uns noch keine Gedanken gemacht.«

Mum legte die Stirn in Falten. »Wir waren einfach nur dagegen. Gegen das Runmore-Feuer, gegen Halloween, gegen das Wetter. Aus Prinzip.«

Interessiert verfolgte ich die Blicke, die Mum, Dad und Estelle austauschten. Sie sahen aus wie drei Verschwörer, die durch ein gemeinsames Geheimnis für immer miteinander verbunden waren. War es ein mörderisches Geheimnis?

Dad stellte seine Tasse ab. »Zumindest hat die Strafe, die man uns dafür aufgebrummt hat, alle nachfolgenden Generationen davon abgehalten, Unfug mit Bühnendekoration zu treiben.«

»Euch?«, fragte ich überrascht. »Warum wurdest du mitbestraft?«

»Dein Dad«, antwortete Estelle an seiner Stelle mit einem feinen Lächeln, »war damals schon bis über beide Ohren in deine Mum verliebt. Er hat heldenhaft versucht, dem wütenden Mob aus Iffingtonern weiszumachen, er ganz allein wäre für diese Schandtat verantwortlich, nur damit Hellen ungeschoren davonkommt.«

»Und das hätte auch geklappt, wenn du«, er nickte Estelle zu, »nicht bis zu den Achseln in eine Girlande gewickelt gewesen wärst.«

»Wieso? Sah doch gut aus«, erwiderte Estelle unbeeindruckt und fügte an mich gewandt hinzu: »Es war eine Girlande aus besonders gelungenen kleinen Hexen. Total niedlich. Passte ausgezeichnet zu meinem Outfit.«

»Man hätte dich fast daran aufgeknüpft«, warf Dad ein und Mum und Estelle kicherten bei der Erinnerung. »Auf jeden Fall mussten wir die nächsten drei Tage …«

»Und Nächte!«, riefen Mum und Estelle gleichzeitig, was sie nur noch mehr lachen ließ.

Dad schüttelte in gespieltem Ernst den Kopf und fuhr fort: »Drei Tage mussten wir basteln, bis uns die Finger geblutet haben. Die meisten Girlanden konnten wir noch retten, aber ein paar mussten wir neu ausschneiden, kleben und auffädeln.«

»Deine Hexen waren nicht so schön«, stellte Estelle nachdenklich fest.

»Sei froh, dass ich überhaupt geholfen habe. Ihr wärt sonst nie fertig geworden und würdet sicherlich jetzt noch im Café hocken.«

»Stimmt«, sagte Mum, stand auf und umarmte meinen sitzenden Dad von hinten. »Und deshalb habe ich mich so schrecklich in dich verliebt, mein Held.«

20. KAPITEL

Die Landschaft draußen sah aus wie auf einer vergilbten schwarz-weißen Postkarte. Der blassgraue Himmel hing wie eine schwere Wolldecke auf Säulen aus blattlosen Baumkronen und fraß alle Farben.

Das ideale Wetter für einen Spaziergang im Wald. Ich zog einen dicken Pulli unter meine Strickjacke, schlüpfte in meine Boots und verließ das Herrenhaus unbemerkt. Ich brauchte jetzt Ruhe, um über alles nachzudenken. Und das war eine Menge.

Ich ging meine lange Liste durch: Mein Vater hatte offensichtlich eine gute alte Familientradition aufleben lassen und war wie Edward zum Mörder geworden. Meine beste Freundin hielt mich für plemplem und lag damit wahrscheinlich sogar richtig. Neuerdings brachte ich aus meinen Träumen Souvenirs mit, was mehr als gruselig war. Ich sah Geister, die es gab oder auch nicht, die aber möglicherweise nicht halb so harmlos waren, wie ich bisher immer angenommen hatte. Das brachte gleichfalls ein paar Punkte auf der Gruselskala.

Eine Frage beschäftigte mich aber am meisten. So verrückt sich das auch anhörte: Meine Träume waren definitiv mehr als bloße Schlafgespinste. Anscheinend verwandelte ich mich darin in Sophie. Und zwar in die Sophie, die sie vor ziemlich genau einhundertelf Jahren gewesen war.

Während die Bilder aus den Nächten davor immer noch verschwommen waren, konnte ich mich an meinem letzten Traum inzwischen gut erinnern. Mary hatte ihr Hochzeitskleid anprobiert. Und wenn ich davon ausging, dass es Sophies Erinnerungen waren, die ich jede Nacht durchlebte, dann konnte es sich dabei nicht um die Hochzeit mit Frederick handeln. Die hatte schließlich erst nach Sophies Tod stattgefunden.

Die Mary aus meinem Traum war offensichtlich überglücklich, weil sie kurz davor war, Edward zu heiraten. Edward, den jähzornigen, gewalttätigen, verhassten Lord. Das passte alles ganz und gar nicht zu den Geschichten, die ich über meine Urgroßmutter gehört hatte.

Aber das Schaurigste an der Sache waren die furchtbaren, boshaften, hasserfüllten Gedanken und Gefühle, die in den Träumen von mir Besitz ergriffen. Konnte die sanfte, freundliche Sophie wirklich so fühlen und denken? Oder war das ein unheimlicher Teil von mir, den ich nur nachts ausleben konnte?

Marys Schleier … Wie war in meinem Bett gelandet? Hatte Sophie ihn dorthin gelegt? Aber warum?

Mein Kopf dröhnte. Ich lief durch den Wald und lauschte meinen eigenen Schritten auf dem matschigen Weg. Die kalte Luft um meine Nase fühlte sich befreiend an und ich atmete tief durch.

Außerhalb des Geländes vom Runmore Manor war ich so normal wie jeder andere auch. Hier gab es keine Geister und mein Verstand spielte nicht verrückt.

Das Krächzen einer Krähe ließ mich aufblicken. Weit über mir flog der schwarze Vogel Kreise, so langsam, dass es mich wunderte, dass er nicht abstürzte. Ich blieb stehen und sah ihm zu, bis ein Knacken mich herumfahren ließ.

Hinter mir stand Ben. Ich wollte mich abwenden, einfach wegrennen, stattdessen blieb ich, wo ich war. In mir liefen die Gefühle Sturm.

Ben hatte mir die schlimmsten Dinge an den Kopf geworfen. Er verdächtigte meinen Dad, seinen Vater ermordet zu haben. Und er war hier, um Beweise für seinen Verdacht zu finden. Allein bei dem Gedanken kochte mein Blut.

Doch es gab noch einen anderen Grund, weshalb mich Bens Anwesenheit aus der Fassung brachte. Auch wenn es Thomas war, der mich geküsst hatte, so war es doch Bens Mund gewesen. Sosehr ich mich dagegen sträubte, dieser Kuss hatte sich gut angefühlt, und ich spürte wieder ein sanftes Kribbeln auf meinen Lippen.

Ich verstand es selbst nicht, doch in diesem Augenblick schien mir der Kuss wie ein Anker, der meinen Verstand davor bewahrte, mir endgültig zu entgleiten.

Schweigend sahen wir uns an. Ben hatte gegen die Kälte den Kragen seiner schwarzen Jacke aufgestellt und die Hände tief in die Taschen seiner Jeans geschoben. Er war blass, und der Blick aus seinen grauen Augen war noch stechender als sonst, weil sie leicht gerötet waren. Er sah nicht so aus, als hätte er auch nur eine Stunde geschlafen.

»Lu«, begann er leise und wich meinem Blick aus, »ich kann mir gut vorstellen, dass du mir lieber eine runterhauen möchtest, statt dich mit mir zu unterhalten. Aber lass uns reden, bitte.«

»Worüber?« Die Frage hatte ich gestellt, ehe ich darüber nachdenken konnte. Meinte er den Kuss? Ich wollte nicht über diesen Kuss sprechen, wollte nicht hören, wie unangenehm es ihm war.

»Über deinen Vater.«

»Da gibt es nichts …«, fing ich an, doch Ben fiel mir ins Wort.

»Es war nicht meine Absicht, dir wehzutun. Ich hatte keine Ahnung, dass du nichts von alldem weißt.«

»Du lügst.« Ich wusste nicht, ob ich die Vorwürfe gegen meinen Dad meinte oder Bens Behauptung, mir nicht wehtun zu wollen. Wahrscheinlich beides.

»Nein. Ich bin mir sicher, dass dein Vater etwas verheimlicht. Er ist zwar nicht angeklagt worden …«

Jetzt schnitt ich ihm den Satz ab und rief laut: »Und weißt du auch, warum? Weil er kein Mörder ist. Wie kommst du nur auf so eine bescheuerte Idee?«

»Er war der letzte, der meinen Vater lebendig gesehen hat.«

»Ach so. Jetzt wird also jeder automatisch zum Mörder, der einen anderen zuletzt gesehen hat? Die Gefängnisse werden bald überfüllt sein, Ben.«

»Das ist typisch. Du liebst deinen Vater, also kann er gar nichts Falsches getan haben.« Bens Stimme war nun ebenfalls laut. »Warum sonst ist mein Vater jetzt tot?«

»Was weiß ich?«, brüllte ich und scheuchte damit sogar die Krähe auf, die im Baum über uns gehockt hatte. »Er ist gestürzt. Ein Unfall. Unfälle passieren, Ben, ob es dir passt oder nicht.«

Meine Worte hingen in der kalten Luft wie ein Abstandhalter zwischen uns. Ben gelang es zuerst, sich zu regen. Er strich sich das dunkle Haar zurück und zuckte mit den Schultern.

»Wer weiß? Vielleicht. Ich werde es herausfinden. Ich würde gern noch über etwas anderes sprechen.« Er sah mich an und kam behutsam auf mich zu. »Darüber, was du mir erzählt hast. Über den Spuk in eurem Hotel.«

»Ich fasse es nicht. Jetzt willst du auch noch über die Geister sprechen?« Was war verdammt noch mal mit dem Kuss?

»Über die … Genau.« Ben nickte. »Ich habe darüber nachgedacht und verstehe einiges nicht.«

«Willkommen im Club.«

Ben lächelte zaghaft. »Gibst du mir eine Chance und machst noch einen Versuch? Erzähl mir von diesen Gespenstern, bitte.«

»Geister«, korrigierte ich. »Oder Stammgäste. Gespenster hören sie gar nicht gern.«

War ich vollkommen durchgeknallt? Warum breitete ich mein dunkelstes, peinlichstes Geheimnis vor Ben aus? Wäre ich noch bei Verstand, wäre ich Thomas' Rat gefolgt und hätte Ben weisgemacht, dass seine Gefühle mit ihm durchgegangen waren.

Ben konnte nicht verheimlichen, dass er schwer mit sich kämpfen musste, mir keinen Vogel zu zeigen und zu verschwinden. Doch aus irgendeinem Grund blieb er.

»Ich schlage dir etwas vor, Ben«, sagte ich langsam. »Ich erzähle dir, was du wissen willst, und dafür erklärst du mir, wie du in unsere Wohnung gekommen bist und was zum Henker du da eigentlich verloren hast.«

Ben wurde rot. Ein ziemlich süßer Anblick, das musste ich zugeben, doch ich schlug mir sofort innerlich auf die Finger. Ben und süß – diese beiden Worte hatten nichts im selben Satz zu suchen.

»Ich hab einen Schlüssel.«

»Wie bitte?« Ich hatte mich wohl verhört.

»Erinnerst du dich, dass du bei unserem Ausflug nach Iffington gestolpert bist?« Ben sah mir nicht in die Augen. Aus gutem Grund, wie sich herausstellte. »Dein Schlüssel ist dir aus der Tasche gefallen und ich … nun … «

Entrüstet stemmte ich die Arme in die Seiten. »Du hast mich beklaut!«

Ben hatte wenigstens den Anstand, beschämt auszusehen. Er griff in seine Jackentasche und zog einen mir sehr vertrauten Schlüsselbund hervor. »Tut mir leid.«

Ich riss ihm die Schlüssel aus der Hand. »Sag mal, spinnst du? Weißt du eigentlich, was los ist, wenn Dad davon erfährt? Mit dem Generalschlüssel kannst du jede Tür im Runmore Manor aufschließen. Wie sollen die Gäste da beruhigt schlafen? Wir könnten genauso gut Schilder an die Türen hängen: Lassen Sie ruhig auf, hier kommt sowieso jeder rein.«

»Keine Sorge, ich war in keinem der Gästezimmer. Nur bei euch.«

»Ah, gut. Nur in unserem Wohnflügel. War es nett? Was Interessantes gefunden?«

»Das weiß ich noch nicht.«

»Ben!« Ich wog den Schlüsselbund in der Hand, stopfte ihn dann aber tief in meine Jackentasche. »Wenn ich nicht befürchten müsste, du würdest die Schlüssel wieder einstecken, würde ich sie dir jetzt an den Kopf werfen. Ehrlich.«

»Du bist und bleibst eine Runmore«, sagte Ben und kniff die Lippen zusammen, woraufhin ich den Schlüsselbund wieder hervorholte. Ben hob grinsend die Hände. »He, schon gut. Lass uns wenigstens für ein paar Minuten wie zwei ganz normale Menschen miteinander reden.«

Ich nickte. Es war ja nicht meine Schuld, dass Ben mich wahnsinnig machte. Ich war die Rakete, Ben die Rampe. Und nie wusste ich, ob ich zu den Sternen fliegen oder kurz über dem Boden explodieren würde.

»Und? Wonach suchst du jetzt eigentlich?«

Ben kratzte sich am Ohr. »Nach einem Hinweis, irgendwas. Mein Vater und dein Dad waren beste Freunde. Es kann doch nicht sein, dass der eine umkommt und der andere weitermacht, als wäre nichts gewesen. Das ist schon sehr seltsam, findest du nicht?«

»Was hätte Dad denn deiner Meinung nach machen sollen? Ins Kloster gehen?«

Bens machte ein abfälliges Geräusch. »Sie schweigen den Unfall meines Vaters tot. Ich habe nicht mal eine Zeitungsmeldung gefunden. Es ist, als würde da etwas vertuscht werden, und ich will wissen, was.«

»Und für dich ist es ein Beweis für Dads Schuld, weil er nie über deinen Vater spricht?«

Ben überlegte. »Zumindest ist es ein Beweis dafür, dass es etwas gibt, über das er nicht sprechen will.«

»Das gibt dir trotzdem nicht das Recht, bei uns einzubrechen.«

Wir sahen uns einfach an, bis Ben das Thema wechselte. »Also. Erzählst du mir nun von diesen … Stammgästen?«

Ich schnaubte. »Wehe, du lachst mich aus oder rätst mir wieder, mir Hilfe zu suchen.« Ich hatte seine Reaktion vom Vorabend nicht vergessen und verschränkte die Arme.

Er schüttelte betreten den Kopf. »Die ganze Situation war in dem Moment zu viel für mich.«

Ich starrte ihn an und rang mit mir, ob ich mich ihm anvertrauen sollte. Andererseits wusste ich selbst nicht mehr, wo oben oder unten war. Ein Blick von außen, selbst wenn er von Ben stammte, konnte mir möglicherweise helfen. Zumal er bald wieder abreiste. Was kümmerte es mich, wenn er weit weg in London saß und mich als heiße Anwärterin auf ein lauschiges Plätzchen in einer Nervenheilanstalt sah?

»Was soll's?«, sagte ich mehr zu mir selbst. »Schlimmer werden kann es jetzt auch nicht mehr.«

»Wie bitte?«

»Ach, nichts«, murmelte ich. »Okay. Versprich mir nur eines: Ob du mir glaubst oder nicht, lach mich nur nicht aus, ja?«

Wir gingen nebeneinanderher über den aufgeweichten Waldweg und es sprudelte nur so aus mir heraus. Ich erzählte vom Stallburschen, der Zofe und dem Lord. Erzählte, wie die Geister mich bereits begleitet hatten, bevor ich laufen konnte. Berichtete von Sophies Geistertasse, Thomas und den Pferdeställen und Edwards lauter Musik. Von den oft altmodischen Ansichten der Stammgäste und ihren Schwierigkeiten, sich mit der Tatsache abzufinden, dass die Zeit weiterlief und die Welt da draußen nun eine andere war als vor einhundertelf Jahren.

Zuerst hatte ich Ben immer wieder prüfende Blicke aus den Augenwinkeln zugeworfen, doch er lachte oder grinste nicht, sondern hörte einfach zu. Er schritt stumm neben mir her und unterbrach mich nicht ein einziges Mal, bis ich zum Ende kam.

»Und wie Thomas sich gestern aufgeführt hat, hast du ja am eigenen Leib erlebt«, schloss ich. Ben schwieg weiter und ich wurde nervös. »Sag was dazu! Das ist ja nicht zum Aushalten.«

»Na ja«, Ben sah zu Boden, »das alles klingt ziemlich verrückt.« Ich freute mich schon darauf, ein triumphierendes »Ha! Hab ich's doch gewusst!« auszustoßen, da fuhr er leise fort: »Aber ich glaube dir.«

»Echt?« Ich war ehrlich überrascht. »Ohne Beweise oder so?«

»Beweise habe ich seit gestern mehr, als mir lieb sind.«

»Hm?«

»Okay.«, Ben kratzte sich am Kopf, sodass eine Strähne seines dunklen Haares abstand. Es sah sehr sympathisch aus und ließ ihn weniger durchgestylt wirken. »Meine Mutter war gestern Abend noch lange mit deiner Mum zusammen und ich war in der Suite allein. Nach unserem kleinen … Streit in der Bibliothek wollte ich nur noch meine Ruhe haben und mich früh hinlegen, aber irgendwie passierte eine komische Sache nach der anderen.«

»So?«

»Ja.« Ben wurde wieder rot und sah sich nach allen Seiten um, bevor er fortfuhr: »Nach dem Duschen lagen meine Klamotten und das Handtuch auf dem Boden. Danach ist ein Glas weggerutscht, als ich danach greifen wollte, ein Buch ist mir aus der Hand geflogen, eine Schublade ging so schnell zu, dass ich gerade noch so meine Finger retten konnte. Und so weiter. Das Schlimmste aber war der kalte Atem«, Ben tippte sich leicht gegen den Hals, »den ich ständig im Nacken gespürt habe.«

Das klang sehr nach Thomas. Wahrscheinlich hatte der Stallbursche Ben heimgesucht. Was der Quatsch mit dem kalten Atem auf Bens Hals sollte, war mir allerdings schleierhaft.

»Das heißt, du glaubst mir wirklich?«, fragte ich vorsichtig.

Ben zuckte mit den Schultern und sah mich an. Sein Blick ließ eine Gänsehaut über meine Arme wandern. Schnell wandte ich mich ab.

Die Sonne hatte wieder zu strahlen begonnen und dem Wald seine herbstlichen Farben zurückgegeben. Ich wäre gern noch weiter zwischen den Bäumen umhergestreift, sah Ben aber an, dass er fror. Seine dünne Stoffjacke erfüllte eher repräsentative Zwecke, warm hielt sie jedenfalls nicht. Mit gehörigen Gewissensbissen fiel mir ein, dass sich Bens warme Jacke gerade in meinem Zimmer befand, wo sie äußerst unnütz über dem Stuhl vor meiner Frisierkommode hing.

»Gehen wir zurück?«

Wir drehten um und marschierten wieder auf das Herrenhaus zu.

»Und du hast nicht gewusst, dass die Geister in Menschen fahren können?«, fragte Ben.

»Nein. Das war mir neu. Allerdings …« Ich stockte und Ben sah mich erwartungsvoll an. »Seit einiger Zeit habe ich sehr eigenartige Träume.«

»Du meinst das mit dem Schlafwandeln?«

Ich nickte und gestand leise: »Ich habe Angst, dass einer der Geister nachts die Kontrolle über meinen Körper übernimmt.«

Ben sah mich schockiert an. »Wie kommst du darauf?«

Zögernd brachte ich meinen Verdacht gegen Sophie vor. Ich

schilderte die letzten Träume, an die ich mich erinnern konnte, erzählte von dem flüchtigen Blick in den Spiegel und von Sophies eigenartig mitfühlender Äußerung über den Lord, bei der sie sogar Geistertränen vergossen hatte.

»Die Person, durch deren Augen ich das alles erlebe, die ist so eifersüchtig auf Mary, dass es nur den einen Schluss zulässt: Sie ist verliebt in Edward. Und Sophie hat scheinbar mehr für den alten Sauertopf übrig, als mir bisher klar war.« Ich zögerte. »Bitte, ich will nicht, dass Sophie davon erfährt, bis ich es mit Sicherheit weiß.«

Ben nickte. Obwohl wir das Herrenhaus und somit die Chance, uns aufzuwärmen, beinahe erreicht hatten, blieb er stehen.

»Sag mal, als ich dich in der Küche gefunden habe … Die Verletzung am Arm. Wie ist die eigentlich zustande gekommen?«

»Ich weiß es wirklich nicht.«

Ben griff nach meinem rechten Arm und zog ihn zu sich heran. Er fuhr nachdenklich mit seinem Daumen über das Pflaster. »Das ist auf jeden Fall ein Schnitt. Wenn dein Nachttisch also keine rasiermesserscharfen Kanten hat …«

»Was ich ausschließen kann«, warf ich ein.

»… frage ich mich, wie du ihn dir zugezogen hast.«

Seine Berührung war wie ein Marschbefehl an die Armee von Feuerameisen, die, seit er nachts in der Küche meine Wunde versorgt hatte, bei jeder Begegnung mit Ben mit ihren unzähligen Füßchen gescharrt hatten und sich jetzt aufmachten, über meinen ganzen Körper auszuschwärmen. Es gelang mir nur mit Mühe, ein Schaudern zu unterdrücken, und ich entzog ihm rasch meinen Arm.

Ben hatte die Stirn in Falten gelegt und blickte mich ernst an. »Lu, meinst du, wir könnten mit diesem Thomas sprechen?«

21. KAPITEL

Ich hatte noch nie eine Séance abgehalten. Warum auch? Eigentlich hatte ich mir das immer so vorgestellt, dass man in einem abgedunkelten Raum sitzt, Kerzen auf einem Tisch, den Blick verklärt, mit heiserer Stimme Geister ruft und Fragen zum Jenseits stellt. Ziemlich albern.

Wir saßen in der lichtdurchfluteten Bibliothek, ich in meinem Lieblingsohrensessel, Ben auf einem der Stühle an dem großen Eichentisch in der Mitte. Den Geist hatten wir nicht rufen müssen, er hatte praktischerweise gerade den Kiesweg vor dem Eingang mit seiner Heugabel begradigt, als Ben und ich zurückgekommen waren. Ich hatte ihn für seinen Fleiß gelobt und gebeten, an der Séance teilzunehmen. Nun ging er zwischen uns auf und ab, und anstatt Fragen zu beantworten, zeigte er sich leider in bester Debattierlaune.

»Es geziemt sich nicht für eine Lady, mit einem Mann allein zu sein. Dafür gibt es Anstandsdamen.«

Ich verdrehte die Augen. »Jetzt spiel dich nicht so auf, Thomas. Was sich geziemt und was nicht, war gestern auch nicht wichtig für dich.«

Thomas blieb wie vom Donner gerührt stehen und suchte mit offenem Mund nach Worten. Sein Blick huschte zu dem Regal, wo Ben und ich uns … wo sich der Zwischenfall ereignet hatte.

Ich erlöste ihn. »Lass gut sein, darum geht es jetzt gar nicht. Kannst du uns ein paar Fragen beantworten?«

»Ich will es versuchen.« Der Geist wirkte resigniert und wandte sich zu Ben um. Der hatte seinen Stuhl umgedreht und stützte sich mit beiden Armen auf der Rückenlehne ab, während er mich mit zusammengezogenen Augenbrauen beobachtete. »Und? Wird der Geist uns helfen?«

»Ich werde *der Lady* helfen«, stellte Thomas klar und funkelte Ben böse an. »Für Mr Fahey hingegen wäre Unterricht in manierlichem Betragen angebracht, den ich ihm nur allzu gern erteilen würde.«

»Er hilft gern«, relativierte ich.

»Schön.« Ben strich sich die Haare aus der Stirn. »Frag den Geist bitte, ob er häufiger in fremde Körper schlüpft.«

»Sie muss mich nicht fragen, Sie arroganter Schnösel, weil ich die Frage bereits gehört habe. Ich bin vielleicht tot, aber nicht taub.«

»Thomas!« Das versprach ja heiter zu werden. »Hör auf zu meckern!«

Thomas rollte die Ärmel seines Hemdes hoch. »Wie ich gestern schon sagte, Lu, habe ich bis zu diesem bedauerlichen, aber aufschlussreichen Zusammenstoß mit Mr Fahey gar nicht gewusst, dass es mir möglich ist, in einen Menschen zu fahren.«

Ich gab die Antwort an Ben weiter.

Der nickte. »Hat Thomas es danach noch einmal versucht?«

Hatte er? Ich blickte den Stallburschen interessiert an und der wirkte ertappt. »Ja. Ich … Zwei, drei Mal.«

Ich informierte Ben, der sofort fragte: »Wie lange funktioniert so eine Übernahme?«

»Woher soll ich das wissen? Es ist mir ja nur das eine Mal gelungen!«, brauste Thomas auf.

Auch das gab ich weiter. Ben stand von dem Stuhl auf und ging versehentlich durch Thomas hindurch, der verwirbelt wurde.

Ich sah zu, wie Thomas empört ein paar Schritte weiter rechts wieder Gestalt annahm, und dachte nach. Ich konnte die Augen nicht mehr davor verschließen, dass etwas äußerst Merkwürdiges im Runmore Manor vor sich ging. Meine Träume waren die eine Sache, aber Thomas' neu entdeckte Gabe war mir fast noch unheimlicher. Wieso konnten die Geister plötzlich andere Menschen kontrollieren, ihnen ihren Willen aufzwingen?

Bei Thomas war das noch nicht einmal so tragisch. Gut, er hatte seinen kleinen Ausflug in Ben für einen Kuss genutzt. Das fiel wohl sprichwörtlich unter Kavaliersdelikt. Die Vorstellung, vom Lord besessen zu sein, war weitaus unangenehmer.

Mir mangelte es an Fantasie. Was versprach sich Sophie eigentlich davon – falls *sie* es tatsächlich war, die in meinen Träumen ihre eigene Vergangenheit nachstellte?

Irgendwie hatte ich das Gefühl, eine Antwort läge direkt vor meiner Nase, doch ich konnte sie nicht finden.

Der Stallbursche machte sich gerade einen Spaß daraus, Ben zu ärgern, indem er ihm kalt in den Nacken blies. Ich lächelte über Bens Versuche, ihn durch Hochstellen seines Kragens davon abzubringen, und kramte in der Tasche meiner Strickjacke nach meinem Handy. Meine Fingerspitzen berührten Stoff. Der Schleier! Gedankenverloren zog ich ihn hervor und rieb mit den Fingern über die feine Spitze.

»Was ist das?«, fragte Thomas und ließ von Ben ab.

»Ein Schleier«, antwortete ich und zog damit auch Bens Aufmerksamkeit auf mich.

Thomas kam näher. »Das sehe ich. Wo hast du ihn her?«

»Den habe ich nach meinem letzten Traum in meinem Bett gefunden.«

Der Geist flackerte. Er streckte seine Hand nach dem Schleier aus und schaffte es sogar, ihn mir aus der Hand zu nehmen. Beim Anblick des schwebenden Schleiers schnappte Ben nach Luft. Der Stoff plumpste zu Boden, als Thomas es nicht mehr schaffte, ihn zu halten.

Sofort kam Ben auf mich zu, bückte sich nach dem weißen Häufchen und fragte fassungslos: »Du hast einen Schleier aus … deinem Traum *mitgebracht*?«

»Das ist definitiv Lady Marys Schleier«, ergänzte Thomas.

»Richtig.« Ich setzte mich auf. »Thomas erkennt ihn. Es ist der Brautschleier meiner Ururgroßmutter.«

»Ich kann mich noch gut an den Aufstand erinnern, als er plötzlich verschwunden war«, sagte Thomas.

Ben war tief in seinen Gedanken versunken. »Lu ... Sag mal, was wäre, wenn ... Hältst du es für möglich, dass der Geist dich als Portal benutzt, wenn er nachts deinen Körper übernimmt? Um seine eigene Vergangenheit noch einmal erleben zu können?«

»Du meinst ...«

»Du träumst gar nicht, Lu, jedenfalls nicht wirklich.« Ben blickte mir in die Augen. »Du reist in die Vergangenheit.«

Mir fehlten die Worte. Das war selbst für meine Verhältnisse eine verrückte Vorstellung.

Ben drehte sich um und verwirbelte dadurch erneut Thomas, der diesmal jedoch nicht meckerte, sondern sofort wieder erschien.

»Mr Fahey hat eindeutig nicht mehr alle Latten am Zaun.«

»Ben«, begann ich langsam, »so etwas wie Zeitreisen gibt es nicht.«

»Ach ja?«, sagte Ben. »So etwas wie Geister sollte es eigentlich auch nicht geben.«

Ich schüttelte fassungslos den Kopf, aber mir fiel leider keine intelligente Erwiderung ein. Das war eindeutig so eine Glashaus-Stein-Situation.

»Es ist die einzige Erklärung für den Schleier, für deine Verletzung ...«

»… für den Ruß an meiner Hand und für den Zeitungsschnipsel«, beendete ich seinen Satz. Auf meinen Armen bildete sich eine Gänsehaut. Seit Neuestem nicht Neues.

Thomas blickte zwischen Ben und mir hin und her. »Lu, das ist doch vollkommen absurd. Niemand kann durch die Zeit reisen, selbst ein Geist nicht. Meinst du nicht, dass ich es wüsste, wenn ich durch deine Träume die Vergangenheit betreten könnte?«

»Bis gestern wusstest du auch nicht, dass du in einen Menschen schlüpfen kannst«, sagte ich mit Nachdruck. Wieder hatte ich das Gefühl, dass mir eine wichtige Information fehlte, ein Gedanke, den ich fast greifen konnte und der in meinem Hinterkopf langsam Gestalt annahm.

»Ach so?«, brauste Thomas auf. »Und wen von uns verdächtigst du, dir so etwas anzutun?«

Ich antwortete nicht. Verlegen zog ich an der Kette meines Medaillons und versuchte Thomas mit einem Schulterzucken zu besänftigen. »Seit Neuestem habe ich das Gefühl, ihr werdet immer … Ich weiß nicht, wie ich es sagen soll. Realer?«

»So?« Thomas band seinen Zopf neu.

Ich dachte an Sophies Geisterstaub, der mich zum Niesen gebracht hatte, und an die Wassertropfen, die Thomas neulich beim Frühstück auf meinen Teller gespritzt hatte. Und was war das für ein komischer Zwischenfall mit Dory gewesen? Sie hatte geglaubt, einen Geist im Spiegel zu sehen.

»Lu?« Thomas hatte bemerkt, wie gedankenversunken ich dasaß, und breitete in einer hilflosen Geste die Arme aus. »Ich kenne dich, seit du auf die Welt gekommen bist. Ich habe dich aufwachsen sehen, genau wie Sophie und seine Lordschaft. Wir sind doch Familie.« Er ließ die Arme sinken und schluckte schwer. »Oder? Das sind wir doch?«

Noch immer konnte ich keine Antwort darauf geben und Thomas zeigte auf Ben. »Seit dieser Kerl hier aufgetaucht ist, hat sich alles verändert. Er hat keinen guten Einfluss auf dich, Lu.« Er wurde mit jedem Wort leiser, bis seine Stimme nur noch wie ein entferntes Echo klang. »Er hat dir das eingeredet. Früher hättest du auf so etwas Dummes gar nicht erst gehört. Ein Portal? Das ist absolut lächerlich. So etwas gibt es nicht.«

Ben bekam von Thomas' Abgang nichts mit. Ich hingegen sah den zutiefst erschütterten Ausdruck auf dem Gesicht des Stallburschen, mit dem er mich bedachte, als er rückwärts durch ein Bücherregal trat.

»Thomas ist gegangen.« Ich ließ mir nicht anmerken, wie sehr mich das soeben Geschehene aufwühlte.

»Warum? Habe ich etwas Falsches gesagt?«

»Nicht direkt. Es hat ihn wohl verletzt, dass ich das mit dem Portal annehmen könnte. Thomas meint, so etwas gibt es nicht.«

Ben zögerte. »Wir sollten versuchen, das herauszufinden.«

»*Wir?*« Ich sah Ben an. »Warum hilfst du mir eigentlich?«

»Warum nicht?«

»Kein besonders guter Grund.«

»Lu«, seufzte Ben und erwiderte meinen Blick endlich. »Ich habe gerade erfahren, dass es Geister gibt und dass du höchstwahrscheinlich eine Zeitreisende bist. Ich gebe zu, Iffington hat unglaublich viele Attraktionen zu bieten, mit denen ich meine Zeit sinnvoller füllen könnte. Aber was soll ich sagen? Ich bin eben ein Langweiler.«

Ich kratzte mich am Kopf, genau an der Stelle, an die man tippt, wenn man jemandem einen Vogel zeigen will. »Schon klar.«

»Also, was ist jetzt?«, fragte Ben unternehmungslustig. »Finden wir heraus, was hier wirklich vorgeht?«

»Und wie stellen wir das an?«

»Du musst wieder etwas mitbringen. Etwas aus deinem Traum.«

»Ben, das geht nicht. Ich kann in diesen Träumen nicht mal klar denken.« Wie stellte er sich das vor? In den Träumen war ich gefangen in einer anderen Person, sah nur durch ihre Augen, so als wäre ich gar nicht dabei. Die Erinnerung an diesen hilflosen Zustand jagte mir einen kalten Schauder über den Rücken. »Ich kann nicht einfach was mitbringen.«

Ben sah mich eindringlich an. Er kam auf mich zu, legte seine Hände auf meine Unterarme und sagte voller Nachdruck: »Du musst es versuchen. Wenn du nichts mitnehmen kannst, dann musst du eben etwas dalassen. Ein Zeichen oder so.« Seine grauen Augen blitzten auf. »Versprich mir, dass du es wenigstens versuchen wirst, Lu.«

22. KAPITEL

Eine Fähigkeit der Stammgäste hatte mich schon immer tief beeindruckt: Sie konnten die Geisterversion eines Gegenstandes erscheinen lassen, den sie dann statt des Originals bewegten. Das hatte nichts mit den alltäglichen Geistergegenständen wie Sophies Tasse oder Thomas' Heugabel zu tun, die so sehr zur Persönlichkeit des jeweiligen Geistes gehörte, dass sie auch ohne deren Anwesenheit noch stundenlang weiterexistierten. Im Gegensatz dazu hatten diese grau leuchtenden Abbilder nur eine geringe Haltbarkeit, machten sich als Spezialeffekt aber ungeheuer gut.

Ich lag in meinem Zimmer auf dem Bett und war eigentlich damit beschäftigt, die Wand anzustarren, als ich bemerkte, wie sich meine Tür mit einem grauen Schleier überzog. Von außen klopfte es zaghaft dagegen und die Geisterversion meiner Tür öffnete sich einen Spalt. Sophies leise Stimme erklang dahinter.

»Schläft die junge Lady schon?«

Mein Herz wurde schwer, als ich mir eingestand, dass ich tatsächlich kurz vorgehabt hatte, mich schlafend zu stellen.

»Nein.« Ich setzte mich auf und richtete die Kette meines Medaillons. »Komm rein, Sophie.«

Die Zofe hatte die Hände vor ihrer Schürze ineinandergelegt und trat über die Schwelle. Sie sah mich nicht an, sondern hielt ihren Blick auf den Boden gerichtet.

»Ich möchte nicht stören. Ich wollte die junge Lady nur höflich bitten, mir ein paar Tage für persönliche Belange freizugeben.«

Ich schluckte. »Natürlich, Sophie.«

»Danke«, sagte sie und zog abermals ein grau leuchtendes Double meiner Tür auf. »Wenn die Lady erlaubt, werde ich mich jetzt zurückziehen.«

Das wäre natürlich das Einfachste: Sophie und ich gingen uns aus dem Weg. Aber gleichzeitig war das auch großer Quatsch. Was wollte Sophie mit freien Tagen? In den Urlaub fahren? Wie die anderen Stammgäste konnte sie das Herrenhaus nicht mal verlassen. Und persönliche Dinge regeln … Nun, dafür war es eindeutig zu spät.

Ich fühlte mich scheußlich, weil ich Sophie offensichtlich verletzt hatte. Dennoch konnte ich meinen Verdacht gegen sie nicht einfach so über Bord schmeißen. Oder? Ich wünschte mir in diesem Augenblick so sehr, Sophie wieder vertrauen zu können.

»Sophie!« Ich sprang auf und folgte ihr, ehe sich die Geistertür hinter ihrem durchscheinenden Körper schließen konnte. »Hat Thomas mit dir gesprochen?«

Es wäre naiv zu glauben, die Geister tauschten sich nicht untereinander aus, und tatsächlich nickte Sophie.

Ihre Augen waren mit weiß schimmernden Tränen gefüllt, als sie sich abwandte. »Thomas hat mir gesagt, dass ihre Ladyschaft sich gegenwärtig in unserer Gesellschaft nicht sonderlich wohlfühlt. Ich werde das respektieren und mich erst wieder zeigen, wenn die junge Lady mich braucht.«

Bevor ich etwas dazu sagen konnte, fiel das Double meiner Tür ins Schloss. Sofort verlor die Zimmertür ihren grauen Schleier und sah wieder stinknormal aus. Ich öffnete sie und trat hinaus, blickte in beiden Richtungen den Flur entlang, doch von Sophie war nichts mehr zu sehen.

Natürlich konnte sie einfach in einem anderen Teil des Herrenhauses aufräumen, schrubben, Wäsche waschen und nach dem Rechten sehen. Sie brauchte mich nicht dafür. Bevor ich geboren wurde, hatte sie das fünfundneunzig Jahre lang getan, ohne dass irgendein Mensch Notiz davon genommen hätte. Doch ich wusste, wie gern sie sich um mich kümmerte und wie viel ich ihr bedeutete. Traute ich ihr zu, mich derart zu hintergehen? Meinen Körper für ihre eigenen Zwecke einzusetzen? Glaubte ich wirklich, dass sie dazu fähig war?

»Sophie?«, rief ich. Es kam keine Antwort und ich ging betrübt zurück in mein Zimmer. Ich ließ mich auf den Stuhl vor der Frisierkommode fallen und stützte meinen Kopf in die Hände. Die Vorstellung, an diesem Abend keine Geistermilch auf meinem Nachttisch zu finden und nicht zu sehen, wie Sophie ihre letzte Runde mit der Petroleumlampe durch mein Zimmer machte, versetzte mir einen Stich.

Gerade wollte ich in Selbstmitleid zerfließen, da klopfte es wieder. Ich musste mich nicht einmal umdrehen, um zu wissen, dass es nicht Sophie war, die es sich anders überlegt hatte, denn das Klopfen war laut und selbstbewusst.

Seufzend erhob ich mich, ging zur Tür und öffnete sie. Ben stand davor, und beinahe wäre es einem kleinen Lächeln gelungen, sich auf mein Gesicht zu stehlen. Ich konnte das rechtzeitig unterbinden, dachte aber dennoch, wie gut es tat, Ben zu sehen. Aus irgendeinem Grund. Es hatte nichts damit zu tun, dass es mir gefiel, wie er mich mit seinen grauen Augen ansah. Gar nichts. Kein Stück. Verdammt!

»Wie bist du in den Wohnflügel gekommen?«, fragte ich misstrauisch. »Hast du dir etwa einen Zweitschlüssel machen lassen?«

»Deine Mutter hat mich reingelassen.« Ben zuckte mit den Schultern.

Da entdeckte ich den Stallburschen, der Ben offensichtlich gefolgt war.

»Ich bin ganz und gar nicht damit einverstanden, dass dieser ungehobelte Kerl sich Zugang zu dem Schlafzimmer der Lady verschaffen will«, erklärte Thomas streng.

Ich seufzte noch einmal, diesmal etwas lauter, und ließ beide eintreten. Ich hatte seit dem Nachmittag keine Zeit gehabt, auch nur einmal in den Spiegel zu schauen. Ich konnte mir gut vorstellen, dass ich wie ein wild gewordener Wischmopp aussah. Mal wieder.

»Was wollt ihr? Es ist schon spät«, fragte ich unzufrieden.

»Ihr?« Ben warf voller Unbehagen einen Blick über seine Schulter.

»Thomas steht hinter dir«, klärte ich ihn auf.

»Ach, deshalb.« Ben verzog das Gesicht. »Ich fühle mich schon den ganzen Nachmittag … beobachtet.«

Thomas grinste boshaft. Ben begab sich schnell zur Zimmermitte, drehte sich einmal um sich selbst und fuhr dabei mit einer Hand durch die Luft. Ein vollkommen unnützes Unterfangen, aber lustig anzusehen.

»Sophie war gerade bei mir«, sagte ich zu Thomas, der Ben aus reiner Gehässigkeit kalt in den Nacken blies. Offenbar eine neue Lieblingsbeschäftigung des Stallburschen. »Sie wirkte ziemlich verstört.«

»Das kann ich gut verstehen.« Thomas trat durch Ben hindurch, verwirbelte und erschien wieder, als wäre nichts gewesen. Ben rieb sich fröstelnd über beide Arme.

»Was hast du ihr gesagt?«, wollte ich wissen.

»Nur, dass dieser Mr Fahey dir scheinbar ein paar Flöhe ins Ohr gesetzt hat und du weniger Vertrauen in uns hast als in ihn.«

»Hast du ihr auch von dem Portal erzählt?«

»Diesen Unsinn habe ich mit keinem Wort erwähnt.« Der Stallbursche zeigte mit einer abfälligen Geste auf Ben. »Und mir wäre wirklich lieber, du würdest endlich aufhören, auf diesen Kerl zu hören. Jeder von uns hat mal schlechte Träume. Du solltest niemanden dafür verantwortlich machen. Schon gar nicht Personen, die eher sterben würden, als dir auch nur ein Haar zu krümmen.«

Ben sah mich verwirrt an und ich brachte ihn auf den neuesten Stand.

»Ich will nur helfen«, sagte Ben laut in die gegenüberliegende Ecke meines Zimmers. Dass Thomas direkt neben ihm stand und ihn mit verschränkten Armen und hochgezogener Braue musterte, konnte er nicht ahnen.

»Und wie?«, fragte Thomas nach einer Weile. »Anscheinend glaubt Mr Fahey, hier ginge es nicht mit rechten Dingen zu. Ich bin seit über einhundert Jahren auf Runmore Manor. Es ist beinahe ausgeschlossen, dass hier etwas passiert, von dem ich nicht erfahre. Vergiss diesen Unfug mit dem Portal.«

Ich ließ mich auf die Bettkante sinken und wiederholte für Ben, was der Stallbursche gesagt hatte. Bens graue Augen wurden schmal und er biss die Zähne so fest aufeinander, dass die Muskeln an seinem Kiefer deutlich hervortraten.

»Wenn ihm nichts entgeht …« Ben kam schnell auf mich zu und ging vor mir in die Hocke. Er stützte sich mit einer Hand an meinem Bett ab und ich rückte ein Stück zur Seite, da Thomas entsetzt nach Luft schnappte.

Ben war anzusehen, dass ihm ein Gedanke durch den Kopf geschossen war, der ihn förmlich elektrisierte. Er öffnete den Mund und fuhr sich mit der Zunge über die Lippen. »Lu, könntest du Thomas etwas fragen? Für mich?«

Thomas hatte neben Ben Stellung bezogen und zischte giftig: »Zuerst sollte Mr Fahey eine angemessene Entfernung zwischen sich und das Bett der Lady bringen.«

Ich teilte Ben Thomas' Forderung mit und war froh, somit einen Vorwand zu haben, Ben auf Abstand zu bringen. Seine Nähe beeinträchtigte meine Fähigkeit, klar zu denken, enorm.

Ben erhob sich rasch und fragte in die leere Zimmerecke: »Wirst du mir dann eine Frage beantworten?«

Ich wiederholte für Ben, was Thomas darauf geantwortet hatte: »Würde die Antwort dazu beitragen, dass Mr Fahey bald abreist?«

Ben nickte. »Vielleicht.«

»Dann raus damit!« Thomas rieb sich die Hände. »Lieber heute als morgen möchte ich Mr Fahey fahren sehen.«

»Leg los«, sagte ich und war gespannt, was Ben so dringend von dem Geist erfahren wollte.

Ben massierte seinen Nasenrücken und Thomas und ich sahen zu, wie er nach Worten rang. Er ging ein paarmal auf und ab und drehte sich schließlich mit einem Blitzen in den Augen um. »Thomas, wenn du so vieles beobachtet hast, was sich in deiner Zeit als Geist hier im Gebäude abgespielt hat … kann es sein, dass du gesehen hast, was mit meinem Vater passiert ist? Auf der Dachterrasse. War es ein Unfall?«

Mir wurde ganz flau in der Magengegend und ich starrte Thomas an. Wollte ich die Antwort hören? Wollte ich hören, dass Michael von meinem Vater gestoßen worden war? Dass Dad ein Mörder war?

Thomas stand mit verschleiertem Blick da und überlegte lange, ehe er sagte: »Nein, tut mir leid. Ich war an diesem Abend nicht auf der Dachterrasse.«

Erst jetzt bemerkte ich, dass ich die Luft angehalten hatte, und atmete erleichtert aus. Ich schüttelte die unangenehme Erkenntnis ab, dass ich mich so sehr vor der Antwort gefürchtet hatte, weil ich insgeheim nicht ausschließen konnte, dass Dad irgendetwas damit zu tun hatte.

Nach einem Räuspern sagte ich leise: »Er hat leider nichts gesehen.«

Ben blickte versehentlich genau dorthin, wo Thomas stand. Das war dem Geist so unangenehm, dass er seine dunkelgraue Weste richtete und an seinem Halstuch zupfte. Ben hätte vermutlich auch durch ihn hindurchgesehen, wenn Thomas aus Fleisch und Blut gewesen wäre, so tief war er in Gedanken versunken.

»Und die anderen? Es gibt doch noch mehr Geister im Runmore Manor. Haben die vielleicht etwas beobachtet?«

Thomas schnaubte. »Seine Lordschaft hält sich öfter auf der Dachterrasse auf.«

»Echt?« Ich war überrascht. »Der Lord hängt auf der Dachterrasse ab? Was sucht er denn da?«

»Dort findet er Ruhe und Ablenkung. Er lässt gern den Blick über sein Anwesen schweifen und …«

»Der Lord? Edward?« Bens Ausruf unterbrach Thomas. »Können wir ihn fragen?«

»Ich werde seine Lordschaft nicht mit solchen Fragen belästigen. Lord Runmore hat fürwahr Wichtigeres zu tun«, stellte Thomas klar.

Auch ich fühlte einen starken Widerwillen. Die Gefahr, dass der Lord wirklich etwas gesehen haben könnte, war mir einfach zu groß. »Du kennst den Lord nicht, Ben. Er ist ein cholerischer, wütender Mann. Er würde uns nicht helfen.«

»Können wir es nicht wenigstens versuchen?«

»Der Lord hat kein Interesse daran, jemandem einen Gefallen zu tun, glaub mir.«

»Fragen wir ihn trotzdem.« Ben ließ nicht locker, und ich dachte nach. Ich hatte noch nie über persönliche Dinge mit dem Lord gesprochen, wusste aber sehr gut, dass der alte Brummkopf nichts für meinen Vater übrig hatte. Er überhäufte Dad mit üblen Beleidigungen, wann immer er ihm begegnete. Lag es daran, dass er wusste, was sich damals abgespielt hatte?

Energisch schüttelte ich den Kopf. »Auf keinen Fall. Ich habe gerade genug Probleme, da muss sich nicht noch zusätzlich ein ausgeflippter Poltergeist einmischen.«

Ben schwieg. In seinen Augen lag ein Ausdruck, den ich nicht deuten konnte.

»Ich würde gern aufbrechen, denn ich habe noch zu tun. Seine Lordschaft erwartet mich, damit ich ihm den Kamin anheize und eine Flasche Whiskey aus dem Keller hole.« Thomas ging zur Tür und ließ wie zuvor Sophie ein Geisterdouble davon erscheinen. Dieses zog er auf und blieb auffordernd darin stehen. »Mr Fahey darf sich jetzt verabschieden.«

»Thomas wünscht, dass du jetzt gehst«, sagte ich und sah mich schon unter der wohlverdienten warmen Dusche, die mir helfen würde, wenigstens etwas Entspannung zu finden.

»Kommt nicht infrage«, beschied Ben.

Thomas und ich qualifizierten uns für die Meisterschaft in entsetztem Synchronsprechen: »Wie bitte? Was soll das denn heißen?«

»Ich werde die Nacht hier verbringen.«

»Nur über meine Leiche!«, rief Thomas.

»Du bist ein Geist«, sagte ich zum Stallburschen und wandte mich empört an Ben. »Wie kommst du darauf, dass ich dir das erlauben würde?«

Ben blieb, wo er war, doch mit seinem Blick stellte er eine verwirrende Nähe her. »Solange wir nicht wissen, was nachts mit dir passiert, wird jemand auf dich aufpassen müssen. Du könntest dich wieder verletzen. Und keine Angst, ich habe nicht vor, in deinem Bett zu schlafen.« Er nahm die Jacke von dem Stuhl vor der Frisierkommode und breitete sie vor meinem Bett aus. »Hättest du eventuell ein Kissen übrig?«

»Warte. Du könntest mir doch deine Handynummer geben, dann rufe ich dich einfach an«, schlug ich vor.

»Dumme Idee. Erstens würdest du mich wahrscheinlich dauernd anrufen, wenn du meine Nummer hast.«

»Haha!«

»Und zweitens glaube ich nicht, dass du mittlerweile so gut im Schlafwandeln bist, dass du währenddessen noch dein Handy bedienen kannst.«

»Thomas kann auf mich aufpassen.«

»Kann er das?« Ben suchte mit den Augen vergeblich das Zimmer ab. »Kann er dich auffangen, wenn du irgendwo runterstürzt? Kann er dich davon abhalten, dich an einem scharfen Gegenstand zu verletzen?«

Thomas schlug die Geistertür mit einem solchen Rums zu, dass ich sicher war, auch Ben spürte die Erschütterung. »Ich werde diesem Lüstling nicht gestatten, hier …«

»Thomas!« Ich brachte ihn mit einer energischen Geste zum Schweigen. Einen zeternden Geist konnte ich jetzt nicht gebrauchen, die Situation war auch so schon irritierend genug. Die Vorstellung, dass Ben sich solche Sorgen um mich machte, dass er sogar in Kauf nahm, die Nacht auf dem harten Boden zu verbringen, ließ mein Herz schneller klopfen.

Ich betrachtete Ben, der mit dem Fuß den kleinen Teppich vor meinem Bett zurechtrückte. Sein Gesicht war vollkommen entspannt, er wirkte kein bisschen nervös.

Wenn ich einen Fragebogen hätte ausfüllen müssen, wie der Junge, der in meinem Zimmer übernachten darf, aussehen sollte, ich hätte ohne jeden Zweifel eine ziemlich genaue Beschreibung von Ben Fahey abgeliefert. Aber ich hätte mir etwas andere Umstände gewünscht.

Ich griff nervös nach meinem Medaillon und atmete tief ein. Mir war auf einmal furchtbar schwindelig.

Ben hob den Kopf. »Lu?«

Ich schaffte es nicht mehr zu antworten.

Ich stehe im Kaminzimmer. Ein loderndes Feuer spendet Wärme und taucht den Raum in ein behagliches Licht. Ich halte die Hände von mir gestreckt und schaue in die Flammen, bevor mein Blick hoch zu dem Gemälde wandert, das in einem goldenen Rahmen darüberhängt.

Ich blinzle verwirrt. Es ist nicht das Prachtgemälde, das ich erwartet habe, es ist das Porträt von Edward.

Sein Name verursacht mir einen wohligen Schauer und ich spreche ihn leise aus. Dann drehe ich mich um und entdecke etwas in der Ecke. Unter einem Leinentuch schauen die Füße einer Staffelei hervor. Neugierig gehe ich darauf zu und hebe einen Zipfel des Tuchs an. Ich rieche Ölfarbe und verziehe verdrießlich die Nase, bevor ich das darunter verborgene Bild genauer anschaue.

Abscheu erfüllt mich, als ich Mary erkenne. Es ist das Prachtgemälde, gerade fertiggestellt.

Natürlich! Der Funke eines eigenen Gedanken blitzt auf. Es ist wieder ein Traum und ich befinde mich in der Vergangenheit. Gespannt verfolge ich, was geschieht, will genau aufpassen, damit ich später Ben davon erzählen kann. Ben … Wie zuvor bei Edwards Namen erfasst mich ein angenehmer Schauer und ich muss an sein Gesicht denken, an seine schönen Augen mit dem fesselnden Blick.

Ich ziehe das Tuch ganz weg und erstarre. Dort, an Marys Seite, ist nicht Frederick zu sehen, es ist Edward. Zorn durchströmt mich beim Anblick des glücklichen Paares. Ich will die beiden nicht zusammen sehen, kann es nicht ertragen und kann dennoch nicht den Blick von dem Gemälde wenden. Edward hat es anfertigen lassen und will es Mary zur Hochzeit schenken. So ist das also …

Die andere *ist in Gedanken versunken. Das ist meine Chance. Ich konzentriere mich, mobilisiere meine Kräfte, um den rechten Arm leicht zu heben. Die andere Person in meinem Körper bemerkt es nicht, sie ist immer noch abgelenkt. Es gelingt mir, mit dem Zeigefinger eine senkrechte Linie in die an der Oberfläche bereits gut getrocknete Farbe zu ritzen. Schweiß tritt mir auf die Stirn, so sehr muss ich darum kämpfen, den Arm auch nur für diese wenigen Millimeter bewegen zu können. Danach ziehe ich eine kürzere waagerechte Linie darunter und versuche, nicht hinzuschauen, damit die andere Person in mir es nicht bemerkt.*

Wenn ich mich ungeschickt angestellt habe, ist ein Schaden entstanden, der von dem Künstler umgehend ausgebessert wird. Falls ich jedoch geschickt war, wird das kleine, unauffällige L am rechten Rand des Prachtgemäldes die nächsten einhundert Jahre überdauern und Ben, Thomas und auch mir beweisen, dass ich nicht allmählich den Verstand verliere.

Schon packt mich wieder die nackte Wut. Meine Hände greifen nach dem Gemälde, ich will es in das Feuer werfen, will, dass die Flammen es auffressen, will das widerliche Strahlen auf Marys Gesicht zerstören.

Jemand kommt in den Raum. Ich höre eine vertraute Stimme, die entsetzt einen Namen ruft. Meine Beine knicken weg und ich verliere das Gleichgewicht. Im Fallen drehe ich mich um und schaue in das erschrockene Gesicht von Sophie, bevor alles um mich herum schwarz wird.

23. KAPITEL

»Lu!«

»Hören Sie auf, die Lady zu schlagen!«

»Lu, hörst du mich?«

»Sie sollen das lassen!«

»Sag was, Lu!«

Die aufgeregten Stimmen klangen weit weg und dumpf, als hielten sich die Sprecher Kissen vor den Mund. Nur mit Mühe konnte ich sie schließlich Ben und Thomas zuordnen.

»Ich warne Sie, Mr Fahey. Wenn Sie der Lady noch einmal auf die Wange schlagen, werde ich Sie zur Rechenschaft ziehen. Benutzen Sie Riechsalz, wie jeder zivilisierte Mensch.«

Ich spürte ein leichtes Brennen auf der Wange. »Was ist denn los?«

»Lu! Du hast mich vielleicht erschreckt.«

Ich schlug die Augen auf und verschaffte mir einen Überblick über meine Umgebung.

Ich lag auf dem Boden. Schon wieder. Diesmal im kleinen Kaminraum, den Dad als Arbeitszimmer hatte nutzen wollen.

Ich spürte, wie sich kräftige Arme um mich legten. Ben kniete neben mir und zog mich fest an sich.

Hätte ich nicht schon auf dem Boden gelegen, seine Nähe hätte mir glatt die Beine weggehauen. »Es geht wieder, Ben. Du kannst mich jetzt loslassen.«

»Haben Sie gehört? Lassen Sie sie los«, sagte Thomas und beugte sich zu mir herunter. »Lu, wie geht es dir?«

»Alles in Ordnung. Ich bin wieder da.« Um meine Behauptung zu überprüfen, bewegte ich Arme und Beine und stellte fest, dass ich wieder Herr über meinen Körper war.

Ben ließ mich vorsichtig los und half mir, mich aufzurichten.

»Okay. Das war abgefahren«, sagte er und strich sich die Haare aus dem Gesicht. Er war ziemlich blass und ließ mich nicht aus den Augen. »Kannst du allein stehen?«

»Klar.« Sicherheitshalber hielt ich mich an dem Ledersessel fest. »Was ist denn passiert?«

»Du bist auf einmal wie ferngesteuert aus deinem Zimmer gelaufen. Mir war klar, dass du wieder schlafwandelst, und ich hab gar nicht erst versucht, dich aufzuhalten, als du in diesen Raum hier gegangen bist.« Ben beobachtete mich argwöhnisch. »Kannst du dich wirklich allein auf den Beinen halten?«

Benommen griff ich mir an die Stirn. »Wisst ihr was? Ich kann mich gar nicht daran erinnern, eingeschlafen zu sein.«

Ben und Thomas starrten mich an. Mein Griff, mit dem ich mich an den Ledersessel klammerte, wurde fester. »Der Traum, oder was auch immer es war, kam einfach über mich. Ohne Vorwarnung.«

Bisher hatten sich diese Träume wenigstens an eine feste Regel gehalten: Sie begannen erst, wenn ich schlief.

»Was willst du damit sagen?«, fragte Ben heiser. »Wird Sophie stärker?«

»Sophie?«, rief Thomas aufgebracht. »Verdächtigen Sie etwa unsere Sophie? Sie müssen ein sehr ehrloser Mann sein, wenn Sie eine so gute und unbescholtene Frau in Verruf bringen.«

»Lass ihn in Ruhe!« Auch ich wurde laut. »Nicht Ben hat sie verdächtigt, sondern ich.«

»Aber … Aber wie kannst du nur? Sophie liebt dich wie eine Tochter. Vom ersten Tag an warst du ihr Ein und Alles.« Thomas ließ betroffen die Arme hängen.

»Was sollte ich denn sonst denken?«, fuhr ich ihn an. »In meinen Träumen hab ich ein Zimmermädchenkleid an, verstehst du? Ich befinde mich in einem anderen Körper. In einer anderen Zeit.«

»Und gleichzeitig befindet sich jemand in deinem Körper in dieser Zeit«, ergänzte Ben. »Jemand benutzt dich.«

Ich rieb mir mit beiden Händen über die Stirn und holte tief Luft. »In einem dieser Träume habe ich ein Spiegelbild gesehen, Thomas. Nur ganz kurz und nicht sehr deutlich, aber ich hätte schwören können, dass es Sophie war.«

»Nein.« Der Stallbursche verschränkte mit steinerner Miene die Arme. »Ich will nicht glauben, dass du wirklich so etwas von Sophie denken kannst.«

»Das tue ich auch nicht mehr.« Ich wandte mich an Ben. »Es kann nicht Sophie sein. Ich habe sie gesehen. Sie kam herein, als ich in diesem Raum war und das Gemälde am liebsten in den Kamin schmeißen wollte.«

»Ich erinnere mich an diesen Abend.«

Mein Herz setzte für einen Schlag aus. Sophie erschien neben mir, mit zum Boden gesenktem Blick.

»Es tut mir so entsetzlich leid, Sophie«, sagte ich mit zugeschnürtem Hals. »Wie konnte ich nur glauben, dass du zu so etwas imstande wärst?«

»Es ist nicht die Schuld der jungen Lady«, sagte Sophie sanft, wich meinem Blick aber weiter aus. »Wir sahen uns zwar nicht besonders ähnlich, hatten aber die gleiche Statur. Sie trug sogar ihr Haar genau wie ich. Von weitem sind wir oft miteinander verwechselt worden, meine Schwester Beth und ich.«

Ich stand da wie vom Donner gerührt. Thomas war neben Sophie getreten und strich ihr tröstend über den Rücken. Ben sah mich mit einem verständnislosen Ausdruck an.

»Beth«, murmelte Thomas gedankenverloren. »Wie konnte ich Beth vergessen?«

»Du hast mir nie erzählt, dass du eine Schwester hast«, sagte ich zu Sophie und konnte nicht verhindern, dass meine Stimme ein wenig vorwurfsvoll klang.

»Ich habe sehr lange nicht an sie gedacht, so wie Thomas.« Sophie sah mich traurig an. »Als die junge Lady eben von dem Zimmermädchen in ihrem Traum erzählt hat, war es, als wäre eine verschlossene Tür in meiner Erinnerung aufgegangen.« Sie schluchzte leise auf. »Meine eigene Schwester. Wie konnte ich sie nur vergessen?«

Mit zitternden Schultern wandte sie sich ab und ging auf die Tür des Kaminzimmers zu. Sie wurde mit jedem Schritt durchsichtiger und verschwand, noch ehe sie sie erreicht hatte.

»Beth war nicht gerade der Stolz der Familie«, bemerkte Thomas rätselhaft und folgte Sophie, indem er auf die gleiche Weise den Raum verließ.

»Wir sind jetzt allein«, klärte ich Ben müde auf, der mich noch immer fragend ansah. »Zumindest wissen wir jetzt, wer mich als Portal benutzt: Beth. Sophies Schwester, die ihr anscheinend gerade erst wieder eingefallen ist.« Ich schüttelte den Kopf. Konnte dieser Tag noch verrückter werden?

»Das ergibt einfach keinen Sinn«, sagte Ben nach einer Weile.

Ich seufzte und ließ mich in den Sessel vor dem Kamin fallen. »Warum nicht?«

»Wie viele Geister gibt es auf Runmore Manor?«

Das hatte ich ihm doch schon tausendmal erzählt. Ich strich mir in einer unwirschen Geste die Haare zurück. »Drei. Die Zofe, den Stallburschen und den Lord.«

»Und diese Beth war Sophies Schwester?«

»Sieht so aus.«

»Wenn sie kein Geist ist, dann ist sie doch schon lange tot. Wie soll sie dich als Portal benutzen?«

»Ich … äh, ich habe keine Ahnung«, gab ich zu.

Bens Augen wurden schmal. »Was ist mit Edward? Nach allem, was du mir erzählt hast, kommt er doch in vielen deiner Träume vor.«

Ich nickte. »Er hat damit zu tun, ganz ohne Zweifel.«

»Dann sollten wir überlegen, welche Rolle er bei der ganzen Sache spielt.«

»Moment!« Ich stand auf und stellte mich vor den Kamin. Mir war etwas aus meinem Traum eingefallen. Das Prachtgemälde, das darüber hing, zeigte Mary und Frederick, so wie ich es gewohnt war. »Ich habe dieses Bild gesehen, im Traum. So, wie es damals ausgesehen hat. Darauf war Mary mit *Edward* abgebildet, nicht mit seinem Bruder.«

»Du meinst«, Ben kam neugierig näher und stellte sich neben mich, »man hat Frederick später einfach über Edward drübergepinselt?«

»Mir kam dieses Bild schon immer irgendwie falsch vor.« Ich tippte mir nachdenklich ans Kinn. »Weißt du, was ich glaube? Mary hat Edward wirklich geliebt.«

»Warum auch nicht? Er war gut situiert, angesehen und machte echt was her. Wenn sie ihn vor der Hochzeit noch nicht so gut kannte und nichts von seinem üblen Charakter wusste, kann es doch sein, dass sie ganz angetan von ihm war.«

»Du meinst, er hat ihr etwas vorgemacht?« Ich erinnerte mich an eine Szene aus einem meiner Träume, in der Edward Mary im Salon hochgehoben und im Kreis herumgewirbelt hatte. Die beiden hatten schwer verliebt gewirkt. Wie richtige Turteltauben.

Ich schniefte abfällig und mein Blick fiel auf die rechte Bildseite. Mit zusammengekniffenen Augen betrachtete ich die Oberfläche der Ölfarbe genauer.

»Siehst du das da?«, fragte ich aufgeregt und deutete mit zitterndem Finger auf einen länglichen Riss. »Ich weiß es wieder, Ben! Ich habe im Traum ein Zeichen hinterlassen, so wie du wolltest. Ich habe ein L hineingeritzt.«

Ben packte kurzerhand den Rahmen des Gemäldes, nahm es vom Haken und hob es vorsichtig herunter. Er stellte es auf dem Boden ab und lehnte es gegen den Sessel. Voller Spannung gingen wir beide davor in die Hocke und starrten das kleine, aber unverkennbare L an. Ich war so fasziniert, dass ich meine Hand danach ausstreckte.

Das L war zwischen den in all den Jahren natürlich entstandenen Rissen auf der versiegelten Oberfläche kaum auszumachen, man entdeckte es nur, wenn man genau wusste, wonach man suchte.

Ich zuckte zusammen, als Ben blitzschnell mein Handgelenk umfasste. Er beugte sich vor und betrachtete meinen Zeigefinger genauer.

»Das ist Farbe, da unter deinem Nagel«, stellte er fest. Er schnupperte an meiner Hand. »Frische Ölfarbe.«

24. KAPITEL

Mein Bett war außerordentlich bequem. Ich wand mich behaglich und kuschelte mich tiefer in mein Kissen. Das wundervolle Gefühl eines schönen, wenngleich flüchtigen Traums erfüllte mich und ich atmete zufrieden durch.

Ein klapperndes Stupsen an meiner Schulter störte diesen Zustand der Glückseligkeit und ich drehte den Kopf zur Seite. Das Stupsen mit spitzen Fingern wurde beharrlicher und das Klappern lauter und ich nörgelte: »Was? Ich kann ausschlafen.«

Wieder wurde gestupst, diesmal sogar noch fester, und ich schlug die Augen auf. Vor meinem Bett stand Emma mit zusammengekniffenen Lippen.

»Emma?« Ich setzte mich alarmiert auf. »Ist etwas passiert?«

Sie trat einen Schritt zurück und verschränkte die Arme vor der Brust. Auf ihrem Gesicht lag eine Mischung aus Enttäuschung und Ärger. »Offensichtlich ist eine Menge passiert.«

»Ich verstehe nicht …« Ich wollte aufstehen und griff wie selbstverständlich nach dem Arm, der auf meiner Hüfte lag.

Fast im selben Augenblick ließ ihn wieder los. »Ach, du Sch…«

Ich drehte den Kopf und warf einen Blick neben mich. Ben lag hinter mir, sein Gesicht zwischen zwei Kissen verschwunden, den Arm um meine Hüften gelegt.

»Ach, du Sch…«, wiederholte ich wie vom Donner gerührt.

»So ist das also.« Emmas schwarze Augen blitzten. »Kein Wunder, dass du nicht mehr zu erreichen bist.«

Mit einem Satz sprang ich aus dem Bett, fuhr mit den Händen über meinen Oberkörper und stellte erleichtert fest, dass ich weit davon entfernt war, nackt zu sein. »Emma, das sieht jetzt echt blöd aus, aber …«

»Du hast recht. Das sieht jetzt echt blöd aus.« Emma legte den Kopf schief und verzog den Mund. »Ich wollte dich eigentlich überraschen und fragen, ob wir zusammen frühstücken gehen.«

»Klingt super. Warte, ich mache mich schnell im Bad fertig.«

»Das ist jetzt nicht dein Ernst, oder?«

»Was? Warum denn nicht?«

»Ich erwische dich in flagranti, und du tust, als wäre nichts?«

»Jetzt hör aber auf. Es ist doch auch nichts. Warum regst du dich denn so auf?«

Emma schnappte nach Luft. »Seit wann haben wir Geheimnisse voreinander? Warum hast du mir nicht gesagt, dass du auf Ben stehst?«

»Emma«, sagte ich möglichst beruhigend und streckte eine Hand nach ihr aus, doch sie wich mit klappernden Armreifen zurück. »Ich steh doch gar nicht …«

»Ich hoffe, er ist es wert.« Sie drehte sich um und rauschte ab.

Das Schlagen der Tür ließ Ben erschrocken hochfahren. Sein dunkles Haar stand wirr vom Kopf ab und er kniff verschlafen ein Auge zusammen. »Was war das denn?«

»Das war Emma.« Es kostete mich große Mühe, ihn nicht hysterisch anzubrüllen. »Emma, die dich in meinem Bett erwischt hat.«

»Erwischt?« Ben kratzte sich am Kopf und gähnte, als hätte er mit alldem nicht das Geringste zu tun.

Jetzt gingen die Pferde doch mit mir durch. »Verdammt, Ben! Was hast du in meinem Bett zu suchen?« Ich lief zu meinem Schrank, zerrte meine Strickjacke hervor und zog sie mir über.

»Ist das dein Ernst? Ich lag *vor* deinem Bett«, verteidigte er sich. »Ich habe geschlafen, bis du angefangen hast zu wimmern.«

»Ich habe nicht gewimmert«, giftete ich ihn wütend an.

»Stimmt. Es war mehr ein Winseln. Wie ein kleiner trauriger Hundewelpe«, antwortete Ben in schärferem Ton. Bevor ich ihn empört zurechtweisen konnte, setzte er sich auf. »Echt mitleiderregend.«

Mitleid? Das Wort ließ mich endgültig überkochen. »Und dann bist du aus lauter Mitleid unter meine Decke gekrochen?«

»Du spinnst doch!« Ben schwang die Beine aus dem Bett, richtete mit ein paar Handgriffen seine Frisur und stand auf. »Du hast nach meinem Ärmel gegriffen und mich praktisch ins Bett gezogen. Was sollte ich machen? Ich war auch müde.«

»So?« Ich verließ endgültig das Terrain des kühlen Kopfes und betrat das Feld der hitzigen Patzigkeit. »Das passiert dir bestimmt öfter, dass dich winselnde Mädchen in ihr Bett zerren.«

»Nein.« Ben ging an mir vorbei zur Tür. »Bisher hat das noch keine geschafft.«

Das war das zweite Mal an diesem Morgen, dass meine Tür zugeschlagen wurde.

Ich stieß einen gedämpften Schrei aus und sah mich nach etwas um, das ich an die Wand werfen konnte. Mein Blick fiel auf eine kleine unschuldige Dose auf meiner Frisierkommode und ich lief bereits darauf zu, als ein Flimmern neben mir das Erscheinen eines Geistes ankündigte.

»Sophie!«, stieß ich erleichtert aus. Ich war so froh, die Zofe zu sehen, dass ich die Dose verschonte.

Sophie machte einen tiefen Knicks und sah mich fragend an. »Ich wollte nicht lauschen, aber diese Szene war leider nicht zu überhören. Ich dachte, die junge Lady könnte jetzt vielleicht eine Freundin gebrauchen?«

In mir platzte ein Knoten und die Worte sprudelten nur so hervor. »Sophie, bitte verzeih mir. Ich habe mich so dumm verhalten. Ich wollte dich nicht verletzen, ehrlich. Kann ich das je wiedergutmachen?«

Sophie hörte stumm zu, wie ich wieder und wieder um Entschuldigung bat, und lächelte mich an. Sie zog ihre Geisterbürste aus der Tasche und fragte: »Darf ich das Haar der jungen Lady bürsten?«

Ich setzte mich eilig auf mein Bett. »Ich kann dir gar nicht sagen, wie schön es ist, dich hierzuhaben. Ich habe dich ganz schlimm vermisst.«

»Ich trage der Lady nichts nach«, sagte Sophie und ihre Bürste ließ eine Reihe von Nebelfetzen auf mein Haar rieseln. »Aber Miss Emma scheint leider nachtragender zu sein.«

»Hm«, machte ich. Wenn ich ehrlich war, wusste ich genau, warum Emma sich so aufregte. Sie mochte Ben. Sehr sogar. Ich hatte es gewusst, seit sich die beiden zum ersten Mal im Iff Only begegnet waren.

Ich war eine verdammt miese Freundin.

»Na ja«, murmelte ich leise. »An ihrer Stelle wäre ich auch sauer. Ben gefällt ihr.«

»Man kann sich zwar auf den Kopf stellen, ändern wird man die Dinge dadurch aber nicht. Der junge Mr Fahey hat sich eben für die junge Lady entschieden. Das sollte Miss Emma akzeptieren.«

Die Feuerameisen gingen in Stellung und rückten aus. »Meinst du wirklich?«

»Hm. Ich kann nur sagen, was ich sehe. Und gestern Abend sah ich einen vollendeten Gentleman.«

»Gestern Abend?« Ich drehte den Kopf, um Sophie angucken zu können.

Sie spitzte die Lippen und nickte. »Ich gebe zu, ich fand einfach keine Ruhe, ohne im Zimmer der jungen Lady nach dem Rechten gesehen zu haben. Die Lady kann sich vorstellen, wie schockiert ich war, als ich einen Mann vor ihrem Bett fand. Natürlich musste ich bleiben, um jederzeit für den Ruf der Lady bürgen zu können.«

»Ja. Mein Ruf könnte schwer beschädigt werden«, murmelte ich ungeduldig.

»Die junge Lady sah erst ganz zufrieden aus. So wie früher, als sie noch ein zuckersüßes Baby war und friedlich im Schlaf geschmatzt hat.«

»Ich habe weder gewinselt noch geschmatzt.«

»Winseln würde ich das nicht nennen.«

»Na bitte.«

»Eher ein klägliches Wimmern.«

Ich zählte in Gedanken bis zehn und Sophie fuhr fort: »Es war so herzzerreißend, dass ich nicht mehr ein noch aus wusste. Zum Glück ist der junge Herr davon wach geworden. Er hat eine gute Weile hilflos vor dem Bett gestanden und dann versucht, die junge Lady zu wecken. Ganz sanft hat er immer wieder den Namen Ihrer Ladyschaft gesagt und behutsam über ihr Haar gestrichen, so, wie ich es auch gern getan hätte. Als ein Mann von Ehre hat er sich dabei zurückgehalten. Aber aufgewacht ist die Lady davon nicht.«

»Ich weiß. Sonst hätte ich ihn aus meinem Zimmer geworfen.« Hochkant.

Sophie ging nicht auf meinen Einwurf ein. »Und als die

Lady Mr Faheys Ärmel festhielt, konnte der arme Mann ihn ja schlecht einfach zurückreißen. Er stand sehr lange vor dem Bett. Er hat sogar ein bisschen verzweifelt gewirkt.« Sophie kicherte und ihre Bürste puffte ein Wölkchen aus. »Erst als die Lady sich im Bett umdrehte, lief er Gefahr, sich den Arm auskugeln zu lassen. Da hat er sich dazugelegt. Ich habe es sehr genau beobachtet. Die Lady hörte augenblicklich auf zu schluchzen, und Mr Fahey hat erst die Augen geschlossen, als sie ganz ruhig schlief.«

Ich musste daran denken, wie gut ich mich gefühlt hatte, kurz bevor ich endgültig aufgewacht war und Emma entdeckt hatte. Das hatte zweifellos an Bens Nähe gelegen.

Die Feuerameisen auf meiner Haut trugen ein Kribbeln von meinen Fingerspitzen bis zu den Füßen und wieder zurück. Ben hatte mir also die Wahrheit gesagt, ich hatte ihn in mein Bett gezogen. Mehr oder weniger. Er war nur wegen meines unruhigen Schlafs besorgt gewesen.

Warum missverstanden Ben und ich uns eigentlich andauernd? Es war zum Mäusemelken.

Ich bemerkte, dass Sophie mich fragend ansah, und räusperte mich. »Das hast du zugelassen?«

Das wunderte mich, denn es war eher untypisch für Sophie, für die ein gewöhnlicher Kuss schon einem Heiratsversprechen gleichkam. Mich mit einem jungen Mann im selben Bett schlafen zu lassen, war ihr bestimmt nicht leichtgefallen.

»Die Lady würde vor Scham in Ohnmacht fallen, wenn sie wüsste, was ich in diesem Hotel schon alles gesehen habe.«

Sophie fächelte sich mit der freien Hand Luft zu. »Und ich bin sicher, die meisten Gäste sind nicht einmal verheiratet.«

»Zumindest nicht miteinander«, ergänzte ich.

»Du meine Güte!«, stieß Sophie leise aus und fächelte heftiger. »Die Zeiten haben sich doch sehr geändert.«

Ich grinste. »Man darf heute ruhig einen Freund haben. Niemand findet etwas dabei.«

»Die Zeiten haben sich geändert«, wiederholte Sophie streng, »was nicht heißt, dass es eine Verbesserung ist.«

Nach einer Weile räusperte ich mich. »Weißt du, ich wäre nie auf die absurde Idee gekommen, ich hätte dich in meinem Traum gesehen, wenn ich früher von Beth gewusst hätte.«

Sophie ließ die Bürste sinken. »Ich weiß nicht, wie ich das erklären kann. Ich habe einfach sehr, sehr lange nicht mehr an Beth gedacht. So herzlos das klingen mag, bis gestern hatte ich ganz vergessen, dass ich überhaupt je eine Schwester hatte.«

»Ihr habt euch nicht nahegestanden?«

»Sie hat mich gehasst.«

»Was?« Mein Mund stand offen. Wie sollte man Sophie hassen können? Wie sollte die eigene Schwester das können?

»Sie war *anders*«, sagte Sophie nur.

»Und du? Hast du sie auch gehasst?«

»Ich habe noch nie jemanden gehasst. Und schon gar nicht Beth. Ich wollte nur ihr Bestes. Deshalb habe ich ihr die Arbeit auf Runmore Manor verschafft.« Sophie seufzte. »Es war ein Fehler. Beth war schon immer überaus ehrgeizig. Sie hat ihre Hoffnung in den jungen Lord gesetzt.«

»Edward?«, fragte ich verblüfft. »Beth wollte etwas von ihm?«

Sophie steckte die Bürste zurück in die Tasche. »Der Lord schenkte Beth mehr Aufmerksamkeit, als ihr guttat. Als jedoch Mary Drawlish in sein Leben trat, war Beth natürlich Luft für ihn. Sie hat mit mir nie darüber gesprochen, aber ich weiß, dass sie tief verletzt war.«

»Deshalb ist sie so wütend auf Mary«, murmelte ich. Jetzt machten die dunklen Gefühle, die ich in meinen Träumen oder Zeitreisen oder was auch immer verspürte, plötzlich Sinn. Ich schauderte. »Sophie … das Mädchen aus meinen Träumen, wenn es wirklich Beth ist … dann muss sie sehr gefährlich gewesen sein. Du kannst dir nicht vorstellen, was für Gedanken sie hat, wenn sie Edward und Mary zusammen sieht.«

»Ich wünschte, ich könnte sagen, dass sich das gar nicht nach Beth anhört.« Sophie sah mich traurig an. »Aber meine Schwester war eben … anders.«

»Was meinst du damit?«

Sophie stockte. »Sie glaubte an Dinge, die ich vor den Ohren der jungen Lady nicht mal aussprechen möchte.«

»Was für Dinge?«

»Dunkle Dinge.« Sophie senkte den Kopf. »Die anderen Zimmermädchen haben sie eine Hexe genannt. Aber nur hinter Beths Rücken. Sie hatten Angst vor ihr.«

»Es tut mir leid«, sagte ich aufrichtig. Zu ihren Lebzeiten muss das eine schreckliche Bürde für die sittsame, auf ihren Ruf bedachte Sophie gewesen sein.

»Manche Dinge sollen eben geschehen. Das hat schon meine Großmutter gesagt, und sie war eine kluge Frau.« Eine kleine Träne lief über Sophies Wange. »Wenn die junge Lady mich nun entschuldigen würde«, flüsterte sie und machte einen Knicks.

»Natürlich«, erwiderte ich, obwohl mir noch eine Menge Fragen auf der Seele brannten.

Sophie drehte sich um und wurde mit jedem Schritt durchscheinender. Als sie schon fast verschwunden war, erklang ein fernes Wispern: »Ich habe Beth nie wiedergesehen.«

25. KAPITEL

Auf meiner Liste für diesen Tag standen folgende Dinge:

Punkt 1: Emma anrufen. Verdauen, dass sie höchstwahrscheinlich einfach auflegen würde. Wieder anrufen, um gleich weggedrückt zu werden. Ich kannte dieses Spielchen schon. Leider rechnete ich mir diesmal gute Chancen aus, vor dem Auflegen ein paar saftige Vorwürfe einstecken zu müssen.

Punkt 2: Ben suchen und ihm eine Entschuldigung so unterjubeln, dass er zufrieden und ich nicht bis auf die Knochen blamiert war. Gewinsel hin, Hundewelpe her.

Punkt 3: Den Lord zur Rede stellen. Ich war anscheinend von dem Geist einer krankhaft eifersüchtigen Hexe besessen, die unsterblich in Edward verliebt gewesen war. Wenn Sophie nicht über Beth reden wollte, musste er eben herhalten. Hoffentlich konnte wenigstens er sich noch an Beth erinnern.

Punkt 4: Das alte Verzeichnis mit allen je im Runmore Manor angestellten Dienstboten finden und nach Beth suchen.

Punkt 5: Emma anrufen und sie anbetteln, mir wenigstens die Chance zu geben, ihr alles zu erklären.

Punkt 6: Grübeln, was mich an Sophies Bemerkung über »Dinge, die geschehen sollen« so stutzig gemacht hatte.

Mit Punkt 6 beschäftigte ich mich bereits, seit ich aus dem Bad gekommen war. Punkt 1 hatte ich schon planmäßig absolviert, was mich später direkt zu Punkt 5 führen würde. Punkt 2 schob ich auf die lange Bank und widmete mich nach einem einsamen Frühstück Punkt 4. Doch egal, wie oft ich die Regale in der Bibliothek absuchte, das Buch mit den Namen der Dienstboten blieb verschwunden.

Nun blieb mir nichts anderes übrig, als mich dem wichtigsten und zugleich unerfreulichsten Punkt auf meiner Liste zu widmen.

Ohne große Begeisterung begab ich mich ins Kaminzimmer und betrat nach einem höflichen Klopfen den kalten Raum. Der Lord stand mit hinter dem Rücken verschränkten Armen vor dem Prachtgemälde. Wenn Geister auf ihren Schlaf genauso angewiesen waren wie lebendige Menschen, dann hatte der Lord diese Notwendigkeit auf jeden Fall schon länger ignoriert.

Er sah arg mitgenommen aus und hatte verquollene Augen, die nur deshalb nicht blutunterlaufen und dunkelrot waren, weil Rot auf der Farbskala der Geister nicht vorhanden war. Seine Kleidung war wie gewöhnlich in einem desolaten Zustand und auch seine Frisur sprach eine deutliche Sprache: Er hatte die Nacht wahrscheinlich mit der Stirn an eine Wand gelehnt verbracht.

»Ah«, sagte ich und trat auf ihn zu. »Ich habe dich gesucht. Du musst mir helfen.«

Der Lord wandte den Blick nicht mal von dem Gemälde und löste sich kommentarlos auf. Ich sah niedergeschlagen ein, dass für die Erledigung von Punkt 3 wohl doch mehr Hartnäckigkeit nötig war, als ich blauäugig angenommen hatte.

Ich kaute auf meiner Unterlippe und überlegte, wie ich den Lord dazu bringen konnte, mit mir zu sprechen, da klingelte mein Handy. Ich zog es hastig aus der Tasche und ging dran, ohne auf die Nummer zu schauen.

»Emma?«

Statt meiner ehemals besten Freundin meldete sich Mrs Tobey. Sie entschuldigte sich für die Störung und fragte, ob ich heute Nachmittag ein klein wenig Zeit erübrigen könnte.

»Ähm …« Für einen Punkt 7 hatte ich eigentlich keine Kapazitäten mehr frei. »Worum geht es denn?«

»Für unsere Kostümprobe brauchen wir noch ein dürres Ding. Joanne hat einen schlimmen Schnupfen und bevor das arme Kind vor dem Runmore-Feuer richtig krank wird, habe ich es nach Hause ins Bett geschickt. Ich denke, ein paar Teller Hühnersuppe sollten da helfen.«

»Okay?« Ich hatte den Bogen zum dürren Ding noch nicht geschlagen.

»Ja, Lu, jetzt bist du gefragt. Du musst nichts weiter tun, als Joannes Kleid anzuziehen, damit wir noch hier und da ein paar Stecknadeln setzen können. Es soll doch alles perfekt für die Aufführung passen. Es ist immerhin das 111. Runmore-Feuer, eine besondere Zahl.«

Ich zuckte zusammen. Eine besondere Zahl? Mrs Tobey plapperte noch ein wenig über die enorme Wichtigkeit der Proben und ich stimmte lustlos zu, als dürres Ding einzuspringen. Schon allein, um dieses Telefonat beenden zu können, versprach ich, später zur letzten Kostümprobe ins Iff Only zu kommen, und legte auf.

»Denk nicht, dass du mir so einfach davonkommst, Lord. Auch wenn du der Geist bist, ich werde dich so lange heimsuchen, bis du mit mir geredet hast.« Ich marschierte zur Tür und sagte mit geisterhaft verstellter Stimme: »Das ist ein Versprechen.«

Da ich als gute Tochter wenigstens einmal am Tag meine Mutter zu Gesicht bekommen wollte, machte ich mich auf zur Rezeption. Mum stand vor dem Tresen und unterhielt sich mit einem Paar, das gerade eingecheckt hatte. Sie zählte auf, was es für besondere Aktivitäten zu Halloween in Iffington gab, und betonte dabei besonders das Runmore-Feuer.

Ich musste an Estelles und Mums Girlandendiebstahl denken und grinste in mich hinein, als ich Bens Stimme vor dem Eingang hörte. Sie war ein wenig höher als sonst.

»Ja, du bist eine Süße. Eine wirklich Süße. Und so weich.«

Hä? War das die neueste Eroberungsmasche? Neugierig lief ich zur Tür und schaute hinaus. Ben kniete auf dem Boden und um seine Beine wuselte ein beigefarbener Fellball.

Die Frau, die den Fellball an der Leine hatte, lachte fröhlich, als Ben das Gleichgewicht verlor, nach hinten kippte und der Welpe diese Situation umgehend für einen Zungenkuss ausnutzte. »Sie ist erst vier Monate alt und muss noch eine Menge lernen.«

»Das kommt noch«, sagte Ben, nahm den Welpen behutsam hoch und kraulte ihn hinter den Ohren. Dabei fiel sein Blick auf mich. Er setzte den Welpen ab und grinste schief. »Hundewelpen sind wirklich das Niedlichste, was es gibt.«

Die Hundebesitzerin stimmte zu und musste sich anstrengen, den Welpen dazu zu bringen, von Ben abzulassen. Ben verabschiedete sich von den beiden und ging an mir vorbei ins Hotel.

»Ben, warte!«, rief ich und lief ihm nach.

»Oh. Lu Runmore spricht wieder mit mir.«

»Ich möchte mich entschuldigen«, sagte ich schnell, bevor mich der Mut verließ, und stellte mich so vor Ben, dass er nicht weitergehen konnte.

Seine Augen nahmen mich fest ins Visier. »Und?«

»Ähm … Es tut mir leid.«

»Und?«

»Und ich habe mich total dämlich verhalten.« Ich sammelte mich. »Du wolltest mir nur helfen und ich habe dir schlechte Absichten unterstellt. Das war nicht fair.« Ich machte ein Knautschgesicht, das dem des Welpen meiner Meinung nach sehr nahekam. »Verzeihst du mir?«

»Na gut.« Ben lächelte. Er hob eine Hand und wuschelte mir

durch die Haare. »Wer könnte einem kleinen, niedlich winselnden Hundewelpen denn widerstehen?«

»Danke«, sagte ich. »Sehr freundlich. Du kannst jetzt aufhören.« Ich zog meinen Kopf weg. »Hör auf. Ben!« Er nahm seine Hand erst zurück, als ich danach schlug. »Du bist echt unmöglich.«

Er lachte und für einen winzigen Moment wünschte ich mir, er würde nie damit aufhören.

»Zum Mitschreiben: Deine Sophie hatte eine Schwester, Beth. Die war eine Hexe. Sophie hatte sie vergessen und deshalb noch nie zuvor erwähnt. Und du willst jetzt herausfinden, warum sie in deinen Träumen auftaucht?«

»Im Großen und Ganzen: ja.«

Ben und ich saßen in unserer Küche. Ich hatte Tee für uns gemacht und Ben von meiner Unterhaltung mit Sophie erzählt. Er sah mich nachdenklich an. »Eine *Hexe*?«

»Na ja, das haben damals zumindest die anderen Zimmermädchen geglaubt.« Ich rührte in meiner Tasse herum. »Sophie wollte nicht so richtig mit der Sprache rausrücken.«

»Geister, Zeitreisen und jetzt auch noch Hexen?« Ben rieb sich über das Gesicht. »Wo bin ich hier nur gelandet?«

»Ich sag ja gar nicht, dass sie wirklich eine war. Aber Beth hatte definitiv Probleme.«

»Sie war in den verrückten Edward verliebt, sie kann also nicht ganz richtig in Kopf gewesen sein.«

»Ich weiß nicht …« Ich dachte an den Traum, in dem

Edward Mary durch die Luft gewirbelt hatte. »Ich glaube, er war zu Lebzeiten ganz anders. Eigentlich ist die Sache ja klar: Der Lord ist in dieser Geschichte eindeutig der Fiesling. Aber es gibt so viele Ungereimtheiten.«

»Welche zum Beispiel?«

»Na ja. Alle sagen immer, der Lord wäre ein schlimmer Choleriker gewesen. Und das ist er heute noch. Aber … Ich habe ihn mit Mary gesehen. Er war lammfromm. Glücklich eben.«

»Und Mary? Sah sie auch überglücklich aus?«

»Ich glaube schon.« Ich dachte scharf nach. »Aber wenn ich ehrlich bin, fand ich Mary immer schon eigenartig. Auf den Bildern, die ich von ihr kenne, ist sie zwar wunderschön, aber auch so verschlossen. Als hätte sie ein Geheimnis.« Dass mir bei ihrem Anblick immer ganz merkwürdig wurde behielt ich lieber für mich.

»Weißt du, was ich nicht verstehe?«, sagte Ben. »Wenn Mary wirklich in Edward verliebt war, hat sie ihn ja wohl kaum mit seinem Bruder betrogen. Also hatte Edward keinen Grund, eifersüchtig zu sein. Warum hat er dann das Feuer gelegt? Ich meine, so kurz vor der Hochzeit? Er war doch nur ein paar Tage davon entfernt, die Frau seiner Träume zu heiraten.« Ben stellte die Tasse vor sich ab. »Es muss einen anderen Grund gegeben haben, weshalb er so ausgerastet ist.«

Ein Bild schoss durch meinen Kopf, eine Szene aus einem Traum. Mary in ihrem Hochzeitskleid, das ich ihr zurechtstecke. Ihre Hand, die meine festhält. Ihr verschwörerisches Lächeln.

In meinem Kopf wartete ein Gedanke darauf, Klick zu machen. »Das klingt jetzt vielleicht komisch, aber ich glaube, Mary war nicht das unschuldige Mädchen, als das sie immer dargestellt wird.«

Ben sah mich aufmerksam an. »Wie kommst du darauf?«

»Keine Ahnung. Es ist mehr so ein Gefühl.«

»Du meinst, Mary könnte doch Dreck am Stecken gehabt haben?«

»Quatsch. Aber sie hatte ein Geheimnis.« Ich erwiderte Bens Blick aufgeregt. »Was, wenn Beth dieses Geheimnis kannte? Vielleicht ist das der Grund für meine Träume! Beth will mir zeigen, was damals wirklich geschehen ist.«

»Beth ist tot, Lu, und kein Stammgast. Sie kann dir gar nichts mehr zeigen wollen. Und ehrlich gesagt, sie scheint nicht gerade die vertrauenswürdigste Person gewesen zu sein.«

»Ich bin mir sicher, dass irgendetwas mit Mary nicht stimmt.«

»Okay. Das wäre zumindest ein möglicher Grund für Edwards Raserei. Seine Angebetete hat etwas vor ihm verheimlicht, etwas Wichtiges.«

»Sie hat bekommen, was sie verdient hat«, hörte ich mich plötzlich sagen, ohne zu wissen, woher die Worte kamen, ohne meine eigene Stimme überhaupt zu erkennen. *»Sie hat Edward auf dem Gewissen.«*

»Was?«, fragte Ben irritiert, doch ich achtete schon nicht mehr auf ihn.

Ein lang gezogener Schrei, wutentfesselt, verzweifelt, erklang. Erst ganz leise, als wäre die gequälte Seele weit entfernt, doch das Gebrüll kam immer näher, bis es ohrenbetäubend nah erscholl. Die Temperatur in der Küche war schlagartig so weit gefallen, dass sich auf der Oberfläche des Tees sogar eine hauchdünne Eisschicht bildete. Unser Atem kondensierte in der kalten Luft.

Die Schubladen und Türen der Küchenschränke sprangen alle gleichzeitig auf, Besteck klapperte, Geschirr vibrierte und die Teller, Tassen und Gläser, die ganz vorn standen, fielen hinunter und zerschlugen laut klirrend auf dem Boden.

Ben war aufgesprungen und zog mich schützend in seine Arme. Er legte seinen Kopf auf meinen und hielt mich fest, doch ich musste einfach sehen, was vor sich ging, und kämpfte mich aus seiner Umarmung frei.

Alles, was ich über die Farbskala der Geister zu wissen geglaubt hatte, wurde vom Lord in diesem Augenblick in den Schatten gestellt. Seine Gestalt war schwarz, doch um ihn herum flackerte gleißendes Licht. Sein Schrei hielt an, bis er zu einem trockenen Gurgeln und schließlich zu einem unendlich verzweifelten Schluchzen wurde.

Ich spürte den Schmerz des Geistes so intensiv, dass ich beinahe unter dieser Qual zusammenbrach.

Der Lord hatte die Arme weit nach hinten gerissen, den Kopf tief in den Nacken gelegt und streckte die Brust hervor, als wollte er, dass irgendjemand ihm endlich das Herz herausriss.

Ich versuchte zu schlucken, doch mein Hals war zugeschnürt. »Lord … Edward«, brachte ich mühevoll hervor.

Seine lodernden Augen sprangen wild in der Küche umher, bis sie mich fanden. Er richtete sich auf und verzog in tiefer Abscheu das Gesicht.

»Niemand hat das Recht, so über Lady Mary zu sprechen. Sie war ein Engel. Sie war so zart und rein wie eine Schneeflocke. Sogar ich hätte an ihrer Seite ein Besserer werden können.«

Jedes Wort war wie ein Schlag in meinen Magen und ich musste würgen.

Edwards Gesicht wurde weicher und seine Gestalt färbte sich wieder heller. »Wir haben uns geliebt. Unsere Herzen schlugen im gleichen Takt. Wenn man in ihre Augen sah, dann schaute man darin seine eigene Seele. Und mit jedem tiefen Blick, den ich in ihre wunderschönen, gütigen Augen werfen durfte, veränderte sich das Bild, das ich von mir selbst hatte. Ich wollte nur noch eines: ihr Lächeln sehen, bis zu meinem letzten Atemzug. Dafür hätte ich alles gegeben.«

Der Lord verstummte. Er stand vor mir, grau leuchtend, mit hängenden Schultern, und weiße Geistertränen rollten über seine Wangen. Er wischte sich mit dem Ärmel über das Gesicht und ging mit schweren Schritten davon.

Ich sah ihm nach und brach in Tränen aus.

26. KAPITEL

Ben hatte mir geholfen, das Chaos in der Küche zu beseitigen. Ich würde Dad wegen des zerbrochenen Geschirrs irgendeine Geschichte auftischen müssen und überlegte fieberhaft, ob die Worte Erdbeben, entgleister Zug oder falsch bestellte Abrissbirne darin vorkommen sollten. Nachdem auch die letzte Scherbe im Müll gelandet war, verabschiedete sich Ben hastig. Insgeheim war ich froh. Er hatte nicht aufgehört, mich aus den Augenwinkeln zu beobachten. Und in seinem Blick lag etwas, das mich beunruhigte.

Was war vorhin geschehen? Und ich meinte damit nicht den Wutanfall des Lords. Der war zwar selbst für seine Verhältnisse überdimensioniert gewesen, aber abgesehen davon nicht weiter verwunderlich.

Nein, ich fragte mich, was *mit mir* geschehen war. Woher waren die Worte aus meinem Mund gekommen?

Beth, warst du das?

Mum kam in die Küche und war zum Glück so verärgert über einen Gast, dass sie sich nicht weiter wegen des Geschirrs aufregte. Sie machte uns Tee und ließ kräftig Dampf ab. Der Karierte Nörgler war angereist. Hurra!

Danach machte ich mich auf nach Iffington. Wenn ich recht informiert war, benötigte man dort dringend ein dürres Ding. Und ich benötigte dringend Abstand vom Runmore Manor. Ich wählte den kurzen Weg an der Straße entlang und traf pünktlich im Iff Only ein.

Es war wie erwartet ziemlich voll, Iffingtoner aller Altersstufen waren vertreten. Für das aufwendige Bühnenstück sah die Besetzungsliste je einen Darsteller für die Rollen von Edward, Mary, Sophie, Thomas, zwei weiteren Angestellten und einem Arzt vor, Doktor Hamilton. Der Arzt war erst vor gut zwanzig Jahren hinzugedichtet worden und seine Rolle war frei erfunden. Das hinderte die Männer aus Iffington aber nicht daran, sich um diese Rolle förmlich zu reißen. In diesem Jahr wurde Doktor Hamilton von Mr Brown gegeben, der sich für diesen Anlass einen Backenbart hatte wachsen lassen. Ich war froh, dass er nicht mehr mein Lehrer war, ich hätte ein ernstes Respektproblem bekommen.

Dann gab es noch jede Menge Nebendarsteller, die zwar keine Sprechrollen hatten, aber alle in einer von der Frau des Apothekers festgelegten Reihenfolge über die Bühne laufen und dabei ein extra geschneidertes Kostüm tragen durften. Diesen Spaß ließen sich die Iffingtoner nicht nehmen.

Das Café war fest in Mrs Tobeys Hand, sie hatte die kleine

Küche zum Umkleideraum für die Männer ernannt, die Toilette zur Umkleide für die Frauen. Das war eine vernünftige Entscheidung, denn wie sich herausstellte, konnten sich die Iffingtonerinnen nur vor einem Spiegel ankleiden. Die jüngeren Kinder flitzten, halb in Straßenkleidung, halb im Kostüm, vor Vergnügen lachend quer durch den Raum.

Ein als Bauernkind verkleideter Junge prallte mit mir zusammen und ich hielt ihn fest, bevor er hinfallen konnte.

»Hoppla«, sagte ich und er machte sich eilig davon, weil ihm ein Mädchen mit Ruß im Gesicht auf den Fersen war.

»Hoppla«, entfuhr es mir wieder, als ich im Gedränge mit Joanne zusammenstieß. »Was machst du denn hier? Bist du nicht krank?«

»Hä?« Es war Joanne anzusehen, dass die kleinen Rädchen in ihrem Kopf nur langsam Fahrt aufnahmen. Doch dann klatschte sie sich mit der Hand vor die Stirn. »Ach so. Doch, doch.« Sie nieste theatralisch. »Ich hatte heute für bestimmt eine halbe Stunde schlimmen Schnupfen. Aber jetzt geht es mir wieder gut.«

»Meine kräftige Hühnersuppe«, mischte sich Mrs Tobey ein und legte Joanne einen Arm um die Schultern, »hat das gebeutelte Kind ganz schnell wieder auf die Beine gebracht. Nicht wahr, Joanne?«

»Ja, es grassiert der berüchtigte halbstündige Schnupfen«, sagte ich misstrauisch. »Raus damit, was ist hier los?«

Direkt hinter mir fragte sich Emma das Gleiche: »Okay! Was soll das hier werden?«

Mrs Tobey ließ von Joanne ab, nutzte aus, wie überrumpelt Emma und ich waren, und legte fest die Arme um unsere Schultern. Taub für unsere Widerworte, schob sie uns zur Theke, vor der gerade die Maskenbildnerin ihre Vision vom perfekten Make-up umzusetzen versuchte. »So, und ihr beiden sprecht euch jetzt mal schön aus.«

»Wie bitte?«, giftete Emma und klapperte mit ihren Armreifen. »Sind wir hier im Kindergarten, oder was?«

»Wenn man sich so benimmt, Emma, dann kann man ganz schnell wieder da landen.«

»Woher wissen Sie überhaupt ...?«

Mrs Tobey ließ mich nicht aussprechen. »Unsere kleine Emma hier hat vorhin gesagt, sie käme nur zum Helfen, wenn du nicht da sein würdest, Lu. Da habe ich eins und eins zusammengezählt und euch beide herbestellt. Ihr wollt doch nicht das schöne Runmore-Feuer mit eurem albernen Streit ruinieren?«

Obwohl ich starke Zweifel hegte, dass ein Streit zwischen Emma und mir auch nur die geringsten Auswirkungen auf das Runmore-Feuer haben könnte, war ich erleichtert.

Emma zeigte sich jedoch nicht einsichtig und meckerte weiter. »Das ist doch total lächerlich!«

»So?« Mrs Tobey drückte uns beide nach unten, bis wir auf einem Stapel Kartons kauerten. »Was ist denn vorgefallen?«

»Wissen Sie, Mrs Tobey, das geht Sie gar nichts an!«, zischte Emma wütend.

»Na, na«, machte Mrs Tobey verständnisvoll und zeigte

zum Kuchenbüfett. »Ihr legt jetzt mal euren dummen Streit bei und ich bringe euch ein Stück Schokoladenkuchen.« Mit einem Lachen ließ sie uns allein.

»Das gibt es einfach nicht!«, brauste Emma auf. »Die nehmen uns kein Stück ernst.«

»Dummer Streit?«, wiederholte ich. »Pah!«

»Genau. Das ist ein ziemlich enormer Streit. So was hat Iffington noch nicht gesehen.« Emma schlug die Beine übereinander und rutschte dabei ein Stück tiefer in den Karton.

»Ist er das?«

»Was?«

»Unser Streit? Ist er so enorm?«

Emma überlegte. »Für mich schon.«

»Ach, komm schon«, begann ich zaghaft.

Der Karton arbeitete für mich, denn Emma versank immer mehr darin. Sie wäre gar nicht in der Lage, empört aufzuspringen und mich allein zu lassen. Sie bemerkte das wohl auch, denn sie nahm die Arme runter, die sie vorher so abwehrend vor der Brust gekreuzt hatte, und stützte sich so gut es ging ab.

»Es tut mir leid, Emma.«

»Mir ja auch, irgendwie.« Emma versuchte, sich aus dem Karton zu befreien, gab aber schließlich auf. »Ich war total sauer auf dich, weil du mir nichts davon erzählt hast.«

»Wovon?«

»Von Ben. Du hast die ganze Zeit so getan, als ginge er dir auf die Nerven, und dann liegt er in deinem Bett.«

»Glaub mir, Ben hat mir nur … geholfen.«

Emma sah mich zweifelnd an. »Ach? Wobei denn?«

»Ich hatte Probleme mit … Sophie«, sagte ich leise.

»Was denn für Probleme?«, fragte Emma, und ich hörte echte Besorgnis in ihrer Stimme.

Und plötzlich brach alles aus mir hervor. Ich fing damit an, dass ich in letzter Zeit schlechte Träume hatte und diese mich neuerdings auch im wachen Zustand überkommen konnten. Dass ich schlafwandelte und mich dabei selbst verletzte und Ben nur aufpassen wollte. Und dann erzählte ich ihr, wovor ich mich am meisten fürchtete.

»Ich glaube, ich werde verrückt, Emma«, flüsterte ich, weil mir meine Stimme nicht mehr gehorchte. »Was passiert mit mir? Wieso träume ich von einem toten Mädchen? Ich weiß nicht mehr weiter.«

»Oh, Lu!« Emma schaffte es endlich, sich aus dem Karton zu befreien, und nahm mich in die Arme. Sie strich mir sanft über den Rücken und hielt mich fest, bis ich nicht mehr zitterte. »Weißt du was? Ich schlafe heute Nacht bei dir. Was hältst du von einer guten alten Pyjamaparty?«

»Das wär toll«, stieß ich erleichtert aus und lächelte Emma an.

Aufgeregtes Schnattern erfüllte das Café von einem Moment auf den anderen. Um uns herum sprangen die Leute auf, ließen stehen und liegen, womit sie gerade noch beschäftigt gewesen waren, und strömten begeistert auf den Eingang zu. Es dauerte eine Weile, bis ich den Grund dafür erkannte: Estelle Fahey beehrte das Iff Only mit ihrer Anwesenheit.

Die Bewohner von Iffington kreisten die berühmte Tochter ihrer kleinen Stadt ein, bombardierten sie mit Fragen und Lobeshymnen und streckten ihre Hände nach ihr aus, bis jeder Einwohner ihr mindestens einmal kräftig die Hand geschüttelt hatte.

Estelle war professionell genug, die ganze Zeit über ihr strahlendes Lächeln zu behalten und sogar Mr Browns Backenbart wortlos hinzunehmen, als der Mathelehrer sie links und rechts auf die Wange küsste. Er war damals offenbar mit ihr in eine Klasse gegangen und hatte, wie er alle Umstehenden wissen ließ, nie an ihrem Talent gezweifelt.

»Nachdem die alte Miss Cramer dich mit einem Spickzettel erwischt hatte und du ihr allen Ernstes versichern konntest, diesen Zettel, mit deiner Handschrift, nie zuvor im Leben zu Gesicht bekommen zu haben, war mir klar, du bist die größte Schauspielerin aller Zeiten.«

Das Café erzitterte unter dem Applaus und Estelle lachte. »Sie hat danach dich verdächtigt, oder, Alfred?«

Mr Brown zwirbelte seinen Backenbart. »Als ob ich je einen Spickzettel gebraucht hätte.«

»Nicht in Mathe!«, rief jemand aus der hinteren Reihe. »In Fragen der sozialen Kompetenz hingegen …«

Erneut ging eine Welle von Gelächter durch das Café und ich stieß Emma in die Seite. »Was, wenn er deine Stimme erkennt?«

»Und wenn schon.«

Estelle begrüßte nun einige Iffingtoner, die ihr früher nahegestanden hatten, und wechselte ein paar persönliche Worte mit ihnen. Allmählich kehrte wieder Ruhe in das Café ein und ich wollte mich hinsetzen, da meine Beine mit einem Mal schwer wie Blei wurden.

Es ist dunkel. Ich gehe auf Zehenspitzen durch einen Flur, taste mich mit den Händen an der Wand entlang, zähle die Türen, bis ich die gefunden habe, nach der ich suche. Ich klopfe an. Meine Fingerknöchel treffen spitz auf das Holz und ich höre nicht auf, dagegenzupochen, bis sich die Tür öffnet. Erst nur einen Spalt, aber als Mary sieht, wer draußen steht, öffnet sie sie ganz. Sie trägt nur ein Nachthemd, die langen rötlich braunen Haare liegen in weichen Wellen auf ihren Schultern.

Ich bitte sie, mir zu helfen. Es sei etwas Schreckliches passiert, sage ich, und sie müsse mit mir kommen, bevor es zu spät sei. Sie schlägt vor, Verstärkung zu holen, doch ich flehe sie an, es geheim zu halten. Nur sie könne das Unglück abwenden.

Mary holt sich eilig ihren Morgenmantel. Er ist mit einem aufwendigen Blumenmuster bedruckt und die dreiviertellangen Ärmel sind mit irischer Spitze bestickt. Sie rafft den Morgenmantel vorn zusammen und bindet den Seidengürtel mit einer vornehmen Schleife um ihre schmale Taille.

Ich möchte den Gürtel noch enger binden, so fest zusammenschnüren, dass sie keine Luft mehr bekommt. Doch stattdessen dränge ich sie, mir rasch zu folgen. Ich führe sie auf direktem Weg zur Dachkammer. Sie stellt mir besorgte Fragen. Ich gehe voran und sie kann nicht sehen, wie ich lächle. Wir erreichen den Dachboden, Mary zuckt vor der Kälte und der Dunkelheit des abgelegenen Raumes zurück. Ich nehme ihre Hand und lasse nicht zu, dass sie mir entkommt …

27. KAPITEL

Ich riss die Augen auf und rang nach Atem, als hätte mich im Schwimmbad jemand zu lange unter Wasser gedrückt. Über mir erkannte ich verschwommene Gesichter. Zu viele Gesichter für meinen Geschmack.

»Lu«, sagte Estelle und sorgte mit einer energischen Armbewegung dafür, dass sich ein paar der Gesichter zurückzogen. »Was ist denn, Kleines? Brauchst du einen Arzt?«

»Sie hat kürzlich viel Blut verloren«, sagte Mr Brown, der sich bereits ganz in der Rolle des Doktor Hamilton sah. »Und wahrscheinlich zu wenig getrunken.«

Mein Blick gewann wieder an Schärfe und ich suchte nach Emma. Sie saß neben mir auf dem Boden und hielt meine Hand. Sie blieb stumm und betrachtete mich voller Sorge.

Estelles Bentley parkte direkt vor dem Café. Sie und Emma stützten mich, da ich auch Minuten nach diesem Albtraum noch wacklig auf den Beinen war, und setzten mich auf den

Beifahrersitz. Emma schnallte mich an und sprang hinten in den Wagen, während Estelle auf dem Fahrersitz Platz nahm.

»Geht es wieder, Lu?«, fragte sie.

Der ganze Wagen war von Estelles Parfüm erfüllt und ich atmete ihn tief ein. Der muffige Geruch des Dachbodens klebte noch immer in meiner Nase und verursachte mir eiskalte Schauer.

»Lu?«, hakte Estelle nach. »Kleines, soll ich deine Eltern anrufen und dich lieber gleich in ein Krankenhaus bringen?«

»Nein. Mr Brown hat recht, ich hab heute wohl zu wenig getrunken«, versicherte ich müde.

Die Fahrt dauerte nur zwei Minuten. Emma saß hinter mir und hatte beide Hände auf meine Schultern gelegt. Ich spürte, wie sie sie hin und wieder leicht drückte.

Wir hielten vor dem Hotel, Emma sprang aus dem Bentley und half mir, auszusteigen. Etwas mehr Hilfe, als nötig war, aber ich beschwerte mich nicht.

Estelle kam ebenfalls auf meine Seite gelaufen und sah mich prüfend an. »Wirklich alles gut?«

»Alles in Ordnung, danke.« Ich strich mir eine Strähne aus dem Gesicht und sah Estelle flehentlich an. »Würde es dir etwas ausmachen, wenn wir meinen Eltern nichts davon sagen? Es war halb so wild und ich will nicht, dass sie sich unnötig Sorgen machen. Sie haben schon genug am Hals.«

Estelle zog eine schmale, in Form gezupfte Braue hoch. »Eigentlich … Na gut, Lu. Aber wenn ich höre, dass das noch einmal passiert, werde ich singen wie ein Kanarienvogel.«

Da ich von Mum wusste, wie schlecht Estelle sang, musste ich grinsen. »Das klingt fair.«

Emma stützte mich dennoch auf dem Weg hinein. Ich entdeckte Mum hinter der Rezeption und scheuchte Emma ein Stück von mir weg.

»Was? Ihr seid schon zurück? Ich habe noch nicht mit euch gerechnet«, sagte Mum und steckte neue Broschüren in den Ständer auf der Holztheke.

»Du hättest den Aufstand erleben sollen«, sagte Estelle lachend und begann, Mr Browns herzliche Begrüßung nachzumachen, wobei sie dem Backenbart mehr Persönlichkeit verlieh als dem Mathelehrer selbst. »Ich schwöre euch, dieser Bart hat sich bewegt. Weiß man eigentlich, wie viele Eichhörnchen in Iffington leben? Man sollte dringend nachzählen. Ich glaube, zwei werden vermisst.«

Ich beobachtete Estelle und musste ihrer schauspielerischen Leistung volle Anerkennung zollen. Während Mum und sie sich über ihren ehemaligen Klassenkameraden Alfred Brown amüsierten, ließen Emma und ich die beiden albernen Freundinnen zurück und gingen auf mein Zimmer.

»So, jetzt sind wir unter uns.« Emma schloss die Tür und lehnte sich mit dem Rücken dagegen. »Was war das? War das so ein Traumanfall?«

Ich nickte. »Das war wirklich heftig. Ich wollte mich gerade setzen und schon war ich wieder in der Vergangenheit.«

»Unglaublich.« Emma schüttelte verblüfft den Kopf. »Und? Was hast du dort erlebt?«

Ich erzählte ihr, woran ich mich erinnern konnte. Wir setzten uns auf mein Bett und sie hörte mir aufmerksam zu.

Ein beklemmendes Gefühl nahm erneut von mir Besitz und ich schüttelte mich unwillkürlich, als ich zum Ende kam.

»Weißt du was?« Emma stand entschlossen auf. »Ich werde heute Nacht wirklich hier schlafen.« Sie lief zur Tür. »Ich bin gleich wieder da.«

Ich ließ mich geschafft in die Kissen fallen und lag mit von mir gestreckten Armen da. Dieser Traum war in vielerlei Hinsicht heftig gewesen. Nicht nur die Tatsache, dass er mich aus heiterem Himmel tagsüber erwischt hatte, bedrückte mich, sondern auch sein Inhalt. Wenn ich es recht verstanden hatte, dann hatte Beth Mary auf den Dachboden gelockt. Der Hass, mit dem sie das alles ausführte, drückte mit einem schweren Gewicht auf meine Brust.

Ich ging in die Küche, um mir ein Glas Wasser zu holen, und traf auf Dad. Er hob den Blick, als ich mich zu ihm setzte.

»Na, Lu? Bist du schon aufgeregt wegen morgen?«

Ich schüttelte den Kopf. Um ehrlich zu sein, hatte ich ganz verdrängt, dass ich morgen Geburtstag hatte.

Ich musterte meinen Vater. Jetzt oder nie. »Dad … ich weiß, du willst nicht mit mir darüber reden, aber ich muss dich etwas fragen.«

Er hob die Tasse und nippte daran. »Schieß los.«

Ich gab mir einen Ruck. Es nutzte nichts, um den heißen Brei zu reden. Ich musste die Wahrheit wissen. »Ben hat gesagt, du musstest deinen Titel ablegen.«

So, es war raus.

Ich beobachtete Dad genau, versuchte, in seiner Miene ein verräterisches Zeichen zu entdecken. Dad stellte die Tasse vor sich ab und holte tief Luft.

»Deine Mum hat dir von Michael erzählt, oder?«

Ich nickte stumm.

Er sah mich traurig an. »Ich musste meinen Titel nicht ablegen. Aber ich habe es wegen Michael getan, das stimmt.«

»Was ist damals passiert?«, flüsterte ich.

Beinahe stieß Dad seine Tasse um, als er hastig seine Hände über den Tisch ausstreckte und nach meinen griff. Er hielt sie fest und ich spürte, wie er zitterte.

»Ich werde nie aufhören, mir Vorwürfe zu machen, Lu. Wenn ich bei ihm geblieben wäre, dann wäre er heute noch am Leben. Ich hätte verhindern können, dass er von der Dachterrasse stürzt. Ich wusste doch, wie viel er getrunken hatte.«

Ich drückte seine Hand, unterbrach ihn aber nicht.

»Wir haben uns gestritten. Wegen Sally. Michael hatte Angst, dass sie in London das Interesse an ihm verlieren würde. Ich wollte ihn überreden, die ganze Sache abzublasen.« Dad seufzte. »Wir haben uns angebrüllt und ich bin gegangen. Ich hab ihn allein gelassen, Lu. Ich hab mich auf die Treppenstufen gesetzt und gewartet. Zwei, drei Minuten, dachte ich, dann gehe ich zurück zu ihm und wir würden uns schon wieder zusammenraufen. So, wie wir es immer taten. Er war ein Hitzkopf. Ein verdammter Hitzkopf.« Dad versuchte zu lächeln, doch seine Tränen verrieten, was er wirklich fühlte.

»Dann hörte ich den Schrei. Und als ich wieder auf die Terrasse kam, war es bereits zu spät.«

»Oh, Dad, es tut mir so leid.« Ich ging um den Tisch herum und nahm ihn in den Arm. Natürlich ahnte er nicht, wofür ich mich in Wahrheit entschuldigte. Wie hatte ich nur jemals glauben können, mein Vater wäre in der Lage, jemanden zu töten?

»Weißt du, Ben sieht seinem Vater sehr ähnlich.« Dad lächelte wehmütig. »Es muss schwer für ihn sein, Iffington zu besuchen und im Runmore Manor zu wohnen.«

Ich zuckte mit den Schultern. Ich würde meinem Vater nie von Bens Verdacht erzählen, schwor ich mir.

Ich kehrte nachdenklich in mein Zimmer zurück und zog gerade in Erwägung, bis zu Emmas Rückkehr ein kurzes Nickerchen zu halten, da kündigte ein Flimmern in meiner Zimmermitte die Ankunft eines Geistes an. Als ich ihn erkannte, lächelte ich. Ich hatte Thomas vermisst.

»Störe ich?« Thomas erwiderte mein Lächeln. »Lu, können wir reden?«

»Klar.« Ich warf mich auf mein Bett und zupfte mein Kissen zurecht. »Was gibt's?«

Thomas trat an mein Bett und ließ sich davor auf den Boden sinken. Er lehnte sich mit dem Rücken gegen den Holzrahmen, der einen silbernen Schimmer bekommen hatte, und schlug die Beine übereinander.

So hatte er früher oft dagesessen und mir von der Zeit erzählt, als er noch ein lebendiger Stallbursche gewesen war. Ich war damals wohl zu jung gewesen, um daran zu zweifeln, dass Stallburschen in ihrer Freizeit Feuer speiende Drachen einfingen und diese hoch über den Wolken zuritten. Natürlich hatte ich ihm auch geglaubt, dass tapfere Stallburschen die einzige Chance für Prinzessinnen waren, jemals aus Schlössern befreit zu werden, die von widerlichen Schurken auf explosionsgefährdeten Vulkanen erbaut worden waren. Selbstverständlich hatte es auch nicht mein Misstrauen erregt, wenn Thomas ankündigte, demnächst eine Weltreise in einem Ruderboot zu unternehmen und vielleicht, wenn es ihm in den Kram passte, auf einer einsamen Insel zu stranden und dort sein eigenes Königreich Thomasinien zu errichten.

Ganz ehrlich? Ich hätte Thomas damals alles geglaubt.

Er rieb sich über das Gesicht. »Lu, hast du mir eigentlich verziehen?«

»Wovon sprichst du?«

»Von dem Kuss.« Thomas knetete seine Hände. »Das war nicht richtig von mir.«

»Nein, das war es nicht. Aber Schwamm drüber, lass es uns einfach vergessen, ja?«

Thomas tastete nach seinem Halstuch und schob den Knoten nach vorn. »Das wird nicht so leicht. Denn … auch wenn es mir leidtut, ich wollte das schon lange tun. Mein Herz wollte das schon lange tun.«

Ich wusste nicht, was ich sagen sollte, also schwieg ich.

»Dich mit diesem«, er zögerte kurz, »Fahey zu sehen, bringt mich um. Oder würde es tun, wenn ich nicht schon tot wäre.«

»Thomas …«

»Warte, Lu, ich muss das loswerden.« Thomas drehte den Kopf und sah mich an. »Seit es dich gibt, ist Runmore Manor ein hellerer Ort. Die Sonne scheint jeden Tag, ganz gleich, ob es draußen regnet oder nicht.«

Ich schluckte. »Wo kommt das so plötzlich her? Warum sagst du mir das ausgerechnet jetzt?«

Thomas zögerte. »Ich weiß nicht … Es ist, als ob ich nicht mehr viel Zeit hätte, dir so etwas zu sagen.«

Ich richtete mich auf. »Was soll das heißen, nicht mehr viel Zeit? Gehst du irgendwohin?«

»Nein, ich meine, wohin sollte ich schon gehen? Es ist nur so ein Gefühl …«

Von einer plötzlichen Angst ergriffen, legte ich meine Hand auf seine Schulter – und zuckte zurück.

»Thomas … hast du das gespürt?«

Er fuhr herum und kniete sich hin. »Ja. Wie hast du das gemacht?«

Ich starrte auf meine Hand. Ich hatte deutlich Thomas' Schulter gespürt. Sie hatte sich nicht wie eine Schulter angefühlt, war nicht warm oder richtig fest gewesen, aber auch nicht so pfefferminzbonbonartig, wolkenmäßig wie früher.

Zitternd streckte ich die Hand erneut aus und beobachtete atemlos, wie meine Fingerspitzen die Oberfläche seiner Geistergestalt leicht eindrückten, sie aber nicht verwirbelten.

»Lu …« Thomas beugte sich über mich. Ich sah in sein Gesicht, blickte in seine Augen und erkannte, was er vorhatte.

Vorsichtig berührte er mit einer grau leuchtenden Hand mein Gesicht. Es fühlte sich an, wie wenn man nach einer verlorenen Schneeballschlacht die eingefrorenen Wangen mit einem Föhn aufzutauen versucht.

»Ist das in Ordnung?«, flüsterte er und sein Atem strich über meine Haut. Ich war viel zu verwirrt von dem Umstand, dass ich das tatsächlich spüren konnte, als dass ich etwas hätte erwidern können. Seine Lippen waren leicht geöffnet, als er langsam näher kam.

Mein Herz schlug wie wild. Ich dachte an den Kuss, den Thomas mir in Bens Körper gegeben hatte, und bei dem Gedanken an Ben drehte ich meinen Kopf ruckartig zur Seite. Keine Sekunde zu früh, denn Emma betrat, mit einer großen Tasche beladen, mein Zimmer.

Sie konnte Thomas zwar nicht sehen, dennoch brachte ich durch einen Satz von meinem Bett einen unverfänglichen Abstand zwischen den Geist und mich. Ich wusste, ich war knallrot.

»Ähm … stör ich bei irgendetwas?« Emma sah sich in meinem Zimmer um. »Hast du gerade Geisterbesuch?«

»Nein, wieso?«

Aus den Augenwinkeln beobachtete ich, wie Thomas immer durchsichtiger wurde. Auf seinem Gesicht lag ein Ausdruck, der mich noch stärker erröten ließ. Thomas lächelte mich an und verschwand.

»Du siehst aus, als wäre ich unpassend reingeplatzt«, erklärte Emma.

Ich lachte überdreht. »Quatsch. Unsinn. Jetzt hör aber auf!«

»Aha.« Emma stellte ihre Tasche ab.

»Du warst ziemlich schnell«, wechselte ich das Thema.

»Ben hat mich gefahren.«

»Echt?«

»Ja.«

»Und?«

»Nichts und.« Emma wühlte in ihrer Tasche. Ihre Armreifen klapperten, bis sie einen bequem aussehenden weiten Pulli hervorzog. Sie entledigte sich elegant ihrer Jacke, warf sie auf den Stuhl vor meiner Frisierkommode und schlüpfte, wieder sehr elegant, in den Pulli.

Ich sah ihr ungeduldig zu. »Worüber habt ihr gesprochen?«

»Über dies und das.«

»So?« Ich spürte, wie die Feuerameisen zornig auf meiner Haut trippelten, und kratzte mir schnell über die Arme.

»Er hat mir erklärt, was hier los ist.«

»Echt?« Dafür waren die beiden definitiv nicht lange genug weg gewesen.

»Ehrlich«, sagte Emma und setzte sich schwungvoll auf das Bett. »Mehr war nicht. Du brauchst nicht eifersüchtig zu sein.«

»Ich bin doch nicht eifersüchtig«, echauffierte ich mich. Zwischen Ben und mir lief nichts. Wir verstanden uns nicht einmal. Er war wirklich sehr nett und besorgt, das konnte aber genauso gut ein ausgeprägtes Helfersyndrom sein. Ich war der schlafwandelnde Hundewelpe mit Albträumen und er war einfach ein Fan von Hundewelpen. Mehr nicht.

»Er will sich heute Nacht auf die Suche nach Edward machen«, erklärte Emma. »Auf dem Dachboden.«

»Das halte ich für keine gute Idee.«

»Er macht sich Sorgen um dich, Lu.« Emma lächelte. »Er will herausfinden, was hier vor sich geht. Du etwa nicht?«

28. KAPITEL

Um elf Uhr trat Emma vorsichtig an die Tür, die den Wohnflügel vom Hotel trennte. Ihre Armreifen waren ihr bis zu den Ellbogen gerutscht und ich musste plötzlich an Sophie denken. Die Kammerzofe war immer ganz verzückt von Emmas Aussehen und bewunderte sie für ihre dunkle Hautfarbe. Sie selbst sei, so hatte sie sich schon oft beklagt, weiß wie saure Ziegenmilch gewesen. Dass sie das auch als Geist noch war, behielt ich lieber für mich. Mir fiel auf, dass Sophie sich den ganzen Abend über nicht hatte blicken lassen.

Emma öffnete vorsichtig die Tür und ließ Ben herein.

»Hi«, sagte sie, und Ben schenkte ihr ein strahlendes Lächeln. Sein Lächeln veränderte sich, als er mich anblickte. Es wurde irgendwie … weicher. Ich sah schnell weg.

Ben schloss die Tür hinter sich. »Auf zur Geisterjagd.«

»Okay.« Ich verdrehte die Augen. Wenn alle darauf bestanden, von mir aus. »Folgt mir.«

Wir stiegen die Treppen hoch und ich hoffte inständig, dass meine Eltern tief und fest schliefen. Ich hatte keine Ahnung, wie ich ihnen unseren nächtlichen Ausflug auf den Dachboden erklären sollte, falls sie uns erwischten.

Auf dem Flur, wo sich auch mein Zimmer befand, bog ich links ab, schloss eine alte, knarrende Holztür auf, die wir so gut wie nie benutzten, und ließ den anderen den Vortritt. Nacheinander kletterten wir die schmale Holzleiter zur Dachkammer hinauf, Ben vorweg, nach ihm Emma und dahinter ich. Von oben reichte Ben mir die Hand und half mir hoch.

Mit jedem Tritt auf die knarrenden Stufen wurde mir kälter ums Herz, denn ich wusste plötzlich, wo ich war. Dies war die Kammer aus meinem Traum, ich erkannte sie wieder. Hinten an der Schräge sah ich die alte Kommode, auf der die Schale gewesen war, mit der ich mein Blut aufgefangen hatte. Fast automatisch suchte ich mit den Augen nach dem Kreis, den ich mit dem Blut um mich gezogen hatte. Der muffige Geruch legte sich auf meine Zunge und ließ mich vor Ekel würgen.

Ben verstärkte seinen Griff und zog mich mit einem Ruck durch die Dachluke. Für einen Moment standen wir ganz dicht voreinander und ich sah mit zurückgelegtem Kopf zu ihm auf. Seine Mundwinkel zuckten.

»Und jetzt?«, fragte Emma in die Stille hinein.

Ich machte hastig einen Schritt von Ben weg und sah mich um.

Vor einer kleinen Fensterluke stand der Lord, der unser

Eintreffen kaum zur Kenntnis genommen hatte. Ich holte tief Luft.

»Hallo, Lord«, sagte ich und beobachtete, wie die Konturen des Geistes sofort an Schärfe verloren. Er wollte verschwinden. »Bitte, Edward! Wir müssen mit dir reden.«

Überraschenderweise blieb der Lord tatsächlich und blitzte mich wütend an. »Trägst du nicht auch den Namen Runmore?«

»Doch, ich bin Luisa Runmore!«, rief ich und lief auf ihn zu. Ich glaubte, das sei ein guter Anfang, erkannte aber schnell, wie gehörig ich mich geschnitten hatte. Der Geisterkörper färbte sich immer dunkler, bis er ganz schwarz geworden war. Wie am Vormittag in der Küche leuchteten seine Augen und gleißendes weißes Licht umzuckte ihn. Seine Stimme klang so bedrohlich wie Donnergrollen.

»Luisa Mary Runmore, wenn ich mich nicht irre?«

Verunsichert warf ich einen Blick zu Ben. Er hielt die verängstigte Emma im Arm. Die beiden konnten Edward zwar nicht sehen, sehr wohl aber spürten sie die Kälte und die entfesselte Energie, mit der sich die abgestandene Luft wie vor einem Blitzschlag gefährlich auflud.

»Ja, das ist mein vollständiger Name.«

Ein Windstoß fegte durch den Raum. Staub, Spinnweben und sogar eine alte Zeitung wurden von ihm erfasst, wirbelten umher, bis sie schnell um Edward kreisten. Emma schrie auf. Durch Ritzen im Dach pfiff es herein, die Böen wurden heftiger und lauter und bald heulte ein gewaltiger Sturm auf dem Dachboden.

Edwards Stimme dröhnte durch den Lärm. »Du trägst ihren Namen, Kind, und wagst es dennoch, schlecht über sie zu sprechen? Ich will nichts mit dir zu schaffen haben. Geh mir aus den Augen. Sofort!«

Der Lord nahm mir das Gespräch mit Ben in unserer Küche wirklich übel. Ich beobachtete, wie Ben Emma zur Holzleiter schob und sie drängte, wieder runterzuklettern. Somit war Emma vorerst in Sicherheit und ich atmete innerlich auf.

»Edward! Bitte hör mir zu. Es ist wichtig. Es geht um Mary. Und um Beth. Was ist hier in dieser Kammer geschehen?«

»Hast du nicht gehört?«, rief Edward. Der kreiselnde Wind peitschte mir Staub und Schmutz entgegen und ich musste husten. »Du sollst verschwinden. Lass mich in Ruhe!«

Verzweiflung ließ meine Gedanken stocken. Wie sollte ich es anstellen, dass Edward mir zuhörte? Er musste einfach mit mir reden, er war der Einzige, der mir helfen konnte. Womit konnte ich das Interesse des Poltergeistes wecken? Ich wusste nichts über ihn, außer all den Geschichten über sein hitziges Temperament. Und seit Kurzem, dass er Mary ehrlich geliebt hatte.

Edward brüllte, stampfte vor Wut mit den Füßen auf und verdunkelte den kleinen Raum. Ein Blecheimer rollte scheppernd über den Boden, eine Leiter stürzte um. Ein alter Bilderrahmen klapperte, als der Wind ihn erfasste, wurde vom Haken gerissen und flog auf mich zu. Ich sprang zur Seite, schützte mein Gesicht mit einem Arm und blickte erneut hilfesuchend zu Ben. Er stand einfach nur da und sah mich an.

Da brach sich eine Erinnerung ihren Weg in mein Bewusstsein. Mary in ihrem Hochzeitskleid, sie lächelt mir im Spiegel zu, sie legt meine Hand auf ihren Bauch. Die Falten des Kleides sollen die Wahrheit verbergen. Das Prachtgemälde mit der strahlenden Mary an Fredericks Seite. Nein, mit Edward.

Nach ihrer Hochzeit hatte es nie wieder ein Bild von Mary gegeben, auf dem sie glücklich aussah.

»Sie war schwanger!«, rief ich laut. »Wusstest du das? Mary war bereits vor der Hochzeit schwanger.«

Das Getöse flaute ab, der Staub rieselte zu Boden, die zerfetzte Zeitung klatschte Ben gegen die Brust und der Blecheimer rollte gegen die Wand und blieb dort liegen. Mit einem Mal war alles still.

Ich ging enttäuscht davon aus, dass Edward den Dachboden verlassen hatte, doch dann entdeckte ich seine grau leuchtende Gestalt zusammengekauert in der Ecke.

»Edward?«

Ein leises Schluchzen verriet mir, dass er weinte. Ich folgte meinem Instinkt, ging auf ihn zu, hockte mich neben ihn und streckte eine Hand nach ihm aus.

Ich hatte nicht damit gerechnet, einen annähernd festen Körper zu spüren, und riss erschrocken die Hand zurück. Wie zuvor Thomas verwirbelte der Lord nicht unter meiner Berührung. »Edward … ich kann dich anfassen?«

»Schwanger?«, flüsterte Edward kaum hörbar. Er sah nicht länger furchterregend aus, im Gegenteil, es zerriss mich innerlich beinah vor Mitgefühl.

Ich nickte und begriff plötzlich, was das bedeutete. »Sie war schwanger von dir. Mein Urgroßvater war dein Sohn? Nicht Frederick, sondern … du bist mein Ururgroßvater?«

Mein Verstand raste. Heutzutage wäre so etwas natürlich nicht zu verheimlichen, zu Edwards Zeiten jedoch hatte man alles getan, um so einen Skandal nicht an die Öffentlichkeit dringen zu lassen. Kunststück, gab es noch keine Fotohandys und soziale Medien. Und die Leute hatten Besseres zu tun als nachzurechnen, wie lange Mary schon schwanger war. Diejenigen, die es genau wussten, bewahrten Stillschweigen.

»Was?«, fragte Ben in die Stille hinein. »Lu, was ist passiert?«

Etwas veränderte sich in Edwards Blick. Die tiefen Sorgenfalten um seine Augen und die dunklen Ringe darunter milderten sich. Sein zerzaustes Haar glättete sich und die Schatten auf seinen Wangen, die ihn stets wie einen unrasierten Landstreicher aussehen ließen, verschwanden. Zum ersten Mal, seit ich Edward kannte, hatte er Ähnlichkeit mit seinem eigenen Porträt im Kaminzimmer, das ihn als stolzen Herrn von Runmore Manor zeigte.

Er hatte mich zu seinen besten Poltergeistzeiten nicht so erschreckt, wie er es nun mit diesem Anflug eines Lächelns schaffte.

»Ich verstehe es einfach nicht«, flüsterte Edward. »Ich verstehe nicht, wie ich so etwas tun konnte.«

»Was meinst du?«

»Wie konnte ich das Feuer legen? Dieses Haus war mein

ganzer Stolz und ich habe von einer Zukunft mit Mary auf Runmore Manor geträumt. Ich war ein glücklicher Mann. Wieso habe ich alles zerstört?«

Ich schwieg traurig. Darauf hatte ich keine Antwort.

Ben war näher gekommen. »Lu, kannst du Edward fragen?« Seine Stimme klang angespannt. »Was ist hier passiert, an dem Abend, als mein Vater starb?«

»Luisa Mary Runmore«, sagte Edward, der Ben völlig ignorierte, und erhob sich. »Ich weiß gar nicht, wie ich dir danken soll. Du hast zumindest einen kleinen Teil meiner Qualen gelindert.«

»Ach, Edward«, sagte ich gerührt und sprang ebenfalls auf. »Das habe ich doch gern gemacht.«

»Lu, bitte!« Ben war neben mich getreten und zog an meinem Arm. »Frag ihn!«

»Was ist das für ein unerhörtes Betragen?«, erboste sich Edward, der Ben nun sehr widerwillig zur Kenntnis nahm. Ich erkannte, dass Ben im Begriff war, den Lord gegen sich aufzubringen. Wenn Edward uns helfen sollte, dann mussten wir behutsam und der Reihe nach vorgehen.

Ich gab Ben ein Zeichen, damit er sich geduldete. »Edward, ich brauche deine Hilfe. Ich habe seit einiger Zeit furchtbare Träume von der Nacht des Feuers. Und ich glaube, ein Zimmermädchen namens Beth hat etwas damit zu tun. Kannst du dich an sie erinnern?«

Doch Edward hörte mir nicht mehr zu. Sein Blick hatte sich verändert. Mit heruntergezogenen Brauen kniff er die Augen zusammen und fixierte einen Punkt oberhalb meines Bauchnabels.

»Was ist das?«, fragte er heiser.

»Was meinst du?« Ich wich zurück, doch Edward war schneller. Seine Hand schoss vor und packte mein Medaillon. Er riss fest daran und die feingliedrige Kette gab nach.

»Wo hast du das her?«, rief er aufgebracht und reckte die Faust mit meinem Medaillon darin in die Höhe.

»Es gehört mir!«, rief ich verzweifelt und wollte danach greifen.

»Ganz gleich, wer es dir geschenkt hat«, ereiferte sich der Lord, »dieser jemand hatte kein Recht dazu. Es gehörte Lady Mary. Sie hat es von mir bekommen und es ist nicht für dich bestimmt.«

Mit einem ohrenbetäubenden Rauschen und grellen Blitzen verschwand der Lord und nahm mein Medaillon und alle Antworten mit sich. Ich fühlte mich nackt und schutzlos und verlor das Gleichgewicht. Auf der Suche nach Halt trafen meine Hände auf Ben, der mich auffing.

»Ist er weg?«

Ich nickte stumm.

»Er hat deinen Anhänger abgerissen«, sagte Ben.

»Mein Medaillon …« Ich fuhr mit beiden Händen über meinen Oberkörper, fand aber nichts, woran ich mich festhalten konnte. Seit meiner Kindheit hatte ich das Medaillon getragen, und nun war es weg. Kälte, Leere und Angst griffen nach mir und ich kam nicht dagegen an.

Ben bemerkte offensichtlich nichts von meinem inneren Aufruhr. Er war zu der Fensterluke gegangen, vor der wir den Lord gefunden hatten, und blickte hinaus. »Edward verliert ziemlich schnell die Kontrolle, nicht wahr?«

Verwirrt blickte ich auf. »Was meinst du?«

»Er ist voller Jähzorn …« Ben fuhr sich durch die Haare und kam auf mich zu. »Komm. Lass uns von hier verschwinden.«

Emma lag in meinem Bett, die Decke über den Kopf gezogen. An ihrem Armreifgeklapper war deutlich zu erkennen, dass sie zitterte.

»Wer ist da?«, rief sie, als Ben und ich mein Zimmer betraten.

»Alles in Ordnung, Emma. Wir sind es«, sagte Ben, und Emma warf die Decke zurück. Sie sprang aus dem Bett, rannte auf mich zu und umarmte mich fest.

»Lu, das war so schrecklich. Auf dem Dachboden habe ich für einen winzigen Moment wirklich geglaubt, es spukt. Wie habt ihr das gemacht?«

»Wir haben nichts gemacht, Emma«, sagte Ben ungeduldig.

»Ach ja? Und warum hat das Licht dann geflackert? Und der Wind? Habt ihr ein Fenster präpariert, oder wie?«

Ich versuchte, meine Freundin zu beruhigen, obwohl ich selbst noch ganz aufgewühlt war. Wenn es Emma half, nicht an Geister zu glauben, war es für mich auch in Ordnung.

Sie plapperte wie ein Kind, das heimlich einen Gruselfilm gesehen hatte. »Das war voll abgefahren, Lu. Wie im Kino.«

»Was hat er gesagt?«, wollte Ben wissen. Er war von den Ereignissen scheinbar nicht so beeindruckt wie Emma. Ich berichtete knapp, was sich zugetragen hatte. Emma zog sich unterdessen auf mein Bett zurück und hüllte sich bis zur Nase in meine Decke. Langsam bekam sie sich wieder in den Griff und kicherte ein paarmal ungläubig während meiner Erzählung.

Ben sah mich ernst an. »Edward ist gefährlich.«

»Er hat seine große Liebe verloren«, verteidigte ich ihn. Zum ersten Mal verstand ich, was der Geist empfinden musste.

»Er hat diese Mary beinahe getötet«, beharrte Ben. »Er ist in Rage geraten und hat rücksichtslos Feuer gelegt.«

Ich schüttelte den Kopf. Das konnte und wollte ich einfach nicht länger glauben. »Was, wenn es ganz anders war? Wenn Edward gar nicht die Schuld an alldem trägt?«

»Wer sollte es sonst getan haben?«

»Es könnte ein Unfall gewesen sein.«

»Edward ist ein Mörder. Und er hat unglaubliche Kräfte. Hast du schon vergessen«, unruhig lief Ben zwischen Frisierkommode und Bett auf und ab, »wie er sich in der Küche aufgeführt hat? Wenn er in diesem Zustand in einen Menschen fährt, kann er verdammt viel Schaden anrichten.«

»In Menschen fahren?«, stieß Emma entsetzt aus und verkroch sich weiter unter der Decke. »Ihr könnt jetzt aufhören. Ich glaube euch sowieso nicht.«

Ich verstand nicht, worauf Ben hinauswollte, und blickte ihn fragend an.

»Edward hält sich öfter auf dem Dachboden auf. Und vielleicht ist dir aufgefallen, dass man von der Luke aus direkt auf die Dachterrasse blicken kann.«

Ich konnte ihm nicht folgen. »Was hat das eine mit dem anderen zu tun?«

»Edward ist voller Wut und Hass. Was, wenn er an jenem Abend in meinen Vater gefahren ist? Wenn er ihn dazu gebracht hat zu springen?«

»Hör auf damit, Ben.«

»Lu, lass uns Edward noch einmal suchen. Du musst ihn danach fragen.«

Ich hob abwehrend die Hände. »Ben, du glaubst doch nicht im Ernst, dass Edward etwas mit dem Tod deines Vaters zu tun hat? Erst verdächtigst du meinen Dad, und jetzt soll auch noch mein Ururgroßvater dafür verantwortlich sein?«

»Wenigstens weiß ich jetzt, dass deinen Vater keine Schuld trifft.« Ben sah mir nicht in die Augen. »Ich habe euer Gespräch in der Küche mitangehört.«

Mir blieb der Mund offen stehen. Privatsphäre war ein Fremdwort für diesen Kerl.

»Mitangehört? Das klingt, als hättest du keine andere Wahl gehabt, nachdem du mal wieder versehentlich in unseren Wohnflügel geraten bist.« Ich schnaubte verächtlich. »Du hast uns belauscht, Ben.«

Natürlich war es gut, dass er das alles nun wusste. Natürlich war es gut, dass er meinen Vater nicht weiter verdächtigte. Aber ich ärgerte mich schwarz darüber, dass er Gespräche mitanhörte, die nicht für seine Ohren bestimmt waren.

Emma verfolgte das Gespräch wie ein Pingpongmatch. Ihr Blick sprang zwischen Ben und mir hin und her. »Worüber redet ihr beiden da?«

Ben beachtete sie nicht. »Du musst Edward fragen, was passiert ist. Wenn er wirklich nichts damit zu tun hat, dann hat er bestimmt wenigstens etwas gesehen.«

»Lass uns später …«

»Jetzt, Lu. Ich muss es wissen.« Ben bewegte sich schnell auf mich zu und griff nach meinem Arm. »Edward hat …«

»Nein«, sagte ich und schüttelte Ben ab. Von einem Poltergeist attackiert worden zu sein, musste ich erst mal in Ruhe verdauen. Und auch die Unterhaltung mit Edward hatte mich mitgenommen. Außerdem fügte mir der Verlust meines Medaillons beinahe körperliche Schmerzen zu. »Ich kann das jetzt nicht.«

»Lu!« Ben stand nun direkt vor mir, seine Brust hob und senkte sich schnell, sein Blick war dunkel. »Du wusstest, wie wichtig es mir ist. Wieso hast du Edward nicht nach meinem Vater gefragt?«

»Ben, was soll das?« Ich stieß ihn von mir weg. »Ich habe gerade erfahren, dass Edward mein Vorfahr ist. Entschuldige, dass ich da andere Sorgen habe.«

»Du willst mir überhaupt nicht helfen, oder?« Ben zitterte fast, so wütend war er. »Du interessierst dich nur für dich.«

»Ich bin von einer verrückten Hexe besessen!«, schrie ich. »Natürlich interessiere ich mich im Moment für nichts anderes. Das macht mir verdammt große Angst!«

Ben rieb sich über das Gesicht. »Was mach ich dann hier überhaupt?«, murmelte er.

Ich starrte Ben an und etwas in mir zerbrach in tausend kleine Stücke.

So war das also.

Es ging ihm gar nicht um mich. Er wollte mir nicht helfen, meine Träume loszuwerden, er wollte nur rausfinden, was mit seinem Vater passiert war.

Wut und Enttäuschung gruben sich ihren Weg von meinem Kopf in mein Herz. »Deshalb wolltest du mit den Geistern sprechen? Um etwas über deinen Vater zu erfahren?«

Ben atmete lang aus und ließ die Arme hängen. Er musste nichts dazu sagen, die Antwort lag überdeutlich auf seinem Gesicht.

»Ich sollte für dich Kontakt mit den Geistern herstellen. Mehr nicht, stimmt's?«

Er sah mich nicht an. »Es ist wichtig für mich.«

Mein Hals war wie zugeschnürt und Tränen stiegen mir in die Augen.

»Ben«, sagte Emma und trat auf ihn zu. Ihre Armreifen klapperten, als sie ihn sanft von mir wegschob. »Ich glaube, es ist besser, wenn du jetzt gehst.«

Die Tür fiel hinter Ben zu und schnelle Schritte entfernten sich. Emma nahm mich in die Arme und ich weinte hemmungslos.

29. KAPITEL

»Aufwachen!«

Ich dachte gar nicht daran und vergrub mein Gesicht im Kissen. »Geh weg, Dad.«

»Erst, wenn du aufgestanden bist, Lu. Heute ist ein besonderer Tag.«

Ach ja, richtig. Ich richtete mich auf, stützte mich auf einem Arm ab, öffnete ein Augenlid und erblickte Dad. Er hielt mir eine Torte entgegen. Daneben stand Mum und zündete die Kerzen auf der Torte an.

»Schnell, Kürbis, du musst dir was wünschen.«

»Ich habe nur einen Wunsch: ausschlafen.«

»Ich auch«, murmelte Emma hinter mir. Sie setzte sich auf, rieb sich die Augen und gähnte. Dann wurde ihr klar, weshalb meine Eltern morgens mit einer Torte in meinem Zimmer standen, und sie fiel mir um den Hals. »Uh! Herzlichen Glückwunsch, allerbeste Freundin auf der ganzen Welt!«

Mum wartete, bis Emma mich fertiggedrückt hatte, dann schloss sie mich in die Arme und gab mir einen fetten Kuss auf die Wange. »Mein Prachtkürbis, ich wünsche dir alles Gute.«

»Aus dem Weg jetzt!«, moserte Dad und drückte Emma die Torte in die Hände. »Ich will meiner Tochter gratulieren.«

Er packte mich unter den Schultern, hob mich aus dem Bett und drehte sich mit mir im Kreis. Ich legte glücklich meine Stirn an seine. Wie hatte ich je an ihm zweifeln können? Dad war ein herzensguter Mensch.

»Herzlichen Glückwunsch, meine kleine Lu.« Er hielt mich noch einen Moment fest und setzte mich dann ab. »Kerzen auspusten und runterkommen.«

»Was ist mit Geschenken?«, fragte ich unzufrieden und pustete die Kerzen auf der Torte aus, die Emma mir ziemlich nah vors Gesicht hielt.

»Haben wir vergessen«, sagte Dad und hielt Mum die Tür auf.

»He!« Emma lief mit der Torte hinter ihnen her und Dad nahm sie wieder an sich. Emma versprach, dass wir in zehn Minuten in der Küche sein würden, und klatschte aufgeregt klappernd in die Hände. »Aber ich habe ein Geschenk für dich. Klein, nichts Besonderes, und bestimmt freust du dich nicht darüber, aber«, sie hob den Zeigefinger, »es ist von mir.«

Sie sprang zu ihrer Tasche und zog ein flaches, bunt eingewickeltes Päckchen hervor. Neugierig riss ich das Papier auf. Darin war ein türkisfarbenes Notizbuch mit leeren Seiten.

Und Emma hatte recht, es war nichts Besonderes, wenn man davon absah, dass sie fein säuberlich auf ungefähr jede zehnte Seite ein farbig ausgedrucktes Bild geklebt hatte, das mich allein oder zusammen mit Emma zeigte. Es waren Fotos, die alle im letzten Jahr entstanden waren. Wir im Bus nach Thatcham, ich auf dem Schulhof, wir im Schwimmbad, ich im Iff Only.

»Emma, das ist …« Ergriffen wedelte ich mit dem Notizbuch vor Emma herum, und sie konnte sich ein stolzes Grinsen nicht verkneifen.

Emma und ich hatten bis spät in die Nacht gequatscht. Wir waren beide so aufgewühlt gewesen, dass wir glatt meinen Geburtstag vergessen hatten. Sie glaubte noch immer nicht so recht an Geister, hielt mich aber wenigstens nicht mehr für komplett übergeschnappt.

Wir hatten auch über Ben gesprochen, obwohl ich am liebsten vergessen hätte, dass es ihn überhaupt gab. Dass ich mich so sehr über sein Verhalten aufregte, war für Emma ein deutlicher Beweis dafür, dass ich ziemlich verliebt in ihn war. Bis zu den Ereignissen der letzten Nacht hätte ich ihr vielleicht sogar zugestimmt, aber nun wollte ich mit Mr Fahey endgültig nichts mehr zu tun haben.

Er hätte ohne Weiteres meine Unversehrtheit aufs Spiel gesetzt, nur um an Informationen von einem wütenden Poltergeist zu gelangen. Ich beschloss, mir Ben ein für alle Mal aus dem Kopf zu schlagen.

Nun saßen wir am gedeckten Frühstückstisch und erlebten einen ausgesprochen gut aufgelegten Dad.

»Und da sagt der Kerl doch glatt zu mir«, Dad hob die Stimme und traf exakt den näselnden Tonfall des Karierten Nörglers: »›Guter Mann, ich hätte ja nichts dagegen, dass Sie für Ihr Kaninchenragout offensichtlich kein Kaninchen verwenden, wenn Sie das Ganze wenigstens einigermaßen schmackhaft zubereiten würden.‹«

Mum kicherte und Dad musste sich anstrengen, ernst zu bleiben. »Woraufhin ich freundlich erwidere: ›Wissen Sie, es war so schwer, die kleinen Nager einzufangen. Ich habe bis heute Morgen auf der Lauer gelegen. Da habe ich es einfach nicht mehr geschafft, sie anständig zu marinieren.‹«

Mum zog die Augenbrauen hoch und Emma grinste in ihren Tee.

Dad machte wieder den Karierten Nörgler nach: »›Was soll das heißen? Wollen Sie mich etwa auf den Arm nehmen? Das Runmore Manor‹«, an dieser Stelle fielen Mum und ich mit ein, »›ist das mit Abstand schlechteste Hotel der Welt.‹« Dad nahm wieder seine Stimme an: »Und wie sehr wir uns auch anstrengen, Sie kommen einfach immer wieder.«

Emma hatte sich nach einer ausgiebigen Dusche auf den Heimweg gemacht, denn sie hatte vor dem Runmore-Feuer noch etwas zu erledigen. Ich saß glücklich mit meinen Geschenken auf dem Bett. Meine Eltern hatten mir Klamotten, eine neue, ziemlich coole Tasche und zwei Karten für ein Musical meiner

Wahl in London geschenkt. Ich überlegte gerade, ob ich Emma oder Mum mitnehmen sollte, da brachte Sophie die Luft durch ihr Erscheinen zum Flimmern. Sie machte einen besonders tiefen Knicks.

»Alles Glück der Welt für die junge Lady!«

»Danke, Sophie.« Ich lächelte sie an. Komischerweise musste ich bei ihrem Wunsch an Ben denken und seufzte. »Wo habt ihr denn gestern noch gesteckt?«

Die Zofe und der Stallbursche hatten sich nicht mehr gezeigt, Sophie hatte gestern sogar auf ihre übliche Gutenachtrunde verzichtet.

Sie wich meinem Blick aus. »Thomas und ich haben uns unterhalten und dabei die Zeit vergessen.«

»Aha«, sagte ich und wurde ein kleines bisschen rot. Hatte Thomas ihr von unserem Beinahekuss erzählt? »Und worüber habt ihr geredet?«

Es war Sophie anzumerken, wie unwohl sie sich plötzlich fühlte. Irgendetwas war im Busch.

»Sophie, raus damit! Was ist los?«

Die Zofe starrte mich an und zögerte. Dann brach es förmlich aus ihr hervor. »Lu, ich kann mich erinnern – an die Nacht des Feuers!«

»Wie ist das möglich?« Ich stand langsam vom Bett auf. Die Tatsache, dass Sophie mich gerade zum ersten Mal mit meinem Vornamen angesprochen hatte, zeigte, wie aufgewühlt die Kammerzofe war. »Ich dachte, ihr wisst nichts mehr von dem Abend?«

»So war es auch.« Sophie schüttelte ratlos den Kopf. »Es ist, als würde alles Stück für Stück zurückkehren.«

Gespannt sah ich sie an. »Was ist dir wieder eingefallen?«

»Die Wahrheit muss ans Licht, so schrecklich sie auch sein mag.« Sophie atmete tief ein. »Beth hat Lady Mary auf den Dachboden gelockt. Ich weiß nicht, wie sie das geschafft hat, und ich habe es nur durch Zufall entdeckt. Ich hatte an diesem Abend noch etwas mit meiner Schwester zu bereden und habe sie überall gesucht. Und dann habe ich sie gefunden. In einer unbenutzten Dachkammer, in der sie magische Rituale abhielt.«

Ich fröstelte. Das kam mir bekannt vor.

Sophie flackerte, wie ich es sonst nur von Thomas kannte. Ihre Gestalt verschwand und tauchte im gleichen Augenblick etwas weiter entfernt wieder auf. Sie rang die Hände und sah mich flehentlich an.

»Ich machte mich nicht bemerkbar, sondern öffnete vorsichtig die Luke zur Dachkammer. Beth hockte da, sprach in einer fremden Sprache und wippte ihren Oberkörper vor und zurück. Ich bekam von dem Anblick sofort eine Gänsehaut.«

So wie ich von der Erzählung.

Ich sah die Szene deutlich vor mir, roch den Staub und spürte die Kälte.

»Nur wenige Kerzen brannten und ich konnte schlecht erkennen, worüber Beth sich beugte«, fuhr Sophie mit Tränen in den Augen fort. »Ich wollte zu ihr gehen und trat in etwas

Nasses. Es war kein Wasser, das wusste ich sofort. Es fühlte sich klebrig an und glänzte schwarz. Blut. Überall war Blut.«

Sophie kam auf mich zu und ergriff meine Hände. Ich wunderte mich schon gar nicht mehr darüber, dass ich sie spüren konnte.

»Da entdeckte ich den Körper auf dem Boden. Mitten in einem Kreis aus Blut lag Lady Mary«, sagte Sophie voller Entsetzen. »Zuerst dachte ich, die Lady sei tot. Leichenblass war sie, die nackten Beine verdreht und die Arme von sich gestreckt. Ich habe Beth geschüttelt und angeschrien, doch sie hörte nicht auf, zu flüstern. Wie von einem Dämon besessen, zischte und fauchte sie.«

Die Zofe stockte und schluckte ein paarmal schwer. Sie hob ihre Hand und betrachtete sie weinend.

»Beth hatte sich selbst in den Arm geschnitten und mit ihrem Blut den Kreis gezogen. Ich hab ihr ins Gesicht geschlagen, damit sie endlich zur Besinnung kommt, doch sie hat nicht reagiert. Deshalb bin ich losgerannt, um Hilfe zu holen. Und dann roch ich den Rauch.«

Sophie atmete schnell, als schnürte ihr der Rauch noch immer die Kehle zu. Auch ich bildete mir plötzlich ein, ein Feuer zu riechen.

»Und dann?«, fragte ich.

Sie blickte mich aus großen Augen an. »Das war alles, an mehr kann ich mich nicht erinnern. Danach wird alles schwarz.«

Sie wirkte so verzweifelt, dass ich gar nicht anders konnte, als ihr zu glauben. Eins war jedenfalls sonnenklar: Wenn es in der Nacht des Feuers einen Brandstifter gegeben hatte, dann hatte er nicht Edward geheißen, sondern Beth.

Unwillkürlich zog ich Sophie an mich und umarmte sie. Als ich sie wieder losließ, lächelte Sophie durch ihre Tränen hindurch.

»Danke, dass du mir davon erzählt hast«, sagte ich.

Sophie stand mit gesenkten Lidern da. »Darf ich der jungen Lady einen Rat geben?«

»Klar.«

»Sie sollte den Tag über in ihrem Zimmer bleiben.«

»Was?« Ich schüttelte verblüfft den Kopf. »Heute ist mein Geburtstag, Sophie. Und das Runmore-Feuer findet statt.«

Wie auf ein Zeichen hin, drangen von draußen Rufen und lautes Poltern herein. Die Vorbereitungen für das Bühnenstück liefen auf Hochtouren. Ich wollte zum Fenster gehen und einen Blick hinunterwerfen, da entdeckte ich eine Krähe, die auf dem Fensterbrett davor saß und mich mit einem schwarzen Auge fixierte. Ich zuckte zurück.

»Immer diese Krähe!«, schimpfte Sophie. »Seit Tagen schwirrt dieser verflixte Vogel um das Runmore Manor.« Sie ging zum Fenster, riss das Geisterdouble auf und verscheuchte die Krähe.

»Wie hast du das gemacht?«, fragte ich erstaunt. Die Krähe hätte Sophie eigentlich nicht mal wahrnehmen dürfen. Sophie war ein Geist, den nur ich sehen konnte. Allerdings, gab ich mir selbst zu bedenken, hatte ich Sophie auch gerade umarmt und es hatte sich sehr echt angefühlt. Was passierte nur mit meinen Geistern?

Lautes Klopfen ließ mich zusammenfahren. Sophie machte einen schnellen Knicks und verschwand. Ich musste mich kurz sammeln, bevor ich die Tür öffnete.

»Ben?« Wie sollte ich mir Ben aus dem Kopf schlagen, wenn er immer wieder auftauchte? Schlecht gelaunt ließ ich ihn herein.

»Ich wollte dir zum Geburtstag gratulieren.«

»Danke«, sagte ich ungnädig. »Noch was?«

»Ich habe nachgedacht.« Ben legte seine Hände auf meine Schultern und drehte mich zu ihm. »Es ist wichtig, Lu. Hörst du mir zu?«

Seine Augen bohrten sich regelrecht in meine und ich schaffte es nicht, wegzublicken. Was hatte der Kerl nur an sich? Warum brachte er mich so schrecklich durcheinander? Und wo bekam ich ein wirksames Mittel gegen imaginäre Feuerameisen her? Ich wollte dieses wohlig warme Kribbeln überall auf meiner Haut, wenn Ben in der Nähe war, nicht länger spüren.

»Ich werde Edward nicht fragen, ob …«, meckerte ich los, doch Ben unterbrach mich.

»Lass die Geschichte mit Edward«, sagte er schnell. »Es geht um etwas anderes. Ich habe etwas Interessantes im Internet gefunden.« Er hatte wohl damit gerechnet, an dieser Stelle unterbrochen zu werden, doch ich ließ ihn eiskalt auflaufen und sah ihn stumm und auffordernd an. »Hm. Okay. Das mag jetzt vielleicht verrückt klingen. Es geht um diese Kreidestriche.«

Jetzt hatte er mich. »Schieß los.«

»Zuerst dachte ich, es sind einfach drei Striche. Aber dann kam es mir seltsam vor. Ich meine, wer macht sich schon die Mühe und bemalt ein ganzes Herrenhaus mit immer drei Strichen nebeneinander? Und schließlich ist mir klargeworden, es sind drei Einsen. Einhundertelf. So, wie das einhundertelfte Runmore-Feuer.«

»So weit war ich auch schon«, erwiderte ich kühl.

Er ging nicht darauf ein und verschränkte die Arme vor der Brust. »Nachdem ihr mich gestern aus deinem Zimmer geworfen hattet, habe ich mein Laptop angeschmissen und ein bisschen recherchiert. Dreimal die Eins. Dreimal«, sagte er eindringlich. »Und das an einem Tag wie diesem.«

Moment. Elsa hatte auch gemeint, die 111 sei magisch.

»Du hast auf dem Dachboden etwas gesagt«, fuhr Ben fort. »Zu Edward. Erinnerst du dich?« Ich hatte viel gesagt und sah ihn verständnislos an. »Du warst ganz überrascht, weil du ihn anfassen konntest.«

»Ja«, hauchte ich und dachte daran, wie meine Finger auf Edwards Schulter gelegen hatten. »Bei Sophie und Thomas ist es das Gleiche, ich kann sie auch berühren.«

»Du hast Thomas berührt?« Ben zog die Brauen zusammen.

»Äh … das war …« Ich wurde knallrot und setzte mich auf den Stuhl vor meiner Frisierkommode. »Ist ja auch egal, jedenfalls kann ich die Geister plötzlich anfassen. Und Sophie hat gerade eine lebendige Krähe verscheucht, einfach so.«

»Entweder, die Geister werden immer realer, oder du gleitest tiefer in ihre irreale Welt ab.« Ben ging leicht in die Knie, um meinen Blick einzufangen. »Beides beunruhigt mich.«

»Wie meinst du das, ich gleite ab?«

»Lu, deine Träume zeigen dir nicht nur in die Vergangenheit, sie bringen dich wirklich dorthin. *Jemand* bringt dich dorthin. Und dieser Jemand will, dass du dort etwas veränderst.« Mit jedem Wort klang Ben aufgeregter. »Diese Kreidestriche … sie wirken fast wie eine Beschwörungsformel. Als würde jemand versuchen, ins Runmore Manor einzudringen. Es kann kein Zufall sein, dass sie ausgerechnet zum einhundertelften Jahrestag des Feuers überall auftauchen. Und das an Halloween.«

Anscheinend waren es sehr dubiose Internetseiten, auf denen Ben unterwegs gewesen war. »Wie meinst du das?«

»Ich hatte gestern …«

»Nachdem wir dich aus dem Zimmer geworfen hatten«, schob ich ein und Ben verzog säuerlich den Mund.

»Ich habe also viel Zeit gehabt und mich ein bisschen mit diesem alten Fest beschäftigt. Du hast mir doch an meinem ersten Tag hier von Samhain erzählt und dass die Tore zwischen der Welt der Toten und der Lebenden nie so weit geöffnet sind wie an Halloween.«

Ich hatte das immer als lustige Gruselgeschichte abgetan.

»Wer auch immer dich für seine Zwecke benutzen will, Lu«, Ben nahm meine Hände und drückte sie fest, »er wird es an

Halloween tun. Es ist nur ein kleines Zeitfenster, aber wenn es stimmt, was ich gelesen habe, dann ist es machtvoll.« Er zog mich in seine Arme und sein warmer Atem strich über mein Haar. »Lu, wir dürfen nicht zulassen, dass du wieder in einen Traum abrutschst. Du darfst heute nicht eine Sekunde allein sein.«

30. KAPITEL

Die Bühne für das 111. Runmore-Feuer stand und Mrs Tobey hielt mit einem Glas in der Hand, das sie in weitem Bogen schwang, eine Rede. Die Iffingtoner waren fast komplett auf der ehemaligen Pferdekoppel hinter dem Hotel versammelt, lauschten andächtig, lachten hin und wieder und klatschten zustimmend. Mr Brown war der Einzige, der nicht stumm vor Glück den Aufbau bestaunte, sondern mit einer Wasserwaage die Stufen, die seitlich zur Bühne hochführten, vermaß. Erst Estelle, die mit langen Schritten über die Wiese hinzukam, lenkte ihn davon ab. Mr Brown ließ die Wasserwaage fallen und begrüßte Estelle mit mehreren Verbeugungen und einem Schmatzer auf die Wange. Ich musste an ihre Bemerkungen über seinen Backenbart denken und grinste.

Ich wäre so gern dabei gewesen, stattdessen sah ich von meinem Fenster aus zu. Ich hatte Ben versprochen, mich nicht von der Stelle zu rühren, bis Emma da war. Sein Plan, mich heute rund um die Uhr zu beaufsichtigen, war bereits eine Minute später vereitelt worden. Estelle hatte ihn auf seinem Handy angerufen und daran erinnert, dass sie noch einen Anwaltstermin hatten. Da sie bereits am nächsten Tag aufbrechen wollten, konnte der Termin, sehr zu Bens Leidwesen, nicht verschoben werden.

Ich wusste nicht, was ich davon halten sollte. Ich hatte Ben beobachtet und seine Sorge um mein Wohlergehen verunsicherte mich. Er hatte mir während des ganzen Telefonats mit seiner Mutter in die Augen gesehen, einmal sogar seine Hand gehoben und sie mir auf die Schulter gelegt. Dass ich dadurch ein ernstes Feuerameisenproblem bekommen hatte, konnte er ja nicht ahnen.

Ich hatte vorgeschlagen, Emma anzurufen, und das noch in seinem Beisein getan. Die hatte zu Hause eigentlich einiges erledigen wollen, aber ich hatte sie überreden können, den Nachmittag vor dem Runmore-Feuer bei mir zu verbringen.

Durch die geschlossenen Scheiben sah ich, wie Ben auf die Bühne zuging und das Banner mit dem Schriftzug zum 111. Jahrestag betrachtete. Dann hob er den Blick zu meinem Fenster. Wir sahen uns einfach an. Es fühlte sich gut an und ich musste mich zwingen, ihm nicht zuzuwinken und wie Rapunzel meinen Zopf runterzulassen. Na ja. Er war auch nicht lang genug. Schließlich entdeckte Estelle ihren Sohn. Gemeinsam folgten sie dem Kiesweg, der um das Gebäude herum und bis zum Parkplatz führte.

Ich sah ihnen nach, bis sie aus meinem Sichtfeld verschwunden waren, und entdeckte dann einen schwarzen Punkt am Himmel. Es war wieder diese Krähe, die sich zielstrebig näherte. Sie schoss heran und ich wich unwillkürlich einen Schritt zurück. Der Vogel schien direkten Kurs auf mein Fenster zu nehmen und ich befürchtete, er würde voll gegen die Scheibe knallen, wenn er nicht langsam abbremste.

»Du dummes Ding!«, rief ich vor Schreck und wedelte mit den Armen. »Husch!«

»Lu?«

Ich fuhr herum. Emma hatte mein Zimmer betreten.

»Hast du das gesehen?«, fragte ich noch ganz außer Atem. »Diese blöde Krähe …« Ich verstummte, als ich Emma genauer ansah. Ihr Gesicht war ungewöhnlich fahl und ihre Augen starr. »Geht es dir nicht gut?« Ich lief auf sie zu, nahm sie an den Händen und zog sie zu meinem Bett. »Setz dich, bevor du noch umfällst. Soll ich dir was zu trinken holen?«

Emma ließ sich auf dem Bett nieder und schüttelte langsam den Kopf. »Nein.«

»Was ist denn los? Ist dir schlecht?«

»Ich habe ein Geschenk für dich«, sagte Emma, als hätte ich gar nichts gefragt.

»Du hast mir doch schon das Notizbuch geschenkt«, antwortete ich besorgt und setzte mich neben sie.

Es war nicht auszuschließen, dass Emma sich übel den Kopf angestoßen hatte. Ich guckte mich nach meinem Handy um, am besten, ich rief Mum an, damit die sich Emma mal anschauen konnte.

Emma ließ mich nicht aufstehen, sondern hielt mich mit eiskalten Händen fest. »Lu, schau, was ich für dich habe.«

Sie griff sich an ihren Kragen und zog eine feingliedrige Kette hervor, die an einer Stelle mit einem Knoten notdürftig repariert worden war.

Ich riss die Augen auf. »Mein Medaillon?«

Ich war so überrascht, dass mir das Offensichtliche entging: Wie war Emma an das Medaillon gekommen, das Edward mit sich genommen hatte?

Ich hielt still, bis Emma mir die Kette übergestreift hatte. Kaum hatte sie ihre Finger davon genommen, brach sie zusammen und rutschte vom Bett. Ich wollte ihren Namen rufen, wollte mich zu ihr hinunterbücken, doch mein Körper gehorchte mir nicht mehr.

Die Krähe pickt an die Scheibe und ich gehe zum Fenster, um sie hereinzulassen. Der schwarze Vogel gleitet zur Frisierkommode und lässt sich auf dem Rand des Spiegels nieder. Ich setze mich auf den Stuhl davor und schaue mich selbst im Spiegel an. Das Gesicht mir gegenüber verändert sich, wird mir fremd. Ein junges hübsches Gesicht sieht mich an. Ich will mich entsetzt wegdrehen, doch der Blick hält mich fest. Die hellen Augen blitzen auf und ich frage mich verstört, wo ich sie schon einmal gesehen habe. Ist das Beth? Sophie hatte recht, die Schwestern sehen sich ähnlich.

»Wer bist du?«, frage ich zitternd.

»Wir sind schon so lange miteinander verbunden, und erst jetzt fragst du das?« Die Frau im Spiegel lacht.

Wut überkommt mich. »Ich will wissen, wer du bist und was du von mir willst.«

»Kleine Luisa, kleine dumme Luisa. Ich will, dass du etwas für mich tust, was nur du tun kannst.«

»Warum ich?«

Die Frau wird ernst und blickt mich mit einem Funkeln in ihren hellen Augen an. »In dir fließt das Blut der Runmores und du wirst heute, genau einhundertelf Jahre nach dem Feuer, sechzehn Jahre alt. Du bist eine Verbindung in die Vergangenheit. Ich ahnte es schon bei deiner Geburt, doch als du älter wurdest und ständig von deinen Geistern erzählt hast, wusste ich mit Sicherheit, dass du mein Werkzeug sein wirst.«

Die Krähe breitet ihre Schwingen aus und gibt ein leises »Krahkrah« von sich.

»Ich werde dir nicht helfen«, sage ich energisch.

»Das hast du doch schon. Seit du auf der Welt bist. Du trägst immer ganz artig das Medaillon, das ich dir geschenkt habe.«

Meine Finger krallen sich an der Tischplatte der Frisierkommode fest. Ich will mich schütteln, das Medaillon von mir reißen, doch die Frau im Spiegel hält mich mit ihrem Blick gefangen.

»Durch dieses unscheinbare Schmuckstück habe ich die Kontrolle über dich. Es war nicht ganz leicht, das zu lernen, aber ich hatte ja sechzehn Jahre Zeit und ich war fleißig.«

»Du hast die 111 an die Wände gemalt, oder?«

»Natürlich. Irgendwie musste ich doch ins Runmore Manor kommen.« Sie lächelt boshaft. »Du ahnst ja nicht, wie sehr sich das alte Gebäude gewehrt hat. Fast, als wollte es dich beschützen.« Ihr Lächeln wird zu einer wütenden Grimasse. »Dabei habe ich viel mehr Recht, hier zu sein, als du.«

»Du bist Beth, Sophies Schwester.«

Sie hat sich wieder im Griff und nickt mir zu. »Wie du siehst, muss ich nicht mal mehr warten, bis du schläfst. Leider kann ich nicht selbst in die Zeit zurückkehren, weil es mich dort schon gibt. Das würde zu einigen Nebeneffekten führen. Stell dir vor, die Zeit will in ihrem Ordnungssinn beide Elizabeths zusammenführen.« Beth lacht. »Im besten Fall kommt dann eine einhundertelfjährige Beth heraus.«

Liegt es an mir, oder ist es wirklich total absurd, was Beth da erzählt? »Ich verstehe nicht …«

»Na, damals war ich etwa zwanzig Jahre, heute bin ich um die einhundertdreißig. Wenn man eine Beth abzieht, bleiben die einhundertelf Jahre. Circa.«

Warum hat mir eigentlich niemand beigebracht, wie man mit wahnsinnigen Spiegelbildern umgeht? »Heißt das, du lebst noch immer?«

»O ja. Es ist der Fluch, der leider auf mich zurückfiel. Ich wollte Edward auf ewig an mich binden und … Na ja. Du weißt ja, was passiert ist. Er ist ein Geist und ich bin in einem alten Körper gefangen, der nicht sterben kann. Du verstehst, dass ich das ändern muss.«

Im Prinzip nachvollziehbar. »Lebst du hier?«

»Vor deiner Nase, Lu.«

Ich starre das Bild im Spiegel an, das sich plötzlich verändert. Falten bilden sich und überziehen die blasse Haut, die dunklen Haare werden erst grau, dann weiß, und mir läuft es eiskalt den Rücken hinunter. Ich kenne dieses Gesicht.

»Elsa.« Ich werde wütend, als ich an die vielen Gespräche denke, die ich ahnungslos mit ihr geführt habe. »Ohne die Falten habe ich dich gar nicht erkannt.«

»Gewöhn dich nicht dran«, sagt Beth spitz, lacht dann aber auf. Ihr Gesicht wird wieder jung und schön. »Schon heute Abend werde ich zwanzig sein.«

Ich muss Zeit schinden, sie ausfragen, sie aufhalten, bis Ben wiederkommt. Er wird mich hier finden und eins und eins (und eins) zusammenzählen und … genauso hilflos sein wie ich. Ich reiße mich zusammen, will Beth nicht merken lassen, wie verzweifelt ich bin.

Mein Atem geht schneller. »Wie willst du das anstellen?«

»Wie ich eben bereits sagte, kann ich nicht selbst zurück ins Jahr 1906. Ich werde also dich schicken. Du wirst unter meiner Kontrolle dafür sorgen, dass Mary stirbt. Du musst nur darauf achten, dass sie in der Dachkammer bleibt, wo das Feuer ausbricht.«

»Ich denke gar nicht daran.«

»Musst du auch nicht. Ich werde dich lenken. Übrigens werde ich natürlich auch da sein, in der anderen Version. Geschützt und sicher in meinem Bannkreis. Mary wird endlich sterben, so wie sie es verdient hat. Ach ja, du leider auch.«

Ich beiße die Zähne zusammen und beruhige mich damit, dass die Vergangenheit vorbei und nicht zu ändern ist. »Und dann?«

»Und dann?«, äfft sie mich nach. »Und dann wird alles anders. Ich werde an Edwards Seite leben.«

Obwohl Beth einen unberechenbaren Poltergeist wie Edward mehr als verdient hat, gefällt mir das ganz und gar nicht.

»Deine Schwester ist in dem Feuer umgekommen.«

»Vielleicht hat sie diesmal Glück.«

»Es wird kein Diesmal geben. Das alles ist längst geschehen und nicht mehr zu ändern.«

»Nein?« Beth lacht. Sie hebt die Arme und streckt sie nach mir aus. Gelähmt vor Angst betrachte ich ihre Hände, die wie durch flüssiges Silber nach mir greifen. Der Teil ihres Körpers, der aus dem Spiegel ragt, ist alt und runzlig, ihre Finger sind knochig, ich traue ihnen die Kraft gar nicht zu, mit der sie nun an mir zerren. Alles verschwimmt und verliert an Kontur. Erinnerungen rauschen an mir vorbei, Stimmfetzen wirbeln um mich herum, Schreie, Lachen, Weinen. Meine Umgebung spaltet sich in einzelne Farben auf, die wie Regentropfen auf mich einprasseln, an engen Tunnelwänden abperlen und sich wieder zusammensetzen. Mir wird übel und ich will die Augen schließen, doch es gelingt mir nicht, auch nur wegzusehen. Es gibt kein Oben oder Unten mehr, keine festen Gegenstände, die Zeit ist eine Seifenblase, schillernd und zerbrechlich, ein Trampolin, das mich von einer Seite zur anderen wirft, bis ich mich vor Übelkeit übergeben möchte.

Ich sitze in einem Zimmer, das ich nur mit Mühe als meines erkenne. Die Tür zum Bad gibt es noch nicht, aber durch das Fenster fallen die Schatten, die ich bei Sonnenuntergang gewöhnt bin.

Ohne es zu wollen, erhebe ich mich von dem Stuhl. Er ist ein anderer, ein altmodischer, obwohl er neu aussieht. Ich habe keine Zeit mich zu wundern, denn ich begebe mich zur Tür und trete auf den Flur. Kaum wahrnehmbar liegt der Geruch von Rauch in der Luft.

Fremde Gedanken in meinem Kopf zwingen mich, den Flur entlangzugehen, bis ich zu der Tür komme, die auf den Dachboden führt. Es ist wie in meinen Träumen, ich bin vollkommen hilflos und fremde Gefühle machen sich in mir breit.

Ich fühle Vorfreude in mir, will nur noch die Leiter nach oben klettern und verhindern, dass Mary dem Feuer in der Dachkammer entkommen kann. Meine rechte Hand legt sich auf eine Sprosse und ich steige mit wackligen Beinen hinauf.

Die Luke knirscht, als ich sie aufdrücke und wieder hinter mir schließe. In der muffigen abgestandenen Luft liegt der metallische Geruch nach Blut, der sich deutlich von dem Brandgeruch absetzt.

Mir wird schwindelig, als ich versuche, die Luft anzuhalten. Um mich von dem ekelerregenden Gestank abzulenken, denke ich an den Duft, der Bens Jacke anhaftete. Ich erinnere mich daran, wie er mich beschworen hat, ein Zeichen in der Vergangenheit zu hinterlassen. Ich habe es tatsächlich geschafft, ein kleines L in das Ölgemälde zu ritzen.

Wenn es mir gelingt, mich zu konzentrieren, kann ich es auch diesmal schaffen, mich gegen Beth' Willen zu wehren. Ich muss es versuchen.

Mein Blick fällt in die hintere Ecke der Dachkammer. Die andere Beth sitzt dort in einem Kreis aus Blut. Das ist der Bannkreis, von dem sie gesprochen hat. Hier ist sie sicher vor den Flammen. Sie ist tief in Trance, wippt vor und zurück und flüstert in einer Sprache, die hart und rau klingt.

Vor ihr liegt eine Frau, sie trägt nur ein dünnes Hemd. Sie rührt sich nicht, und Genugtuung legt sich wie ein süßer Geschmack auf meine Zunge.

Ein Knistern zieht meine Aufmerksamkeit auf sich. Unterhalb der Dachluke befindet sich ein Reisighaufen, von dem sich ein weißer Rauchfaden spinnt. Es wird nicht mehr lange dauern und das Feuer wird auf das Holz des Dachstuhls übergreifen.

Die Beth in mir bringt mich dazu, die Luke zu schließen und sie mit einem Stück Holz zu verkeilen. Ich bleibe an dem nun verschlossenen Ausgang stehen und betrachte kühl die reglose Frau.

Endlich wird alles so sein, wie es immer sein sollte. Mary wird sterben. Der Bannkreis wird dafür sorgen, dass Beth nichts geschieht.

Ich höre mich lachen. Es klingt, als amüsiere ich mich über einen gelungenen Streich. Dieser Bannkreis hat mich schon einmal beschützt. Leider nicht so wie erhofft. Ich mache ein paar Schritte auf Beth zu und empfinde beinahe Zärtlichkeit für diesen jungen Körper, den ich mal besessen habe. Ich will diese alte vertrocknete Elsa nie wiedersehen müssen, ich will frisch und voller Leben sein.

Langsam lasse ich mich auf die Knie sinken und nehme den Bannkreis aus Blut in Augenschein. Ich habe ganze Arbeit geleistet, ihn dreimal gezogen und an keiner Stelle auch nur einen winzigen Spalt gelassen.

Deshalb hat er auch so gut funktioniert, erklärt mir Beth in Gedanken. Er hat aber nicht nur meinen Körper festgehalten, sondern auch meine Seele. Sie wird für immer darin gefangen sein, wenn ich nichts unternehme. Lebendig begraben zwischen vermodernden Knochen und welkem Fleisch.

Dieser Gedanke schreckt mich auf. Deshalb sind der Lord, Sophie und Thomas Geister. Sie haben versucht, Beth aus dem Bannkreis zu ziehen. Sie alle haben zum Zeitpunkt ihres Todes darin gestanden.

Trauer und tiefes Mitgefühl erfüllen mich. Dann breitet sich Hoffnung in mir aus und meine Gedanken rattern wie ein Schnellzug voran, durchbrechen alle Schranken.

Mitleid ist nichts, was Beth empfinden kann. Ihr tut nicht mal ihre eigene Schwester leid, die in den Flammen den Tod fand. Das kommt von mir, Lu Runmore. Ich bin noch immer da.

Irgendwo im Haus setzen laute Rufe ein. Jemand muss den Rauch gerochen haben. Meine Fingerspitzen kribbeln, als hätte ich einen Stromschlag bekommen. Ich muss Beth loswerden. Sofort!

Dad hat früher immer gesagt, man muss der Angst nur einen ordentlichen Schreck einjagen, dann verschwindet die schon. Also denk an etwas Schönes, Lu. Denk an deinen Geburtstag, an Mums Kürbisservietten, an … Ben. Denk an Ben.

Ich sehe seine Augen vor mir, diese wahnsinnig schönen grauen Augen, die meinem Herzen mit jedem Blick einen kleinen Schubs geben. Ich erinnere mich an den Kuss, den er mir gegeben hat, und meine Hand fährt wie von selbst zu meinem Mund.

Ich kann mich bewegen, realisiere ich verblüfft. Ohne weitere Zeit zu verlieren, springe ich auf. Ich spüre, dass Beth da ist und dass sie sehr, sehr wütend ist, doch sie ist in den Hintergrund gedrängt worden. Das ist meine Chance!

Das Feuer hat den Reisighaufen mittlerweile verzehrt und züngelt nun hungrig über einen Dachbalken und den Boden.

Laute Schritte zeigen mir, dass die Geschichte ihren Lauf nimmt. Sophie wird Thomas und Edward herführen, damit die ihre Schwester und Mary retten.

Okay. Mein Körper gehört wieder mir, auch wenn er sich wie nach acht Stunden Schulsport anfühlt. Ich nehme mir die Zeit, den Rücken durchzustrecken, und wende mich dann der bewusstlosen Mary zu. Die andere Beth ist völlig weggetreten und bemerkt mich nicht.

Ich schiebe meine Arme unter Marys Schultern und schleife sie zur Dachluke, an die immer wieder von unten gehämmert wird. Während Mary halb auf mir liegt, öffne ich mit der rechten Hand die Luke – und blicke geradewegs in Thomas' Augen.

Es wäre eigentlich zum Totlachen, wenn es nicht so traurig wäre: Der Stallbursche macht ein Gesicht, als hätte er einen Geist gesehen.

»Hier, Thomas, nimm Lady Mary«, sage ich bestimmt und schiebe die Bewusstlose durch die Luke.

»Wer bist du?«, fragt er überrascht und nimmt Mary in seine Arme. Er reicht sie an Edward und Sophie weiter, die am unteren Ende der Leiter stehen. »Komm raus da, es brennt!«

»Ich bin Lu«, erkläre ich und Tränen vernebeln mir die Sicht. »Bring dich in Sicherheit, Thomas.«

Mit diesen Worten schlage ich die Luke zu. Ich kann nicht zulassen, dass Beth hier rauskommt. Der Qualm füllt nun fast die ganze Dachkammer und ich kann kaum noch atmen. Mit brennenden Lungen werfe ich mich auf die Luke, höre Sophie nach ihrer Schwester schreien, höre, wie Thomas meinen Namen ruft, spüre, wie jemand von unten gegen die Luke drückt, doch ich weiche nicht. Thomas und Sophie dürfen nicht hochkommen. Sie dürfen hier und heute nicht sterben. Es ist Erleichterung, die mich durchströmt, als ich höre, wie Edward Thomas und Sophie anbrüllt, mit ihm das Haus zu verlassen. Thomas widersetzt sich, bis Edward ruft, dass Sophie das Bewusstsein verloren hat und sie die Zofe hinaustragen müssen, bevor es zu spät ist. Ihre Stimmen werden leiser, je weiter sie sich entfernen.

Hustend hebe ich den Kopf und erkenne, dass der Bannkreis wirklich funktioniert. Der schwarze Rauch zieht daran vorbei und die Flammen, die begierig höherschlagen, kommen nicht an Beth heran.

Ich frage mich, ob ich mich selbst in dem Kreis in Sicherheit bringen soll. Aber dann wäre ich im Jahr 1906 gefangen. Was wäre mit Dad, meiner Mum und Emma? Mit Ben?

Es gelingt mir nicht mehr, klar zu denken, aber ich robbe auf den Bannkreis zu. Kaum kann ich noch die Augen offen halten, sie tränen vom Qualm und mir schwindet die Kraft.

»Du nicht«, flüstere ich und schiebe meine Hand vor, bis ich den Bannkreis berühre. Mit den Fingern kratze ich über den Boden, achte nicht auf den Schmerz, als sich Splitter unter meine Nägel schieben, kratze und kratze wie besessen …

31. KAPITEL

Eine bleischwere Müdigkeit lag auf mir wie eine Daunendecke. Ich wollte die Augen geschlossen halten und einfach dort liegen bleiben, wo ich war.

Wo war ich überhaupt?

Ganz langsam hob ich ein Augenlid. Alles war dunkel. Obwohl, das stimmte nicht. Das Licht war nur anders. So, als fehlte etwas.

Entsetzt sprang ich auf und sah mich genauer um. Es kam mir vor, als wäre direkt über meinem Kopf eine Taschenlampe angebracht, deren silbrig graues Licht nur einen kleinen Umkreis erhellte. Es reichte nicht, um den ganzen Raum sehen zu können, aber praktischerweise wanderte das Licht mit mir mit, als ich vorsichtig ein paar Schritte zur Erkundung machte. Die unmittelbare Umgebung wirkte wie ein 3D-Film, den man ohne 3D-Brille sah. Scharfe Konturen, die sich dennoch zu einem verschwommenen Mischmasch zusammensetzten.

»Hallo?« Das war ja verrückt. Meine Stimme klang wie mein eigenes Echo, verzögert und wie aus weiter Ferne. Ich strich mir über die Lippen in der Hoffnung, diesen merkwürdigen Soundeffekt auf diese Weise abstellen zu können. »Hallo? Ist da jemand?«

Ich lauschte. Nichts. Eine Welle von Panik erfasste mich und ich lief einfach los. Dabei stieß mein Kopf gegen einen der schrägen Dachbalken und ich presste sofort eine Hand an die Stelle, an der eine anständige Beule wachsen würde. Oder? Ich fühlte keinen Schmerz …

Irritiert klopfte ich meine Stirn ab, doch da war kein Widerstand. Die Panik schlug erneut hoch. Was war hier los? Warum war ich allein auf dem Dachboden? Hatte ich wieder schlafgewandelt? Schlafen. Vielleicht sollte ich mich wieder hinlegen? Hier und jetzt. Und schlafen, einfach nur schlafen.

»Reiß dich zusammen, Lu Runmore!«, rief ich mir selbst mit Echohall zu. »Das kommt ja gar nicht in die Tüte. Du bleibst mal schön wach und findest raus, was hier los ist.«

Ich lehnte mich gegen den Dachbalken und strengte mich an, nachzudenken, doch meine Gedanken tröpfelten wie zäher Honig und klebten dabei irgendwie fest. Mein Blick fiel auf meine Hand, die vom silbrig grauen Licht über mir angestrahlt wurde. Mir war nie klar gewesen, wie blass meine Haut war. Sie war geradezu gespenstisch weiß …

Mein eigener spitzer Schrei ließ mich zusammenfahren. Im Augenwinkel hatte ich erkannt, dass meine Schulter halb im Deckenbalken eingesunken war. Mit einem Sprung entfernte ich mich von dem Balken und überprüfte schnell, ob meine Schulter noch da war. War sie. Und auch nicht. Ich konnte sie sehen und sogar bewegen, aber nicht mit der Hand spüren, die ich nun so fest hineinkrallte, dass es hätte wehtun müssen.

Die Erkenntnis kam wie eine Ohrfeige. Ich war ein Geist.

Taumelnd ging ich rückwärts und schrie. Obwohl ich aus voller Lunge brüllte, drang nicht mehr als ein zarter, hilfloser Ton an meine Ohren.

Ich ließ mich fallen, rollte mich zusammen und weinte hoffnungslos. Ich war gefangen in der Ewigkeit, um mich herum ein entsetzliches, silbrig beleuchtetes Nichts. Ich konnte nicht weiter als drei Meter sehen und niemand sonst war da. Ich war allein. Nur ich und dieses kratzende Geräusch.

Ich hob schluchzend den Kopf und erblickte einen kleinen Schatten, der genau auf der Grenze meines Taschenlampenscheins hockte. Mit jeder Bewegung seiner Flügel brachte er meine Umgebung zum Flimmern, blieb dabei selbst aber scharf und deutlich. Es war eine Krähe und sie kam mir seltsam bekannt vor.

Ich beobachtete sie eine Weile, ohne mich zu rühren, bis ich flüsternd fragte: »Was machst du denn hier?«

Die Krähe legte ihren Kopf schief und betrachtete mich mit einem glänzenden Auge. Sie sah so echt, so lebendig aus, dass ich nach ihr greifen wollte, es aber nicht wagte, aus Angst, sie zu verscheuchen. Die Krähe machte einen Satz auf mich zu und stieß ein kräftiges »Krahkrah« aus. Dann drehte sie sich um und verschwand aus meinem Lichtkegel.

»Nein!«, rief ich verzweifelt. »Bleib hier! Lass mich nicht allein!«

Ich erhob mich hastig und lief in die Richtung, in der die Krähe verschwunden war. Ich erkannte, dass ich mich auf die Dachluke zubewegte. Der Vogel hatte sich auf der Leiter niedergelassen und schien auf mich zu warten. Als ich nahe genug war, spreizte er die Flügel und glitt aus meinen Sichtfeld.

»Okay.« Da ich nicht bis zum Boden sehen konnte, war es, als führe diese Leiter geradewegs in ein unfassbar tiefes dunkles Loch. Zögernd sah ich mich um. Sollte ich wirklich hinabsteigen? Riskieren, von dem Loch verschluckt zu werden?

»Genau genommen bist du gerade ein Loch im Nichts«, sprach ich mir selbst Mut zu und kletterte auf die Leiter, deren Sprossen sich mit einem silbrigen Schimmer überzogen. Mit jedem Schritt wurde ich sicherer. Ich wusste nun, wo ich war, und atmete erleichtert auf. Nur aus Gewohnheit.

Ich befand mich im Wohnflügel, in der Etage, in der auch mein Zimmer lag. Hier fand ich mich auch ohne Licht zurecht und lief den Flur entlang, geradewegs zu meinem Zimmer.

Die Krähe saß vor meiner Tür und pickte mit ihrem Schnabel dagegen.

»Du willst, dass ich da reingehe?«, fragte ich und hob ganz selbstverständlich die Hand zur Klinke. Es war gleichermaßen faszinierend und schockierend, dass ich sie nicht zu fassen bekam. Ich probierte es noch ein paarmal, aber die Klinke führte sich auf wie ein Hologramm, deutlich zu sehen, aber nicht wirklich vorhanden.

»Das darf doch nicht wahr sein!«, rief ich aufgebracht. »Ich lasse mich von so einer doofen Klinke doch nicht aus meinem Zimmer aussperren!«

Wütend wollte ich mit der Faust gegen die Tür schlagen, doch sie versank bis zum Handgelenk darin. Verblüfft zog ich die Faust zurück.

Ja, genau. Geister konnten durch Wände und Türen gehen. Ich war ein Geist und diese blöde Tür vor mir würde mich nicht aufhalten.

Mit Anlauf sprang ich in mein Zimmer. Auch hier war es ärgerlich dunkel. Aber scheinbar war ich nicht allein, denn ich konnte etwas hören. Zielstrebig steuerte ich auf die Quelle der Geräusche zu und bald erhellte mein persönlicher Lichtkegel zwei Gestalten. Eine davon kniete auf dem Boden und beugte sich über die andere, die ausgestreckt und schlaff dalag. Offensichtlich ein medizinischer Notfall, denn die erste Gestalt unternahm intensive Mund-zu-Mund-Beatmung bei der leblosen Person.

Mein neugieriges Interesse schlug in nacktes Grauen um, als ich die Gestalten erkannte. Es war Ben, der sich unermüdlich als Lebensretter versuchte, und der Körper, den er zwischen der Beatmung immer wieder anbrüllte und an den Schultern rüttelte, war meiner.

Ohne nachzudenken lief ich los, stürzte auf die Tür zu und rannte durch sie hindurch. Ich wollte nicht sehen müssen, wie mein toter Körper dalag und allmählich kalt und steif wurde.

Der nächste Schock ereilte mich, bevor ich ganz durch die

Tür hindurch war. Ein schwarzer Schatten klatschte mir beinahe ins Gesicht. Es war die Krähe, die mit ausgebreiteten Flügeln auf mich zugejagt kam und mich so zurück in mein Zimmer trieb. Ich fiel auf den Hintern und blieb einfach sitzen. Mein Taschenlampenschein reichte nicht so weit, dass ich Ben und mich sehen konnte.

Schon wieder liefen mir die Tränen übers Gesicht. Ich erhob mich langsam und ging auf Ben zu, bis ich ihn ganz sehen konnte. Er war nun nicht mehr über die andere Lu gebeugt, sondern hielt ihren Oberkörper mit beiden Armen fest an seine Brust gedrückt. Er hatte aufgehört, meinen Namen zu brüllen, er sagte ihn nur noch leise, immer und immer wieder.

»Sei nicht traurig, Ben«, wollte ich ihn trösten. Ich hob meine Hand, um ihm über die Wange zu streichen. »Es ist gut, hörst du? Es ist alles gut.«

Ich hatte seine Haut kaum berührt, da passierten mehrere Dinge gleichzeitig.

Vom Fenster her schoss ein Schatten auf mich zu und ich ging instinktiv in Deckung und duckte mich dabei in meinen eigenen Körper. Im selben Moment riss Ben das Amulett vom Hals der leblosen Lu. Sofort ging ein Ruck durch mich hindurch und fuhr mir wie ein Blitz in die Glieder; ich spürte, wie ich in einen Sog gezogen wurde, der meinen Lichtkegel zum Explodieren brachte. Ich hörte das »Krahkrah«, hörte Bens Schrei, hörte, wie mein armes Herz zaghaft einmal schlug.

»Lu!«

Noch ein Herzschlag, diesmal kräftiger. Meine Beine fühlten sich schwer an und etwas hielt mich fest umschlungen. Mein Mund war trocken und in meinen Ohren rauschte das Blut, vom immer stärker werdenden Herzschlag angetrieben.

»Lu?«

Eine Hand stützte meinen Hinterkopf, als mein Oberkörper sanft auf dem Boden abgelegt wurde. Ein warmes Kribbeln breitete sich in mir aus, als ich Bens weiche Lippen auf meinem halb geöffneten Mund spürte. Es war eine so zärtliche Berührung, dass es mir den Atem genommen hätte, wenn der Auslöser dafür nicht gerade eine Mund-zu-Mund-Beatmung gewesen wäre.

Schade, dass ich schon tot war. Er hätte ewig damit weitermachen können.

Augenblick …

»Ben!« Es war nicht mehr als ein heiseres Krächzen, aber immerhin ohne Echoeffekt.

»Mein Gott, danke!«, stieß Ben mit Blick zur Decke aus und ließ seinen Kopf erleichtert auf meine Schulter sacken.

»Kannst du mich hören?«, fragte ich mit trockener Kehle. Ben stützte sich mit den Armen links und rechts von meinem Gesicht ab und sah auf mich hinunter. Er verzog den Mund zu einem schiefen Grinsen.

»Was ist das für eine bescheuerte Frage, Lu Runmore? Ob ich dich hören kann? Du brichst hier zusammen, atmest nicht, hast keinen Herzschlag und fragst mich, ob ich dich hören kann?«

»Du hast ja keine Ahnung«, sagte ich matt.

»Ich?« Ben schüttelte ungläubig den Kopf. »Ich habe keine Ahnung? Weißt du was, Lu? Du solltest lieber dankbar sein, dass ich einen Erste-Hilfe-Kurs absolviert habe, sonst hätte das nämlich ziemlich ins Auge gehen können.«

Mir war nicht ganz klar, warum er plötzlich so sauer war.

»Ich habe das nicht mit Absicht gemacht, Ben Fahey. Ob du es glaubst oder nicht, es war nicht meine Schuld.«

»Weißt du was?« Es war gar nicht nötig, dass er die Stimme hob, denn sein Gesicht war nur wenige Zentimeter von meinem entfernt. »Ich dachte, du wärst tot.«

»Ach ja?« Mir fiel nichts Besseres ein, also gab ich es einfach zu. »Nur damit du es weißt, das war ich auch.«

»Wie bitte?« Ben starrte mich an und ich funkelte wütend zurück. Wir sahen uns tief in die Augen und ich realisierte erst, dass Ben seinen Kopf noch weiter gesenkt hatte, als seine Lippen auf meinen lagen.

Seine Hände gruben sich in mein Haar, und meine Hände zogen ihn am Kragen noch näher zu mir. Mein Herz hatte seine Arbeit wiederaufgenommen und schlug wie wild in meiner Brust. Ich war kein Geist, das hier war echt. Ich lebte und ich küsste Ben Fahey.

Das Krachen meiner Tür riss uns auseinander. Wir saßen kerzengerade auf dem Boden und blickten zu Dad auf, der in mein Zimmer gestürmt war.

»Okay.« Dad kratzte sich verlegen am Hals. »Das ist jetzt für alle hier sehr peinlich.«

Wie recht er hatte. Ich wünschte, ich hätte noch meine Geisterfähigkeit, durch feste Materialien zu sinken. Durch den Fußboden, zum Beispiel.

Erst jetzt kam Emma ins Zimmer gelaufen. Sie stützte sich am Türrahmen ab und japste nach Luft. Dad ging an ihr vorbei und klopfte ihr sacht auf die Schulter. »Und das nächste Mal sei bitte etwas konkreter, wenn du ›Hilfe, ein Notfall‹ schreist, Emma.«

Emma sah ihm verständnislos hinterher. Ben und ich saßen noch immer nebeneinander und ich konnte das kleine Beben, das sich von meinem Magen aus im ganzen Körper ausbreiten wollte, nicht länger aufhalten. Ich lachte los und Ben stimmte fast im gleichen Augenblick mit ein.

Emma schloss die Tür und ließ sich vor uns auf die Knie sinken. »Jetzt glaubt dein Vater, dass ich hysterisch bin.«

»Das glaubt er sowieso«, sagte ich und zwang mich, ernst zu werden. »Spätestens seit du dich mitten in der Nacht von deiner Mum hast abholen lassen, weil in unserem Badezimmer eine Spinne saß.«

»Da war ich neun«, motzte Emma, musste bei der Erinnerung daran aber auch lachen. Ihr Lachen wurde ohne Vorwarnung zu einem herzzerreißenden Schluchzen und sie warf sich in meine Arme. »Lu, ich hab gedacht, ich dreh durch, als Ben meinte, dein Herz wäre stehen geblieben. Und daran war ich schuld. Ganz allein ich.«

»Wie kommst du denn darauf«, fragte ich und strich Emma tröstend über den Rücken.

»Weil ich mich hab übers Ohr hauen lassen.«

»Was meinst du?« Ich sah Emma an, die sich wieder aufrichtete und sich mit dem Ärmel über das Gesicht fuhr. Ben griff nach meiner Hand und ich sah im Augenwinkel, dass er die Lippen fest zusammenpresste.

»Ich wollte zu dir und da ist mir Elsa über den Weg gelaufen.«

»Elsa?« Ich dachte an das Gesicht im Spiegel und schüttelte mich.

»Ja. Sie hat mich angesprochen und mich irgendwie eingelullt. Ich wollte gar nicht mit ihr reden, aber sie hat mir dein Medaillon gezeigt, und das Nächste, was ich weiß, ist, dass Ben dich auf dem Boden gefunden hat. Tot. Weil ich dir das verfluchte Medaillon gebracht habe.«

»Nicht tot«, stellte Ben sofort richtig. »Nur kurz davor.«

»Ziemlich kurz«, bestätigte ich. »Aber es ist alles gut gegangen und ich«, ich stand auf und streckte mich zum Zeichen meiner Vitalität, »fühle mich blendend.«

Was vielleicht daran lag, dass Ben noch immer meine Hand hielt.

»Was ist passiert, Lu?«, fragte er leise. »Warst du wieder in der Vergangenheit?«

»Ja und nein«, murmelte ich und dachte an meinen kleinen Ausflug in die Geisterwelt.

Apropos Geister. Ich sah mich suchend um. Wo steckten Sophie und Thomas? Die beiden würden Augen machen, wenn ich ihnen nachher erzählte, dass ich jetzt genau verstand, wie die Welt für sie aussah. Ich hatte es selbst erlebt.

Die beiden ließen sich nicht blicken, dafür entdeckte ich etwas auf dem Boden vor dem weit geöffneten Fenster. Ich ging darauf zu und bückte mich nach der blauschwarzen Feder.

»Danke«, sagte ich leise und sah nach draußen, doch die Krähe war nirgends zu sehen.

Emma berührte sanft meine Schulter. »Lu?«

Ich drehte mich um und fing sofort Bens Blick auf. »Ich muss euch etwas erzählen.«

32. KAPITEL

Dunkelheit hatte sich über das Runmore Manor gelegt und auf der Wiese hinter dem Hotel herrschte rege Betriebsamkeit. Es gab Buden, in denen Kuchen, Kaffee und die leckeren, selbst gekelterten Obstsäfte ausgeschenkt wurden, und Stände mit Spielen für die Kinder. Das diesjährige Spektakel hatte viele Besucher angelockt, die sich bereits vor der hell erleuchteten Bühne versammelt hatten und erwartungsfroh dem Stück entgegensahen. Das 111. Runmore-Feuer versprach, ein voller Erfolg zu werden.

Emma, Ben und ich standen am Rand der Wiese und betrachteten die Menschenmenge.

»Ich kann immer noch nicht fassen, dass Elsa dir so etwas angetan hat.« Emmas Augen waren gerötet und sie schüttelte immer wieder den Kopf. »Sie hat das alles seit deiner Geburt geplant.«

»Ich hoffe nur, dass mein Plan funktioniert hat«, murmelte

ich und ließ meinen Blick hin und her huschen. »Dann wäre sie für immer verschwunden.«

Ben strich sanft mit dem Daumen über die Finger meiner rechten Hand. Er hatte sie die ganze Zeit nicht losgelassen und sie beruhigend gedrückt, als ich von meinen Erlebnissen in der Vergangenheit berichtet hatte. Ich sah ihn an und der Blick aus seinen grauen Augen ließ mich erschaudern.

»Gleich geht es los.« Emma deutete nach vorn. »Mrs Tobey betritt schon die Bühne.«

Mrs Tobey kam die Ehre zuteil, das Schauspiel anzusagen. Sie räusperte sich und sagte »Test, eins, zwei, eins, zwei« ins Mikrofon, und obwohl alles tadellos funktionierte, klopfte sie fest mit der freien Hand darauf. Die Lautsprecher übersetzten diese rüpelhafte Behandlung mit dumpfem Krachen und die Menge raunte empört.

»Kommt!« Ich zog Ben mit mir. »Wenn wir noch einen einigermaßen guten Platz bekommen wollen, müssen wir uns beeilen.«

»Ich kümmere mich darum.« Emma lief los und ich wollte ihr folgen, doch Ben hielt mich fest, indem er einen Arm um meine Hüfte legte.

»Lu? Geht es dir wirklich gut?« Er sah mich forschend an. »Immerhin hat dein Herz kurz ausgesetzt.« Er schluckte. »Vielleicht sollten wir doch besser einen Arzt …«

»Mach dir keine Sorgen, Ben. Es ist wirklich alles in Ordnung.« Ich wand mich aus seinem Griff, nahm wieder seine Hand und zog ihn mit mir. Emma hatte es geschafft, sich bis ganz vorn durchzukämpfen, und winkte uns zu sich. Wir schoben uns durch die Menge und erreichten die Bühne, als sich gerade der Vorhang öffnete.

Ich drehte den Kopf und blickte zu meinem Fenster hinauf. Die Stammgäste mochten das Stück nicht, dennoch hoffte ich, Sophie oder Thomas hinter dem Fensterglas zu entdecken.

»Vor genau einhundertelf Jahren«, schmetterte Mr Brown, der als Doktor Hamilton die Rolle des Erzählers übernahm, »ereignete sich ein schreckliches Unglück.«

»Seit wann hat Mr Brown denn so eine tiefe Stimme?«, wisperte Emma.

»Das macht der Backenbart«, antwortete Ben, der hinter mir stand, sein Kinn auf meinem Kopf abgelegt und seine Arme um mich geschlungen hatte. »Der ist so schrecklich männlich.«

Emma kicherte, und Mr Brown fuhr damit fort, die näheren Umstände der sich anbahnenden Katastrophe zu erläutern.

»Der von uns allen sehr verehrte Hausherr, Lord Edward Runmore, konnte an diesem Morgen noch nicht ahnen, dass …«

»Wie bitte?« War ich im falschen Film beziehungsweise in der falschen Vorstellung? »Wovon redet er denn da?«

»An die Stelle erinnere ich mich gar nicht«, antwortete Emma ratlos. »Haben die was umgeschrieben?«

Bens Griff verstärkte sich und ich lehnte mich gegen ihn. War wirklich alles in Ordnung mit mir? Ich verstand nicht, was da auf der Bühne vor sich ging.

Doktor Hamilton alias Mr Brown machte Platz für die ersten Schauspieler. Applaus brandete auf, als Edward auftrat.

»Hä?« Es hatte schon Vorstellungen gegeben, da war der Edward-Darsteller mit faulen Tomaten beworfen worden, doch diesmal war alles anders. Alles, bis auf das Feuer, das auch in diesem Stück im Herrenhaus ausbrach. Nur wurde Edward nicht als Brandstifter verteufelt, sondern als der Held bejubelt, der seine geliebte Verlobte, Lady Mary, aus den Flammen rettete. Zusammen mit dem tapferen Stallburschen Thomas und der liebreizenden Zofe Sophie. Ein Opfer blieb dennoch zu beklagen: Das junge Zimmermädchen Elizabeth hatte es nicht mehr rechtzeitig aus dem brennenden Gebäudeflügel geschafft.

Ich verfolgte das Stück mit offenem Mund. Ich war froh, dass Ben mich festhielt, denn meine Knie waren weich und drohten nachzugeben.

Die Schlussszene war die fröhliche Hochzeit von Edward und Mary, die mit all ihren Angestellten und den Leuten aus dem Dorf feierten. Ich sah den attraktiven Edward-Darsteller, sah, wie Lady Mary sich in ihrem Hochzeitskleid drehte und zum großen Abschluss ihren Brautstrauß in das Publikum warf. Ich vernahm, wie die Zuschauer »Edward! Edward!« riefen. Ich sah und hörte das alles, aber ich konnte es nicht glauben.

Tränen liefen mir über das Gesicht und ich drückte mich noch enger an Ben.

Ich war so dumm. Ich hatte die Vergangenheit geändert und

das hatte natürlich auch Auswirkungen auf meine Gegenwart gehabt.

Ben brachte seinen Mund neben mein Ohr und murmelte: »Sie hatten bestimmt ein schönes Leben, Lu.«

Meine Geister gab es nicht mehr. Thomas und Sophie waren nicht im Feuer umgekommen und Edward hatte seine große Liebe geheiratet.

Ein Happy End auf Runmore Manor.

33. KAPITEL

Die Morgensonne schien durch die Fenster der Bibliothek, während ich mit den Fingern an den alten Buchrücken entlangfuhr. Obwohl ich so tief geschlafen hatte, wie schon lange nicht mehr, konnte ich ein herzhaftes Gähnen nicht unterdrücken. Eine traum- und zeitreisenfreie Nacht lag hinter mir, doch ich hatte lange keine Ruhe gefunden.

Nach dem Ende des Theaterstücks war mir die Lust zu feiern vergangen und ich hatte mich ins Runmore Manor zurückgezogen. Emma und Ben hatten mich besorgt angesehen, mich dann aber allein gelassen. Während die anderen draußen den Helden Edward hochleben ließen, war ich durch die leeren Hotelgänge gestrichen. Auch wenn mein Verstand mir sagte, dass die Stammgäste für immer verschwunden waren, streng genommen nie existiert hatten, gab ich die Hoffnung nicht auf, vielleicht doch irgendwo ein Lebenszeichen von ihnen zu entdecken.

»Sophie?«, rief ich zaghaft in die leere Bibliothek hinein. »Thomas? Seid ihr da?«

Ein unbestimmtes Gefühl hatte mich gestern Abend in die Ahnengalerie getrieben und ich war schließlich vor dem großen Prachtgemälde stehen geblieben. Lange hatte ich das glücklich strahlende Paar betrachtet, das darauf verewigt war. Lady Mary Runmore, die, schön wie ein Frühlingsmorgen, neben ihrem geliebten Edward stand. Und ich hatte auf dem Bild ein interessantes Detail entdeckt: einen Riss auf der Oberfläche, ein kleines, unscheinbares L.

Ich hatte der Vergangenheit auf mehr als eine Weise meinen Stempel aufgedrückt.

»Ach, Lord«, flüsterte ich nun wehmütig. »Ich freue mich wirklich, dass dir all das Leid erspart geblieben ist.« Ich rieb mir über die Nase. »Und mir die laute Musik um Mitternacht.«

Ich riss mich zusammen und suchte weiter. Kurz vor dem Einschlafen war mir das Buch wieder eingefallen, in dem alle Dienstboten vom Runmore Manor erfasst worden waren. Darin könnte ich nachsehen, was aus Thomas und Sophie geworden war. Vor ein paar Tagen hatte ich noch vergeblich nach dem guten Stück Ausschau gehalten, doch ich gab die Hoffnung nicht auf. Wenn Edwards Geist etwas mit dem Verschwinden des Buches zu tun gehabt hatte und dieser Geist durch mein Eingreifen in die Vergangenheit nie existiert hatte, dann mussten die Aufzeichnungen doch irgendwo zu finden sein.

Die Bibliothek gehörte schon unter normalen Umständen nicht zu den beliebtesten Orten des Hotels, hier traf man nur alle Jubeljahre mal auf einen Gast, und der hatte sich dann meist verirrt. Am Morgen nach dem feuchtfröhlichen Runmore-Feuer musste ich garantiert nicht damit rechnen, gestört zu werden.

Und endlich hatte ich Glück. Aus einem der hinteren Regale zog ich das in Leinen gebundene, an den Ecken abgestoßene Buch hervor und setzte mich damit an den großen Eichentisch. Die mit geschwungener Handschrift versehenen Seiten hatten sich teilweise gelöst, und so musste ich bei jedem Umschlagen Vorsicht walten lassen. Mit klopfendem Herzen kam ich zu den Eintragungen aus dem Jahr 1906. Mein Finger fuhr die Spalten entlang, und tatsächlich stieß ich auf den Namen meiner Kammerzofe.

»Sophie Anne Tubberton?« Ich lächelte traurig. »Du hattest einen zweiten Vornamen, und ich habe dich nie danach gefragt …« Schnell las ich weiter. »Die Zofe verlässt Runmore Manor nach acht Jahren treuer Dienste. Wir lassen sie nur ungern gehen.«

Das war alles? Mehr nicht?

»Der Tod deiner Schwester hat dir sehr zugesetzt, was, Sophie?«, sagte ich leise. So, wie ich Sophie kannte, hätte sie nicht einfach weiter im Herrenhaus arbeiten und leben können, als sei nichts geschehen. Dafür war ihr Herz zu weich gewesen.

Mit einem Seufzer blätterte ich weiter und fand 1909 endlich einen Eintrag, der sich auf Thomas zu beziehen schien. Die Tinte war auf dieser Seite leider verblasst und ich musste mich anstrengen, um alles entziffern zu können.

»Thomas McLeary.« McLeary? Ein Schotte? Warum hatte er mir nie davon erzählt? »McLeary wird Stallmeister auf Runmore Manor.«

Das war ja wundervoll! Ich presste das Buch mit beiden Armen an meine Brust und lachte glücklich. Thomas' Traum war in Erfüllung gegangen. Er hatte zwar nicht sein Königreich Thomasinien gegründet, aber immerhin eine wichtige Stellung auf Runmore Manor bekommen. »Ich bin so stolz auf dich, Thomas.«

Als ich das Buch wieder auf den Tisch legte und weiterblätterte, fiel eine Karte heraus. Neugierig hob ich sie auf. Es war eine Fotografie und sie zeigte eine kleine Hochzeitsgesellschaft. Mit zusammengekniffenen Augen betrachtete ich sie genauer. Der Bräutigam war Thomas. Und der Glückspilz hatte eine wirklich bezaubernde Frau.

Die Fotografie würde in meinen Besitz übergehen, beschloss ich. Ich stand auf und steckte sie in meine Hosentasche, als eine Stimme hinter mir fragte: »Ist das nicht Diebstahl?«

»Ben«, stieß ich erschrocken aus, fing mich aber gleich wieder. »Nein. Es ist ein Bild von Thomas. Er hätte es mir geschenkt, wenn ich ihn gefragt hätte.«

Ben lächelte. Er kam einen Schritt näher und fasste nach meiner Hand. »Wie war die letzte Nacht? Hast du …?«

Ich schüttelte den Kopf. »Nein, zum Glück keine Träume.«

»Gut.« Ben atmete erleichtert aus. »Und wie geht's dir? Du bist gestern so schnell verschwunden.«

»Tut mir leid. Ich wollte nur sehen, ob …« Ich sprach nicht weiter, aber Ben verstand.

»Sie sind wirklich weg?«

Diese blöden Tränen. Irgendwie hatte ich seit gestern Abend einfach zu viele davon. Ben breitete die Arme aus und ich ließ mich hineinfallen. Ich weinte und durchweichte dabei sein T-Shirt. Es wäre mir sicher peinlich gewesen, wenn mir nicht so unfassbar elend zumute gewesen wäre. Man musste eben Prioritäten setzen.

Als ich mich schließlich nach einer Weile wieder im Griff hatte, schob Ben mich ein Stück von sich weg und sah mich an. Verschämt wollte ich mich wegdrehen, ich konnte mir ausmalen, wie ich aussah. Geschwollene Augen, eine rote Nasenspitze und ein paar Strähnen, die wild abstanden. Aber Ben verhinderte mein Vorhaben, indem er seine Lippen auf meine legte und mich sanft an sich zog.

Es fühlte sich besser an als alles, was ich je gefühlt hatte, und ich wollte ihn am liebsten gar nicht mehr loslassen. Die Feuerameisen hatten meinen Körper endgültig erobert und krabbelten von Kopf bis Fuß in einem flotten Takt, der meinen Herzschlag beschleunigte.

Nach einer Weile legte ich meine Hand auf seine Brust und machte einen halben Schritt von ihm weg.

»Es tut mir so leid, Ben«, murmelte ich.

Verwirrt sah er mich an. »Was denn?«

»Edward ist weg. Jetzt können wir ihn nicht mehr fragen, was mit deinem Vater passiert ist.« Ich brachte es nicht über mich, Ben in die Augen zu sehen, deshalb senkte ich den Kopf. Doch er legte einen Finger unter mein Kinn und drückte es sanft nach oben.

»Mir tut es nicht leid.« Er lächelte traurig. »Deine Geister haben ihre Ruhe gefunden. Und irgendwie ist mir klar geworden, dass auch mein Vater ein Recht auf seine hat. Ich habe mir so lange eingeredet, dass ich herausfinden muss, was geschehen ist, aber … Ich glaube deinem Dad. Es war ein Unfall.«

Ich umarmte ihn fest und er legte seinen Kopf auf meinen.

Dann räusperte er sich. »Lu … Estelle will gleich aufbrechen.«

»Oh.« Ich schluckte und ließ ihn los. Ben und seine Mutter kehrten heute nach London zurück. Noch ein Abschied, den ich verkraften musste.

»Aber vielleicht …« Seine grauen Augen blickten nicht so selbstsicher, wie ich es von ihm gewohnt war. »Soll ich noch ein paar Tage bleiben?«

»Was ist das für eine bescheuerte Frage, Ben Fahey!« Mein Herz machte einen Sprung. »Natürlich sollst du!«

Er lächelte und küsste mich erneut. Diesmal nicht ganz so zärtlich und zurückhaltend, sondern so, als sei er von einem verliebten Geist besessen.

Er hörte erst auf, als sein Handy laut klingelte.

»Das ist Estelle«, erklärte er und ließ mich widerwillig los. »Ich muss ihr mit dem Gepäck helfen.«

»Pass auf die Koffer auf«, sagte ich ernst. »Die sind sehr wertvoll.«

Ben lachte. »Jetzt schon. Da ist etwas von dir drin.«

»Ähm. Was denn?« Ich konnte mich nicht erinnern, Estelle etwas geschenkt zu haben.

»Das Amulett. Ich habe meine Mutter gebeten, es mitzunehmen. Ich will nicht riskieren, dass du es jemals wieder umlegst.«

Das war vernünftig, dennoch fuhr meine Hand unwillkürlich zum Hals. »Ja, das kann sie gern behalten.«

Das Handy klingelte erneut. Diesmal kam es mir energischer vor.

»Okay. Ich muss los.« Statt zu gehen, legte er seine Arme um mich. »Kommst du mit?«

»Gib mir eine Minute, ja?«

Als er verschwunden war, griff ich wieder nach dem Buch. Hatte ich mich eben verguckt oder stand dort wirklich …

Thomas und Sally McLeary freuen sich sehr über die Geburt ihrer Tochter Lu.

Bevor mir schon wieder die Tränen in die Augen treten konnten, lächelte ich lieber schnell. Ach, Thomas. Manche Dinge würden sich nie ändern.

Entschlossen schlug ich das Buch zu und brachte es zum Regal zurück. Jetzt war alles an seinem richtigen Platz.

Mit einem letzten Blick in die von allen guten Geistern verlassene Bibliothek drehte ich mich um und lief nach draußen, zu Ben.

DANKSAGUNG

Ich danke allen, die mich bei der Entstehung des Buches begleitet haben.

Zuerst meiner Lektorin Kathrin Becker. Sie hat mich mit ihrem Gespür für Spannung und Logik an vielen Stellen weitergebracht und stets ihren wunderbaren Humor behalten.

Meine Tochter Elaine war der erste Gast im Runmore Manor und sie hat freiwillig immer wieder eingecheckt.

Mein Bruder Markus Siegmann hat eine echte Katastrophe abgewendet. (Man will morgens die Datei öffnen und …)

Besonderer Dank gilt dem Mann an meiner Seite. Seine Unterstützung geht über alles hinaus, was man sich überhaupt nur vorstellen kann.

© Nelli Stürmer

Claudia Siegmann wurde in Kassel geboren und entdeckte früh ihre Begeisterung für die Märchen der Brüder Grimm. Sie hat schon einmal in einem alten Schlosshotel gearbeitet, das bestimmt auch von einigen Geistern bevölkert war. Bei Ravensburger ist bereits ihr Jugendbuch »Traumprinz nach Rezept« erschienen.